La bella confusione

FRANCESCO PICCOLO

La bella confusione

Traduit de l'italien
par Olivier Villepreux

ALBIN MICHEL

Édition originale italienne parue sous le titre :
LA BELLA CONFUSIONE
chez Einaudi, Turin

Il y a du beau monde à bord du bateau qui quitte la Villa Igiea à Palerme en ce dimanche de la mi-juillet 1962. On y trouve Claudia Cardinale et sa secrétaire personnelle américaine, Carolyn Pfeiffer, le producteur Franco Cristaldi, compagnon de l'actrice, mais aussi Suso Cecchi D'Amico, Paolo Stoppa, Gioacchino Lanza Tomasi, un cousin de Tomasi di Lampedusa qui finira par l'adopter, et quelques autres. C'est jour de relâche sur le tournage du film de Luchino Visconti, *Le Guépard*, et certains membres de l'équipe ont projeté de le passer à naviguer, d'amarrer au ponton d'un restaurant de poissons pour y déjeuner avant de repartir tranquillement profiter de la mer et des derniers rayons de soleil.

Ainsi, après avoir terminé leur repas à Mondello, en fin d'après-midi, tous remontent sur le bateau pour voguer paisiblement dans la baie de Palerme. On admire le coucher de soleil, au rythme des vagues battant la coque. Au bout d'un moment, le moteur tombe en panne. Le pêcheur qui les pilote tente de le réparer mais ça n'a pas l'air simple. Un des passagers s'aperçoit qu'il a de l'eau entre les orteils ; tiens, c'est curieux. Le pêcheur, pour n'affoler personne, suggère d'écoper ; possible qu'il y ait une petite fuite. Les passagers commencent à vider l'eau par-dessus bord avec tout ce qui leur tombe sous la main. Ils en plaisantent, cet imprévu pimente la sortie. À ceci près qu'ils rejettent moins d'eau que le bateau n'en embarque.

Petit à petit, changement d'ambiance : plus un mot, les gestes se font plus frénétiques à mesure que l'inquiétude croît. Las, le moteur ne redémarre toujours pas et le bateau continue de prendre l'eau. Lentement, certes, mais on est en pleine mer et le ciel s'assombrit. Il se fait tard désormais, il serait grand temps de rentrer. Au lieu de quoi ils sont à la dérive.

L'un des passagers avoue ne pas savoir nager. « Moi non plus », ajoute un autre. « Restons calmes. » On se rassure comme on peut. Il commence à faire nuit. Cristaldi défait la Rolex à son poignet pour la confier à Suso : « Prenez ma montre, je vais chercher du secours à la nage. » Ils sont loin des côtes, la mer est d'encre. Suso s'y oppose : « Franco, ne dites pas de bêtises ; gardez cette montre, ne faites pas ça. » La scène fait rire Claudia et la tension redescend d'un cran. Cristaldi renonce. Ils essaient alors de trouver refuge sur le point le plus haut du bateau pour échapper à l'eau qui monte. Puis quelqu'un émet l'idée que chacun se déleste d'un vêtement, d'un gilet, de tout le superflu, pour fabriquer une espèce de drapeau, en espérant qu'un bateau de passage l'apercevra. Au large, il fait de plus en plus frais, surtout qu'ils ont les pieds dans l'eau, jusqu'aux mollets pour certains. Toujours est-il que les vêtements sont noués entre eux et le drapeau est déployé.

Ils attendent en silence. De temps en temps, l'un d'eux balance encore de l'eau par-dessus le bastingage, ce qui, à défaut d'être efficace, occupe.

À terre, à la Villa Igiea où logent les acteurs et au château que Visconti a loué pour ce séjour de quelques mois à

Palerme, on s'inquiète. Non seulement ils ne sont toujours pas rentrés mais rien ne s'annonce à l'horizon. Quelqu'un décide d'aller à Mondello, tandis que d'autres, gagnés par l'anxiété, sortent guetter le bateau devant l'hôtel. Prolonger cette sortie en mer à cette heure de la nuit relève de l'inconscience ; à moins que, craignent-ils, il se soit passé quelque chose.

Sur le bateau, le découragement gagne. On coule, tout doucement certes, mais sûrement. Le naufrage prendra un certain temps mais il paraît inéluctable : il faudrait commencer à réfléchir en conséquence. Bien que l'on espère tout de même se rapprocher suffisamment des côtes avant de couler à pic, personne ne sait plus quoi faire sauf se désoler vainement d'avoir entrepris cette excursion.

Soudain on devine dans la pénombre, juste avant qu'elle ne vire à l'obscurité totale, un canot à moteur qui file tous phares éteints. On agite les bras mais le hors-bord ne change pas de cap. Il est impensable que, passés si près, ses occupants ne les aient pas vus. Dans le bateau, on est au désespoir, il est désormais trop tard, on ne voit pas comment s'en sortir.

Contre toute attente, le pilote de la petite embarcation se ravise et fait demi-tour pour leur porter secours. Pourquoi avait-il d'abord poursuivi sa route ? Tout simplement parce que l'équipage transporte du matériel de contrebande et qu'il ne veut pas se faire repérer. À l'évidence, le droit maritime a prévalu et le hors-bord, tout proche, vient maintenant porter secours au bateau qui sombre dans la nuit. Mais les contrebandiers n'y voyant pratiquement rien, le canot en approche se présente trop vite. Vraiment trop vite.

La collision est violente. Le bateau est éperonné par celui des contrebandiers, qui n'ont pu évaluer la distance entre les deux embarcations. Cela provoque une nouvelle brèche par laquelle l'eau s'engouffre de plus belle. Sous le choc, certains sont tombés, d'autres se sont jetés à la mer, ceux qui ne savent pas nager s'agrippent au bateau. Il y a des cris, des appels à l'aide et à garder son calme. On hisse un à un les rescapés, transis de froid et de peur, à bord du canot à moteur.

Une fois sauvés, tous se blottissent les uns contre les autres pour se protéger du vent, et le hors-bord repart vers le rivage.

Le cauchemar semble terminé. Il n'en est rien. Non loin de la côte, après les avoir informés qu'ils n'entendaient pas sacrifier leur cargaison douteuse, les contrebandiers ralentissent. Ils vont essayer de s'approcher le plus possible d'une plage que les naufragés devront rejoindre à la nage. Ceux qui ne savent pas nager sont pris de panique, mais il est décidé que ceux qui le peuvent les soutiendront jusqu'à ce qu'ils aient pied. Ça ne sera pas long, c'est facile, on va y arriver.

Les moteurs sont coupés. La plage de Mondello est proche, peut-être même très proche, encore faut-il l'atteindre. On se met à l'eau. Claudia Cardinale est bonne nageuse, elle s'occupe de sa secrétaire et de quelqu'un d'autre. La rive n'est pas loin, ils devraient bientôt avoir pied, mais ceux qui ne savent pas nager s'affolent. Ils se débattent sans cesse et Claudia s'épuise, se retrouve attirée sous l'eau – comme tous ceux qui essaient de l'aider, Cristaldi, Suso, Paolo Stoppa.

Après un dernier effort et d'ultimes frayeurs, on touche enfin terre. Tous sortent de l'eau et se dirigent, mouillés et grelottants, vers la route. La nouvelle se propage immédiatement et la production, avertie, se dépêche d'aller les récupérer.

Ce dimanche de repos, cette journée de détente en bateau

au milieu de l'été palermitain a viré au cauchemar. Claudia Cardinale, Franco Cristaldi et tous les nageurs sont chaleureusement remerciés par tous ceux qui estiment leur devoir la vie. Ils en rajoutent sans doute un peu, mais pour eux cet épisode restera à jamais « le naufrage ».

Avec ce naufrage, le retour à la nage de Claudia à moitié nue dans la nuit sera l'unique bain (si l'on peut dire) qu'elle prendra de tout l'été, Visconti ne tolérant pas la moindre trace de bronzage sur sa peau. Le lendemain matin, très tôt, Claudia arrive sur le plateau. Il faut encore lui teindre les cheveux en noir, ou plutôt ceux de son personnage dans le film, Angelica. Ils doivent être plus noirs que noir, ainsi en a décidé Visconti, et personne n'oserait lui suggérer d'utiliser une perruque, car il répondrait inévitablement qu'il laisse à d'autres le soin de « perruquer ». En attendant de tourner, Claudia récite les trois mots que le réalisateur lui a imposé de répéter : poire, pomme, perroquet. Elle doit les prononcer devant un miroir pour s'assurer que ses lèvres plissent et lui confèrent l'air hautain recherché pour Angelica.

Dans le roman *Le Guépard*, la jeune Angelica Sedara finit par épouser Tancrède. Dans le film, sa première apparition est une reproduction fidèle du livre. « Les autres mangeaient sans penser à rien et ne savaient pas que le plat leur semblait si exquis aussi parce qu'une aura sensuelle avait pénétré dans la maison[1]. » À l'écran, elle possède de surcroît l'éblouissante et ravageuse beauté de Claudia

Cardinale. Les costumiers l'ont habillée d'une des robes que Visconti a précisément souhaitées identiques à celles de l'époque ; elle a été très difficile à passer, ajustée très serrée. Claudia entre sur le plateau et s'avance vers le réalisateur.

Elle a joué un petit rôle dans le précédent film de Visconti, *Rocco et ses frères*. On la voit dans la scène de la bagarre après le match de boxe, avec Alain Delon, les frères de Rocco et d'autres personnages. Au moment de tourner, Visconti s'était emparé du mégaphone pour hurler : « Attention à la Cardinale ! N'allez pas la tuer ! »

Elle s'était alors sentie considérée, protégée et aimée.

Mais ses liens avec Visconti sont des plus énigmatiques, marqués sous le sceau du destin. Claudia Cardinale est née à Tunis. Un beau jour, à dix-neuf ans, elle accompagne sa sœur candidate à l'élection de Miss Italie de Tunisie. Elle est au milieu du public, distribuant des affichettes, quand un inconnu l'ayant remarquée du haut de l'estrade déclare que, la plus belle, c'est elle. Claudia ne veut pas monter sur le podium, mais dans l'instant qui suit, elle se retrouve bardée de l'écharpe de la gagnante. Le premier prix est une invitation à la prochaine Mostra. En septembre 1957, elle se rend donc à Venise avec sa mère. Sa beauté attire d'autant plus les regards qu'elle porte une tenue africaine. Les photographes la mitraillent. Pour la première fois de sa vie, Claudia Cardinale assiste à une projection en salle.

Le film, *Nuits blanches*, est signé Luchino Visconti.

Revenue à Tunis, elle entend un jour à la radio que le réalisateur italien Mario Monicelli recherche pour son prochain film une jeune Tunisienne qu'il a croisée à Venise. Elle sait très bien qu'il s'agit d'elle, mais fait comme si de rien n'était. On finit néanmoins par la retrouver. Son père a beau être circonspect, cela ne la dissuade pas de signer son premier contrat ; elle part. C'est ainsi qu'elle débute dans *Le Pigeon*. Son premier film est un des chefs-d'œuvre du cinéma italien. Le conte de fées peut commencer. Sauf qu'entre-temps elle découvre qu'elle est enceinte. Elle le vit comme un drame, craignant de devoir tout révéler de ce qui lui est arrivé. Un homme plus âgé l'a arrêtée devant son école, l'a convaincue de l'accompagner à une fête. Le soir, après être venu la chercher, il l'a violée. Claudia est donc enceinte sur le plateau du *Pigeon*, sans trouver les mots pour le dire. Elle se comprime le ventre avec ses vêtements et personne ne s'en rend compte.

Par la suite, Claudia enchaîne les rôles et devient Claudia Cardinale bien avant d'être l'Angelica du *Guépard*, le personnage et le film les plus marquants de sa carrière. La revue américaine *Esquire* donne une idée de sa stature en 1961, puisque c'est le grand Alberto Moravia qui l'interviewe. L'écrivain lui propose d'être envisagée comme un objet, sans passé, sans avenir, sans tenir compte des films dans lesquels elle a joué. Il lui demande ses mensurations et sa taille, elle doit décrire son sourire, son corps, son petit grain de beauté dans le cou. Il l'interroge sur ses dessous, sa position préférée pour dormir, ses rêves, ses habitudes au réveil. L'interview aura beaucoup de succès, Claudia dit qu'elle ne se trouve pas si belle que ça mais plutôt étrange avec ce curieux déséquilibre, une petite tête sur un corps généreux.

Sur le plateau, Visconti entend bien souligner l'ascendant que prend la bourgeoise Angelica sur les aristocrates. Les cils de la jeune femme ont été épaissis, il lui demande de se mordre les lèvres et lui impose de marcher à grandes enjambées, de passer les portes comme un animal confiant, de prendre possession de son territoire comme une panthère. Il souhaite certes qu'Angelica s'amourache de Tancrède mais qu'elle soit tout aussi consciente de le désirer pour son rang social.

Il réitère à Claudia une formule qui, à jamais, lui collera à la peau : « N'oublie pas, tes yeux doivent dire quelque chose que ta bouche n'exprime pas, c'est pourquoi ton regard doit être suffisamment expressif pour contraster avec ce que tu dis… Même si tu ris, tes yeux ne doivent pas rire. En résumé, une partie de ton visage et de ton corps doit donner une version différente et contradictoire de l'histoire que raconte l'autre facette. » Si l'on regarde attentivement Angelica dans *Le Guépard*, la leçon a porté. Claudia en a gardé une ride au milieu du front, qui perdurera après le film ; il est impossible de ne pas remarquer cette ride, de ne pas s'en souvenir.

Après quelques jours de tournage, Claudia doit s'en aller. On l'attend à Rome sur un autre film. Alors qu'elle prend congé de Visconti, il lui dit : « Fais-moi ce plaisir : sur le plateau, appelle-le Luchino, comme par erreur, avant de te reprendre. » Tout le monde rit. Mais Claudia redoute que derrière cette petite perfidie ne se cache une question plus sérieuse.

Flanquée de Carolyn, sa secrétaire, elle part pour Rome. Elle y fait son retour sur le tournage de l'autre film, précédée de sa toute nouvelle réputation de sauveteuse en mer, ce dont tout le monde la félicite. Ce sont ses derniers jours de disponibilité avant de devoir repartir pour Palerme, où débuteront les prises des scènes du bal, qui dureront des semaines.

Entre-temps, elle doit cependant se prêter à une séance dont elle a l'habitude : changer de couleur de cheveux. Cette fois, le réalisateur les souhaite clairs, châtain clair, et il a lui aussi refusé qu'elle porte une perruque. De retour en Sicile, elle devra de nouveau les avoir très noirs. Ce petit manège se reproduira plusieurs fois pour satisfaire les deux réalisateurs. L'un, bien sûr, est Visconti, et l'autre vient juste de faire son apparition : Federico Fellini.

Fellini lui parle de sa voix suave, il la cajole, prend le temps de lui expliquer l'importance de son personnage. Claudia sait pertinemment qu'il est inutile de demander une copie de son texte, il lui souffle ses répliques ; elle doit se conformer à ce que lui indique le réalisateur, elle doit jouer ce qu'il lui dit de jouer. Fellini s'appuie sur un scénario que personne sur le plateau n'a pu consulter. Il veut qu'on improvise, tester différentes options, il se réserve le droit de changer d'avis.

Il lui demande de se rapprocher de la fenêtre d'une maison de Filacciano, un village des environs de Rome recréé en studio. Seules les scènes sur la célèbre place Umberto I sont tournées en extérieur. Pour le reste, on fait semblant. C'est ainsi que l'on procède dans le cinéma et, de plus en plus, film après film, dans le cinéma de Fellini.

Ses méthodes de travail et l'atmosphère sur le tournage sont très différentes de celles du *Guépard*, où la rigueur, le silence, priment. Chez Visconti on apprend son texte par cœur, on vit dans la hantise de le déranger, lui qui exige de la concentration et ne supporte aucun bruit parasite. On essaie aussi de restituer à l'identique tous les détails d'époque. On tourne, autant que possible, dans d'authentiques palais, aménagés tels qu'ils l'étaient au XIXe siècle, et les costumes sont des répliques exactes de vêtements anciens, quand ils ne sont pas des originaux. Sur un plateau de Fellini, tout au contraire, la confusion règne. S'il n'y a pas de bruit, il s'énerve, il n'arrive plus à penser. Il construit son film tout en le tournant et, pour cela, il faut qu'il y ait du boucan. Il invente des décors truffés de symboles, fait preuve d'une inventivité fantasque, jusqu'à l'improbable, mais fort à propos, puisque c'est du cinéma.

Claudia porte une blouse en soie légèrement transparente. Elle a attaché ses cheveux et une mèche lui tombe sur le front. Elle se plaint d'avoir sommeil, d'avoir les yeux cernés. Fellini s'est placé sous la fenêtre et, dès que le projecteur illumine le visage de l'actrice, il lève les bras, comme habité. Il se met à la diriger : « Ne cligne pas des yeux, c'est bien, non, tu es trop sérieuse, tu ne dois pas être sérieuse, ton sourire doit être maternel, la bonté même. »

Et l'actrice sourit, maternelle, pleine de bonté.

Le film en question, celui dans lequel Claudia tourne en même temps que dans *Le Guépard*, c'est *Huit et demi*.

En 2014, j'étais un des auteurs invités au festival de Sanremo et nous avions décidé d'y convier Claudia Cardinale. Pour des raisons d'organisation somme toute logiques, ma fonction était d'accueillir les personnalités du cinéma et de m'en occuper. Je me présente donc à l'actrice quand elle arrive pour les répétitions et, avant que ce soit son tour, nous nous asseyons à une petite table un peu à l'écart dans le foyer du théâtre Ariston. Tout en bavardant, elle me dit qu'elle veut fumer, ce qui est interdit. On passe outre, on s'allume une cigarette. À cette occasion, elle me raconte deux, trois choses, me confie que, chaque année pour la finale du festival de Sanremo, elle avait pris l'habitude d'aller chez Visconti, accompagnée d'amis qui pariaient sur le futur lauréat et se chamaillaient sur les chansons. Et puis, toujours à propos de Visconti, elle se met à me raconter une histoire de cheveux noirs et de cheveux clairs, du temps où elle tournait en alternance sur *Le Guépard* et *Huit et demi*.

Depuis cet après-midi passé avec Claudia Cardinale à l'Ariston, cela ne m'est plus jamais sorti de la tête. J'ai entre-temps écrit des livres, des scénarios de films, des séries télé, j'ai réalisé et projeté de faire des tas d'autres choses et, pourtant, je me suis toujours demandé pourquoi cet épisode m'intéressait tant et me travaillait tellement au moment où, progressivement, je reconsidérais certains aspects, plus ou moins importants, de ma vie. Je me suis dit que je devais m'y pencher, et dès lors toutes sortes de coïncidences allaient s'enchaîner, toutes en rapport avec ce récit. Qu'elles soient en lien avec ma vie privée et qu'elles puissent paraître insignifiantes à d'autres, elles avaient pour moi un sens et m'ont donné envie d'aller plus loin.

Il se peut que ce soit précisément cette décision qui ait fait surgir cette cascade de faits concordants dont j'ignorais tout ou dont je ne me souvenais pas.

Ainsi, il m'arrivait de me dire que de mon idée je pouvais faire une série télé. J'avais regardé *Feud*[2], qui retraçait l'histoire de Bette Davis et Joan Crawford sur le tournage de *Qu'est-il arrivé à Baby Jane ?*[3], et je me disais : Tiens, pourquoi pas ? Puis j'ai pensé en faire un documentaire. Il m'arrivait aussi de me dire que je pourrais écrire un livre sur Claudia Cardinale qui raconterait ses va-et-vient d'un plateau à l'autre, un récit centré sur elle. Puis je laissais tomber. Je rangeais ce projet dans le dossier des mémos, qui contenait tout que j'entreprenais, ce que je voulais mener à bien ou que j'aurais aimé faire. J'ouvre ce dossier chaque année en décembre pour y mettre de l'ordre. Il contient tellement de projets que je n'aurai pas assez d'une vie pour tous les réaliser, même deux de plus n'y suffiraient pas. C'est ma méthode pour ne rien oublier, faire en sorte qu'ils ne restent pas lettre morte. Au fur et à mesure j'en élimine certains parce qu'ils ne m'intéressent plus et, quand un nouveau sujet m'excite, je l'y ajoute. Quant à cette histoire du *Guépard* et de *Huit et demi*, je ne l'ai jamais écartée mais je ne savais pas quoi en faire.

Et puis, il y a quelque temps, sans doute parce que j'écrivais sur Lucia et l'Innominato[4] mais aussi parce qu'il s'agissait d'un des rares livres que je n'avais encore pas lus de Natalia Ginzburg, je me suis lancé dans la lecture de *La Famiglia Manzoni*, une biographie de l'auteur des *Fiancés*.

Si je n'avais jamais lu ce texte, c'est probablement parce que j'avais le sentiment qu'il ne ressemblait pas au reste de son œuvre. Cependant, dès la première page, j'ai découvert que non seulement il me plaisait énormément, voire qu'il était passionnant, mais aussi qu'il ne faisait aucun doute que Ginzburg en était bien l'autrice. D'ailleurs, qui pourrait imaginer que Ginzburg puisse écrire dans un autre style que le sien ?

Voilà. À ce stade, pendant que je lisais *La Famiglia Manzoni*, l'idée qu'il était possible d'écrire sur *Le Guépard* et *Huit et demi* s'est imposée. C'est une pensée que je refoulais, ça va de soi. Mais dès lors que Natalia Ginzburg m'avait ouvert les yeux, il était clair que je devais écrire un livre de ce genre en adoptant sa façon de faire. L'idée d'étudier, chercher, comprendre une période à travers deux films que j'aimais particulièrement, établir le lien qui existait entre ces deux œuvres et leurs réalisateurs m'a donné une telle énergie que je me souviens de m'être levé d'un bond du divan sur lequel je m'étais allongé pour lire. J'étais euphorique.

Dès lors, j'en étais certain, cette euphorie ne me quitterait plus jusqu'à la publication du livre. Je sais très bien que, quand on écrit, ce sentiment d'euphorie n'est pas forcément une bonne chose. La qualité d'un texte ne dépend pas de l'enthousiasme que l'on éprouve à l'écrire. Mais, dans ce métier, j'ai appris que l'unique critère pour rendre le travail agréable, étant donné qu'écrire un livre peut prendre quelques années, est qu'il faut ressentir au saut du lit l'euphorie que procure l'écriture.

Le tournage de *Huit et demi* débute le 9 mai 1962 et celui du *Guépard* à peine cinq jours après, le 14. Les deux se terminent en octobre, d'abord *Huit et demi*, puis *Le Guépard,* une dizaine de jours plus tard seulement.

Angelica était un premier rôle, Visconti avait toujours pensé à Claudia et, d'ailleurs, l'avait sollicitée avant toute autre actrice. En revanche, la jeune fille de la source dans *Huit et demi* était un rôle mineur, mais Fellini, dès le début, songeait à une actrice ressemblant à Claudia Cardinale. Sans doute parce qu'il croyait qu'il ne pourrait pas l'engager. Il se décida tout de même à le lui proposer. Il passait la prendre chez elle et ils faisaient ensemble de longues promenades à pied ou en voiture, il en profitait pour lui décrire son personnage. Claudia avait très envie de faire un film avec Fellini mais les dates de tournage se chevauchaient. Toutefois, en se calant sur les jours consacrés aux préparatifs sur *Le Guépard*, on parvint à se mettre d'accord sur un calendrier. Ainsi, en dépit du fait qu'on réclamait d'elle des dispositions contraires, Claudia réussit à passer d'un plateau à l'autre, changeant d'époque, de façon de travailler et, surtout, de couleur de cheveux.

Mais ce ne fut pas si simple, car il ne s'agissait pas de n'importe quels films ni de n'importe quels réalisateurs. Fellini et Visconti se détestaient ouvertement, les deux rivaux ne s'adressaient plus la parole depuis plus de huit ans.

Tout commence à l'été 1954. Luchino Visconti a fini le tournage de *Senso*, Federico Fellini celui de *La Strada*. Ils veulent tous deux participer à la Mostra de Venise. Fellini et Visconti sont déjà des cinéastes reconnus et leurs films sont attendus. Ils sont en passe de devenir des artistes de renommée mondiale, justement grâce à ces deux films.

Les deux œuvres sont totalement différentes. *Senso* est un mélodrame historique tourné en couleur, tandis que *La Strada* est un film en noir et blanc qui se situe à l'époque contemporaine, que l'on ne saurait vraiment qualifier de « réaliste » (en 1963, ils firent le même choix esthétique : *Le Guépard* est en couleur, *Huit et demi* en noir et blanc). Le film de Fellini, déjà achevé, reçoit une sorte d'assentiment de la part de l'Office catholique : « Un film susceptible de faire découvrir au spectateur attentif le sens chrétien de la destinée humaine. » Fellini connaît la société dans laquelle il vit et n'ignore pas non plus que cette onction catholique lui vaudra automatiquement l'inimitié des communistes, lesquels l'ont jusqu'ici traité avec indifférence. Le chef du gouvernement est alors Mario Scelba, un catholique conservateur, la Démocratie chrétienne combat le communisme et le Parti communiste combat le catholicisme. Avec cette bénédiction de l'Office catholique, Fellini se verra donc considéré (pendant des années), culturellement parlant, comme un paria par les organisations de gauche.

Senso, tiré d'une nouvelle d'Arrigo Boito, se heurte en revanche au problème inverse. La rumeur court qu'il va faire scandale, car il raconte une histoire d'amour se situant durant le soulèvement du Risorgimento[5] et l'on suspecte qu'il puisse en écorner le mythe. D'autant que le film aborde la bataille de Custoza[6], un épisode sensible de l'histoire italienne parce que cette défaite contraignit les armées de la maison de Savoie à battre en retraite. En vérité, c'est plutôt le réalisateur qui pose problème. En particulier parce qu'il s'en prend directement au Risorgimento. Visconti est un homme redouté pour son audace. On craint que son film, malgré sa beauté formelle, laisse paraître ses convictions communistes, qu'il assume sans rougir et ne craint pas d'afficher. Cependant, le film pourrait ne pas être prêt à temps – beaucoup l'espèrent – pour la Mostra. Plus tard, des témoignages évoqueront par allusion différents subterfuges visant d'ailleurs à en retarder l'avancement afin qu'il ne puisse pas être sélectionné à Venise.

Dans le même ordre d'idée, au ministère, on s'active afin de promouvoir la candidature d'un film concurrent. Il ne s'agit pas du film de Fellini mais de *Roméo et Juliette* de Renato Castellani, une production à gros budget destinée au grand public mais dont la pellicule est bloquée dans un laboratoire de développement londonien. Tourné en technicolor, il a toutes les qualités requises pour représenter le cinéma italien sans créer de remous politiques ou de polémiques sur l'histoire nationale. En conséquence, on ne lésine pas sur les moyens et autres coups de pouce pour accélérer le mouvement.

Finalement, les trois films se retrouvent en compétition

dans la sélection officielle : *La Strada*, *Senso*, *Roméo et Juliette*. Ils représentent l'Italie, qui n'a jamais remporté le Lion d'or. L'édition s'annonce exceptionnelle grâce à d'immenses films tels que *Fenêtre sur cour*, d'Hitchcock, *Les Sept Samouraïs*, de Kurosawa, *Sur les quais*, de Kazan, *L'Intendant Sansho*, de Mizoguchi, entre autres.

Le film de Visconti suscite de grands espoirs, il est le premier italien à entrer en compétition. Visconti est parvenu à livrer son film in extremis, le 31 août, soit deux jours avant la projection. Signe du peu de sympathie que le monde politique manifeste à son endroit, la rangée de sièges réservée aux officiels reste vide. Dans la salle, la partie du public bourgeois et plutôt anticommuniste se laisse aller à quelques provocations. En particulier lors de la scène dans laquelle Roberto Ussoni confie à la comtesse Livia (interprétée par Alida Valli) de l'argent destiné aux patriotes. Sauf que la comtesse, qui est vénitienne, préfère le donner à son amant autrichien. La salle désapprouve bruyamment et, mieux, un homme se lève pour hurler en direction de l'écran : « C'est une insulte à toutes les femmes de Venise ! » Mais il n'y a pas grand-chose à reprocher au film, qui est beau, tragique, puissant, et au sortir de la projection le public est séduit quoique toujours divisé : il y a d'un côté ce public bourgeois inquiet qui tend à le condamner et, de l'autre, la critique italienne qui sans ambiguïté en fait l'un de ses favoris pour le Lion d'or.

Dans ces années-là, la critique italienne est très largement (et je reste mesuré) marxiste. Son plus illustre représentant s'appelle Guido Aristarco. Dans le pays les recensions sont globalement enthousiastes et l'essentiel de la presse étrangère l'est tout autant. Immédiatement, *Senso*, bien qu'en concurrence avec un nombre non négligeable de grands films, se place en position de force dans la course au Lion d'or. Il fait naître l'espoir que, pour la première fois, cette prestigieuse récompense sera attribuée au septième art italien.

En réalité, et en dépit des apparences, les critiques de gauche ne rendent pas service à *Senso*. Le film laisse évidemment présager ce que va devenir le cinéma de Visconti, et si les critiques n'en sont pas encore tout à fait certains, ils peuvent au moins entrevoir, d'ailleurs beaucoup le font, les prémices d'une esthétique nouvelle, un style mélodramatique qui ne cadre plus vraiment avec le néoréalisme. Pour faire court, le film ne s'inscrit pas dans la lignée de ceux que Visconti avait réalisés jusque-là. Nombreux sont donc ceux qui se sentent mal à l'aise, et même très ennuyés. Mais ils chassent ce doute parce qu'ils ont le devoir de le soutenir, parce que Visconti est « l'un des leurs » et parce qu'il faut soutenir son film afin qu'il reste dans le bon camp. Aristarco, le premier, adopte cette posture bien qu'il cultive lui-même une certaine ambiguïté, voulant démontrer qu'il ne s'agit plus de néoréalisme mais de réalisme historique. Ainsi, à Venise, *Senso* devient le cheval de bataille de la critique pour contrer *La Strada*. Cependant, au sein même de la gauche les avis sur le film de Visconti sont partagés. Une divergence de points de vue se manifestera d'ailleurs progressivement les années suivantes, de façon un peu plus subtile.

La Mostra a débuté le 22 août pour se terminer le 7 septembre, jour de la remise des prix. Au milieu du programme où se succèdent de véritables chefs-d'œuvre, on projette le deuxième film italien, le *Roméo et Juliette* de Castellani. Il est accueilli tièdement mais respectueusement pour ce qu'il est : un produit de qualité sans ambition particulière.

Le 6, la veille de la cérémonie de clôture, le moment est enfin venu de projeter *La Strada*. Situation qui n'est sûrement pas un avantage, étant donné que le jury doit se réunir pour délibérer dans les heures qui suivent.

Lorsque Federico Fellini et Giulietta Masina entrent dans la salle silencieuse quelques flashs crépitent et l'ambiance se tend. Un commentateur radio ne s'explique pas pourquoi le public est si nerveux, à moins que cela ne s'explique au contraire très bien par le fait que les spectateurs, durant l'avant-dernière soirée de projection, comme cela arrive souvent dans les festivals, sont fatigués et moins attentifs. De plus, le film de Visconti fait l'objet de toutes les attentions, avec quelques autres qui sont considérés comme de sérieux prétendants. En résumé, on ne mise pas beaucoup sur le film de Fellini, sur lequel les journaux ne se sont pas beaucoup attardés et, visiblement, les organisateurs du festival non plus. La critique, et une bonne partie du monde du cinéma, soutient *Senso*, flairant la possible victoire d'un film italien.

Le film est lancé. C'est l'histoire de Zampanò, un saltimbanque qui va de ville en ville pour faire son numéro, et de la jeune Gesolmina, son assistante, qu'il a achetée à ses parents. Petit à petit, la relation qui se noue entre eux se fait toujours plus émouvante. D'ailleurs, au fil de l'histoire, le public se laisse emporter. Doucement on prend conscience que ce qui défile à l'écran est sans aucun doute un beau film. Je dis bien un « beau » film, avec un propos artistique, c'est ce que peut se dire le public dans cette salle du Palais du cinéma ce soir-là de septembre 1954, pris par cette sensation troublante d'assister à la naissance et à l'envol d'une œuvre qui sera l'une des plus abouties de Federico Fellini. L'ambiance se réchauffe dans le public jusqu'au moment où, à la fin du film, la salle explose en un tonnerre d'applaudissements. Le même commentateur radio témoigne, un peu désarçonné, qu'il vient de voir un film qui est, par moments, très beau.

Quand ils sortent, Fellini et Masina se retrouvent face à une foule. Ces gens viennent juste de voir le film dans une salle voisine et ont accouru pour attendre le réalisateur. Dès qu'ils aperçoivent Fellini et Masina, c'est une ovation. Ils sont conquis et les applaudissements les plus nourris sont pour Giulietta, ou plutôt pour Gesolmina, que les spectateurs ont immédiatement adoptée.

La Strada a beaucoup plu au public et séduit une grande partie de la critique étrangère – *Les Cahiers du cinéma* écrivent dans la foulée qu'il est à « ranger dans la catégorie des œuvres mythiques » –, tandis qu'il divise l'Italie. On porte des jugements pour le moins ambivalents, mitigés, ou froids. On reconnaît la qualité du film mais on émet toutes sortes de réserves. Il est évident que le soutien de l'Église catholique pèse dans la balance, il est source de défiance. La critique de gauche est sévère. Aristarco en est le meneur, même s'il décide de ne pas écrire à chaud. Par la suite il dira que Fellini est anachronique, « englué comme il l'est dans des problématiques aux dimensions humaines largement dépassées ». Cette violente attaque d'Aristarco inspirera le personnage de l'odieux critique dans *Huit et demi*, que Guido rêvera de voir pendu dans une salle de cinéma. La recension est datée de novembre 1954. Fellini, paraît-il, envoya à Aristarco une carte postale pour Noël sur laquelle il écrivit : « Bonne année, petit con. »

Quoi qu'il en soit, c'est à ce moment-là qu'émergent en même temps les motifs d'une rupture entre Fellini et Visconti, une forte résistance envers le cinéma de Fellini, mais aussi probablement, et dans le sens inverse, une œuvre unique que le succès populaire ne va pas tarder à consacrer. Le film *La Strada* est attaqué parce qu'il tourne le dos au néoréalisme. On ira jusqu'à affirmer qu'il le rejette d'une bien vilaine façon. On lit dans *L'Unità*[7] que Fellini ne s'est pas rendu compte d'« avoir sapé à la base, de l'intérieur, le réalisme cinématographique italien ». Et l'auteur d'ajouter : « Après *La Strada*, Fellini, qui a du talent, doit changer de route[8]. » Dans *Avanti !*[9], on trouve que tous les acteurs du film, « dans la peau de personnages peu crédibles, livrent la plus triste prestation de leur carrière ». On peut affirmer que la prise de position de l'Église catholique n'a fait que renforcer le socle théorique et idéologique du milieu du cinéma de l'époque, pour lequel le néoréalisme a permis aux films italiens d'être parmi les plus appréciés dans le monde. Et Fellini a beau avoir débuté en tant que scénariste auprès de Roberto Rossellini, avoir coécrit *Rome, ville ouverte*[10], *Sciuscià*[11], il s'en détache avec une désinvolte et scandaleuse assurance. Son film parle du temps qui passe, de misère et de nostalgie, sans paraître vouloir affronter les problèmes sociaux. Bref, il n'est pas assez engagé et le voilà catalogué décadent et réactionnaire. Concrètement, Fellini est accusé de trahir le cinéma italien. Et on lui oppose le contre-exemple éclatant de *Senso*, qui a été plébiscité, y compris par la critique internationale, parce qu'il serait, lui, parfaitement conforme au cinéma italien. Ce n'est pas la première fois qu'un des films de Visconti est davantage agité comme une banderole politique et culturelle qu'il n'est jugé sur ses seules qualités artistiques.

Cependant, le 6 au soir, Fellini ne sait pas que Visconti et Franco Zeffirelli, son assistant, sont présents à la projection de *La Strada* dans une autre salle. L'attaché de presse, Enrico Lucherini, est certainement avec eux, bien qu'il m'ait raconté avoir vu le film avec Luchino dans un cinéma de Rome. Sa mémoire flanche sans doute un peu mais, d'après lui, durant toute la durée du film, Luchino n'a pas dit un mot tout en secouant la tête pour finalement lancer : « Mais on dirait Macario[12] ! » en parlant de Giulietta Masina. Visconti pouvait faire preuve d'une grande méchanceté.

Vérification faite, ils n'étaient pas à Rome mais bien à Venise. Une fois dehors, ils envoient un télégramme à Suso, la scénariste de Visconti :

> *Strada sortie mitigée avec différents avis. Stop. Jugements globalement défavorables. Stop. Notre impression n'est pas bonne. Nous t'embrassons.*

La cérémonie de remise des prix se déroule dans ce climat marqué par des réactions à l'avenant. Pour beaucoup, *Senso* mérite le Lion d'or malgré ses messages politiques plus ou moins clairs, mais on le croit victime d'un boycott parce que le ministère n'en veut pas, pas plus que le gouvernement. Et l'on craint que *La Strada*, grâce au soutien des catholiques dont il a bénéficié, puisse lui ravir la place, quand bien même Fellini avait obtenu l'année précédente le Lion d'argent avec *Les Vitelloni*. L'autre incertitude concerne le président du jury, Ignazio Silone. L'écrivain, qui a quitté le Parti communiste après en avoir été l'un des dirigeants les plus en vue, est désormais connu pour ses positions anticommunistes. Pour les marxistes de l'époque, il a trahi la cause, peu importe que les raisons qui justifiaient son départ aient été totalement sensées. Il y a dans le jury cinq Italiens sur neuf jurés (l'espoir de voir un film italien remporter le Lion d'or n'était donc pas irréaliste). Parmi eux se trouve Piero Regnoli, critique de *L'Osservatore romano*[13], qui un an auparavant était devenu scénariste et qu'on retrouvera parce qu'il fera, plus tard, des révélations concernant ces journées.

Toujours est-il que l'entourage de Visconti, ses collaborateurs et ses amis ne sont pas rassurés. Franco Zeffirelli en tête, la petite bande fait son entrée dans la salle avec l'envie d'en découdre. Pour eux, il n'est pas concevable que le Lion d'or échappe à *Senso*, et si malgré tout c'était le cas, preuve sera faite que le film aura bien été victime d'un boycott. Le début de soirée est donc extrêmement tendu, tension que le jury avait perçue dès l'ouverture du festival, surtout à cause de la concurrence entre les productions italiennes, et de surcroît dès que le festival est devenu le théâtre d'un duel inattendu entre les films de Fellini et de Visconti. La tension monte à mesure que les résultats tombent.

La coupe Volpi, qui récompense le meilleur acteur, est décernée à Jean Gabin. Mais tout le monde meurt d'impatience de savoir qui sera la meilleure actrice, puisque Alida Valli et Giulietta Masina se présentent en favorites. Cela devrait donner une première indication sur la suite des événements. Personne ne semble tenir compte des autres actrices en lice, notamment Grace Kelly, pour sa merveilleuse prestation dans *Fenêtre sur cour*.

Mais, stupeur dans la salle, la coupe Volpi de la meilleure actrice ne sera pas décernée. Par la suite, on affirmera que les jurés, incapables de choisir entre Valli et Masina, ont préféré s'abstenir. Cela ajoute encore à la tension.

À ce stade du récit, il est un point que je ne suis pas parvenu à clarifier. Selon la coutume, et parce qu'il est la récompense la plus prestigieuse, le Lion d'or est attribué en dernier. Mais aucun article de presse ne mentionne que le Lion d'argent a été attribué cette année-là après le Lion d'or. Différents témoins le confirment, et rien de ce qui arrive ensuite ne peut s'expliquer autrement.

Nous voici donc à la remise du Lion d'or. C'est le directeur du festival en personne, accompagné d'Ignazio Silone, qui proclame le résultat, laissant le public sans voix. La surprise est de taille : le cinéma italien s'adjuge enfin et pour la première fois de son histoire le Lion d'or. Cependant le vainqueur n'est ni Fellini ni Visconti, mais bien Renato Castellani pour son *Roméo et Juliette*.

La décision déconcerte. La plupart des spectateurs ont apprécié le film de Castellani, mais personne n'a pensé qu'il pouvait briguer la moindre récompense. À tel point que le réalisateur lui-même s'est déjà remis au travail sur un autre tournage – et il semblerait que la nouvelle l'ait perturbé, lui qui n'avait aucunement prévu d'être présent pour la cérémonie finale. Son producteur s'avance donc pour recevoir la statuette. Le clan Visconti est hébété, sonné. Ils n'étaient pas préparés à un tel coup de théâtre et ils en déduisent que la prophétie du boycott s'est réalisée. Sidérés par la victoire de Castellani, ils restent sans réagir.

Si l'on ajoute à l'annulation de la remise du prix féminin ce Lion d'or attribué à un outsider italien, la solution trouvée par les jurés pour résoudre le casse-tête que posent Fellini et Visconti est encore plus tordue que le problème.

Une fois que les photographes ont immortalisé le Lion d'or à satiété, on passe à l'attribution du Lion d'argent, qui ne récompensera pas moins de quatre films, classés ex aequo. Les partisans de *Senso* pensent sur le moment que le recevoir serait un moindre mal. Sont appelés à venir retirer leur prix et se faire tirer le portrait Kurosawa pour *Les Sept Samouraïs*, Kazan pour *Sur les quais*, Mizoguchi pour *L'Intendant Sansho* et... Si cette maigre consolation n'est pas pour *Senso*, cela voudrait dire que...

La Strada vient d'être nommé. Federico Fellini monte sur scène, il porte un smoking blanc, il est grand, élégant. Indifférent au brouhaha dans la salle, il attrape le Lion d'argent d'un geste désinvolte et se place dans un coin.

Les gens du parterre lui tournent le dos. Ils ne regardent plus la scène, ils l'ignorent. Des images d'archives en témoignent. Non seulement les premiers rangs se retournent mais les autres se mettent debout pour mieux regarder ce qu'il se passe.

Des voix s'élèvent pour contester le prix attribué à *La Strada*. Les contestataires sont assez rapidement identifiés au milieu d'un groupe qui réunit les amis et collaborateurs de Visconti. Franco Zeffirelli s'illustre en chef de meute. C'est lui qui a donné le signal dès l'annonce du prix à Fellini. Certains ont sorti des sifflets de leur poche, Zeffirelli porte le sien à sa bouche et s'époumone pour semer le désordre et exprimer son mécontentement tandis que les autres hurlent.

Sont également présents dans la salle des collaborateurs de Fellini, dont Moraldo Rossi qui était son assistant sur *La Strada*. En vérité, c'est un vieil ami de Fellini, lequel semble, quand il met en scène des personnages inspirés de sa vie, donner à voir un agrégat de lui-même et de Moraldo. Moraldo est d'ailleurs le nom du personnage principal des *Vitelloni* interprété par Franco Interlenghi. C'est lui qui, à la fin du film, part de Rimini en train. Et *Moraldo in città* (« Moraldo arrive en ville ») est un projet que Fellini a sous le coude depuis quelques années. C'est en quelque sorte la suite des *Vitelloni*. Moraldo Rossi était même pressenti pour le rôle. Il travaillait avec Fellini depuis longtemps déjà et il était tenté par une carrière d'acteur. Mais le jour arriva où il dut se décider : soit se lancer dans le métier d'acteur, soit rester assistant-réalisateur. Il opta pour la seconde option pour diverses raisons, dont la principale était financière. *Moraldo in città* fut finalement mis de côté, peut-être alors au profit d'un précédent scénario dont l'écriture avait été interrompue, *La Strada*. Plus tard, quand Fellini tournera *La Dolce Vita*, il déclarera, parfaitement conscient de ce qu'il faisait, qu'il s'agissait de la suite des *Vitelloni* : « Une fois arrivé à Rome, que va bien pouvoir faire ce jeune homme ? »

Dans la salle, Moraldo Rossi est placé au milieu d'autres proches de Fellini, tout en haut. De là, il voit le chahut que fait plus bas un groupe d'opposants au prix que vient de recevoir *La Strada*. Il distingue l'un d'eux, de dos, particulièrement véhément. Moraldo est furieux. Il descend quatre à quatre les escaliers, suivi par ses amis. Il agrippe Franco Zeffirelli par-derrière, l'extirpe du groupe et se met à le gifler. Il soutiendra qu'il ne savait pas alors de qui il s'agissait, bien qu'il soit permis d'en douter. Dans son sillage, les amis de Fellini agressent les partisans de Visconti, sous les yeux du parterre. Des gens accourent pour séparer les deux groupes. Moraldo, après avoir frappé Zeffirelli en plein visage, s'aperçoit que celui-ci a perdu un bout de quelque chose. Il pense lui avoir cassé une dent mais Zeffirelli n'a craché que son sifflet.

Il s'agit bel et bien d'une rixe. Elle ne durera pas, notamment grâce à l'intervention des nombreuses personnes venues séparer les belligérants une fois passé le premier moment de surprise. Dans cette pagaille, on a déchiré la superbe robe de Lucia Bosè qui était assise au milieu de la mêlée et n'a pas eu le temps de s'en dégager. Tout cela se passe donc à l'intérieur du Palais du cinéma, le soir de remise des prix de la Mostra de Venise où un film italien a reçu pour la première fois un Lion d'or. Mais ceux qui s'empoignent n'ont que faire de *Roméo et Juliette*.

C'est à cette occasion que le divorce est consommé entre felliniens et viscontiens, et qu'entre les deux hommes s'affiche une rivalité qui durera des années.

Avant même de tourner *Les Vitelloni*, Fellini avait terminé l'écriture de *La Strada* qu'il destinait à sa femme. Cependant, après son premier film, *Le Cheik blanc* (si l'on exclut *Les Feux du music-hall* coréalisé avec Lattuada), qui avait fait un four, son producteur lui suggéra de sortir d'abord un film plus abordable. Ainsi, Fellini, avec l'aide de Flaiano et Pinelli, écrit *Les Vitelloni*, qui non seulement connaîtra un joli succès mais posera les bases d'un genre, la comédie à l'italienne, qui caractérisera la production du pays pendant des décennies. Un genre que délaisse immédiatement Fellini, abandonnant à d'autres le soin d'exploiter le filon. Ce film offre une deuxième chance à Alberto Sordi qui, après *Le Cheik blanc*, avait été jugé aussi antipathique qu'indésirable. Afin qu'il puisse jouer dans *Les Vitelloni*, Fellini dut accepter que le nom de l'acteur n'apparaisse pas sur les affiches et garantir qu'il ne lui donnerait pas un rôle de premier plan. Contre toute attente, Sordi, dans son très émouvant personnage, fut particulièrement apprécié, à tel point que sa carrière serait désormais entièrement liée à la comédie à l'italienne, dont il devint l'acteur emblématique.

Après quoi son producteur demanda à Fellini ce qu'il désirait faire.

« Je préfère mourir que de ne pas faire *La Strada*, répond Fellini.

– D'accord, faisons *La Strada*, mais sans Giulietta. »

Giulietta Masina était considérée comme une actrice dont le physique et le jeu ne feraient pas salle comble. C'est d'autant plus cocasse que l'on sait l'accueil qui lui fut réservé à Venise, ce que sont devenus *La Strada* puis *Les Nuits de Cabiria*, faisant d'elle une actrice mythique.

S'entendant dire « Tu le fais, mais sans Giulietta », Fellini, qui avait écrit le film pour elle, prit congé du producteur et s'en alla en parler avec Carlo Ponti (alors l'associé de Dino De Laurentiis). Ponti trouva l'histoire formidable et il lui fit immédiatement signer un contrat. Puis, quand tout fut fin prêt pour commencer à tourner, Ponti lui dit : « Tu devrais prendre Silvana Mangano et Burt Lancaster. »

Dans l'histoire des deux réalisateurs comme dans celle du *Guépard* et de *Huit et demi*, ce n'est qu'une coïncidence de plus. Le film ne se fera qu'à condition que Fellini accepte le futur prince de Salina dans le casting (tel Visconti des années plus tard pour *Le Guépard*). Fellini prépare sa riposte en deux temps : d'abord, il se dit prêt à déchirer le contrat si Giulietta n'est pas engagée, tout simplement parce qu'il a écrit le film pour elle. Ponti et De Laurentiis cèdent. Après cette première victoire, le réalisateur leur dit que le meilleur profil pour interpréter Zampanò n'est pas Burt Lancaster mais Anthony Quinn. Ce dernier n'est pas encore un acteur de premier plan mais Fellini s'obstine et remporte cette deuxième manche. Le tournage peut démarrer, toutefois Fellini confiera par la suite : « J'ai eu l'autorisation de tournage mais j'ai dû me débrouiller tout seul. » Finalement, *La Strada* est sélectionné à Venise, remporte un prix illustre comme cela était arrivé aux *Vitelloni*, à la différence que Venise fait décoller le film, qui remplira les salles non seulement en Italie mais également dans le monde entier, avant d'obtenir la consécration en remportant l'Oscar du meilleur film étranger.

La naissance de *Senso* est, elle, liée à un autre personnage qui a son importance dans cette histoire : Giorgio Bassani.

Bassani avait supervisé l'édition d'un recueil de nouvelles de Boito, il en avait écrit l'introduction et avait fait cadeau d'un exemplaire à Suso Cecchi D'Amico. À ce moment-là, Visconti et la scénariste travaillaient ensemble sur un film avec le producteur Riccardo Gualino, *Marcia nuziale*[14], film qui par un entrelacs d'histoires démontrait en quoi le divorce n'était pas en soi une mauvaise chose. C'était compter sans le gouvernement, qui n'estime guère souhaitable de promouvoir ce genre d'idée. Gualino, dépité, se retrouve avec un contrat et des avances dûment signés, mais sans film. Visconti tient beaucoup à respecter ses engagements. Il promet donc de lui proposer un projet au plus vite. C'est ainsi qu'avec Suso ils se mettent en quête d'une autre histoire. Un soir, la scénariste se saisit du livre de Boito que Bassani lui avait offert. Elle commence la lecture de la nouvelle intitulée *Senso* qui, à l'évidence, est faite pour Visconti, elle en est persuadée. Le lendemain matin, elle l'appelle et lui annonce avoir déniché le film idéal pour lui.

Elle lui fait lire la nouvelle, ils se rendent chez Gualino, la lui résument et celui-ci donne son accord à condition que la distribution soit internationale (Farley Granger et Alida Valli obtiendront les rôles principaux, tous deux sont à l'époque des étoiles montantes de Hollywood). Au début, Suso, pour montrer sa reconnaissance à Bassani ou pour saluer la clairvoyance dont il a fait preuve en lui envoyant le livre de Boito, propose à Visconti d'impliquer l'auteur dans l'écriture du scénario. Ils s'y attellent mais, comme le dit Suso, bien souvent les écrivains n'aiment guère travailler sur un scénario, ils ne savent écrire que seuls face à leur table. Quelques réunions suffisent pour que Bassani se retire.

Piero Regnoli, l'un des neuf jurés du festival de Venise, sera désigné comme l'un des responsables de l'échec de

Senso à la Mostra. Pourtant, il a raconté ensuite dans *L'avventurosa storia del cinema italiano, 1935-1959*[15], de Goffredo Fofi et Franca Faldini, que peu de jours après avoir été appelé pour faire partie du jury, il fut convoqué au ministère de la Culture, où le sous-secrétaire au spectacle, Giuseppe Ermini, un démocrate-chrétien, lui exposa l'objet de sa mission à Venise. Il aurait les pleins pouvoirs pour empêcher *Senso* de recevoir le Lion d'or et, si possible, toute autre récompense, d'une part parce que Visconti était communiste et d'autre part parce qu'on s'opposait à sa vision partielle de l'histoire du Risorgimento. « Le terme “pleins pouvoirs” signifiait disposer d'autant d'argent que nécessaire. »

Mais ce n'est pas tout. Regnoli devait faire en sorte de favoriser *Roméo et Juliette* de Castellani parce que les pouvoirs publics avaient remué ciel et terre pour qu'il soit terminé à temps et présenté à Venise.

La Démocratie chrétienne chargeait Regnoli d'orienter l'appréciation des jurés. Regnoli précise qu'il s'y opposa, arguant qu'on ne pouvait pas faire une chose pareille ; du moins chercha-t-il à minimiser son rôle par rapport aux huit autres jurés. Son indocilité poussa le ministère à mandater à Venise, presque incognito, Annibale Scicluna Sorge, qui durant le fascisme cumulait d'importantes responsabilités au sein du ministère de la Presse et de la Propagande ainsi que dans le Minculpop[16]. Devenu parlementaire démocrate-chrétien, il fut un censeur zélé, faisant opérer de nombreuses coupes dans différents films. Toujours est-il que sa mission à Venise consista à demeurer pendant toute la durée du festival à l'hôtel Excelsior, dans une chambre située au-dessus de celle de Regnoli, pour le surveiller et savoir ce qui s'y mijotait, afin de mieux intervenir auprès des autres membres du jury et tenter de les influencer.

En particulier les Italiens, qui étaient majoritaires – cinq sur neuf, dont Regnoli. Selon les dires de ce dernier, la majeure partie des jurés était corrompue.

L'ostracisme dont fut frappé *Senso* ne se limita pas au festival. Le film fut poursuivi en justice et condamné pour outrage aux forces armées.

Toujours en 1954, quelques semaines avant la Mostra de Venise, se tient à San Pellegrino Terme une convention littéraire qui a pour principe de faire découvrir un écrivain, un poète débutant ou récemment publié, défendu par un auteur confirmé devant un public composé de pairs, d'éditeurs et de journalistes. La convention a pour nom : « Roman et poésie d'hier et d'aujourd'hui ; rencontre entre deux générations ». Elle se déroule du 16 au 19 juillet, c'est-à-dire pratiquement en même temps que l'on décide du sort de *Senso* et de *La Strada* à Venise ; en même temps aussi que débutent les manigances contre *Senso* et celles en faveur de *Roméo et Juliette*. Entre autres intervenants, on trouve Giorgio Bassani qui est en train d'écrire *Cinque storie Ferraresi*[17]. C'est le père de Suso, Emilio Cecchi, qui le parraine. Giovanni Comisso parraine Goffredo Parise qui a publié il y a peu *Odeur de sainteté*[18], Guido Piovene parraine Enzo Bettiza, Giuseppe Ungaretti parraine Andrea Zanotto, Alba de Cespedes parraine Bruno Rombi, et la Repaci parraine Italo Calvino, entre autres.

Enfin et encore mieux, Eugenio Montale présente pour sa part un poète sicilien inconnu dont il a reçu quelques rimes qu'il a beaucoup aimées, accompagnées d'une lettre compassée et grandiloquente qu'il a, en revanche, beaucoup moins goûtée. Ce poète s'appelle Lucio Piccolo et Montale l'imagine très jeune parce que cet inconnu lui a envoyé une lettre prétentieuse et naïve. Toujours est-il qu'il a été frappé par le style complexe et savant de ses vers, à tel point qu'il l'a invité à participer à la convention et le parrainera en personne. C'est une proposition inimaginable pour un poète sicilien totalement étranger aux cercles littéraires.

Chacun est impatient de découvrir ce poète inconnu.

Sur la principale avenue de San Pellegrino Terme, un homme de cinquante-trois ans marche en compagnie d'un autre ; ce dernier est grand, corpulent, avec de petites moustaches, muni d'un bâton de promenade, taciturne, le visage pâle. Derrière eux, un type porte péniblement des valises en essayant de se donner une contenance.

Le premier est Lucio Piccolo, baron de Calanovella. Le deuxième est son cousin Tomasi, prince de Lampedusa. Le troisième est Paolo, le fidèle valet de chambre du baron. Ils s'arrêtent au Grand Hôtel où ils ont réservé deux chambres adjacentes et s'étonnent de n'y trouver personne de la convention. Lucio Piccolo finit par comprendre : l'hôtel est trop cher pour des gens de lettres.

Ils rejoignent enfin le Kursaal où, justement, les écrivains sont déjà réunis autour d'une pléiade de journalistes, d'éditeurs, d'amis ; sont présents aussi des curieux et des spectateurs. Tous voient soudain entrer les deux aristocrates siciliens dont un, en plein mois de juillet, porte un manteau en poil de chameau. Tomasi, monté dans sa chambre pour se changer, s'était aperçu qu'il n'avait emporté qu'un costume à rayures quelque peu élimé et avait enfilé son pardessus en le boutonnant jusqu'au cou pour cacher sa veste.

L'assistance est stupéfaite de découvrir que l'un des deux

est le poète que Montale a choisi d'inviter. La surprise est surtout due à l'âge du « jeune » poète ; Montale est le plus étonné de tous, lui qui s'attendait à voir débarquer un garçon plein de fougue. Ce duo étrange et inattendu éveille la curiosité des journalistes. Le poète convié par Montale est un baron, et son cousin, un prince. Ce dernier, dans son manteau, paraît à l'aise, sûr de lui, et il va jusqu'à répondre aux questions que l'on pose à son cousin en les anticipant avec autorité. Moqueurs, certains journalistes affirment que le prince est venu humer un peu du parfum de gloire de son cousin baron.

« Nous nous sommes sentis comme deux péquenauds sortis de je ne sais où, au mieux comme des provinciaux mal dégourdis », dira des années plus tard Lucio Piccolo. À vrai dire, autant celui-ci et le prince Tomasi di Lampedusa étaient des personnes considérées à Palerme, autant à leur arrivée à San Pellegrino Terme ils n'étaient plus qu'un poète inconnu accompagné par son cousin. En somme, leur présence avait une tonalité toute folklorique.

La plupart des écrivains de la convention viennent les saluer tour à tour. Parmi eux, Bassani qui, tandis qu'il prend la main du prince – lequel s'incline légèrement devant lui –, ne se doute pas du destin commun qui les attend. Un journaliste demande à Tomasi, après avoir interrogé son cousin poète, quelle est sa profession. « Vous voulez dire : de quoi je vis ? Je suis prince », lui confirme Tomasi. Comme le journaliste insiste, il lui confie qu'il ne lui aurait pas déplu d'écrire quelque chose ; d'ailleurs, il y songe, mais ces rencontres à San Pellegrino ne le rassurent aucunement.

« Que voudriez-vous écrire ? lui demande le journaliste.

– Un roman historique. »

Durant cette conversation, on s'interroge aussi sur le possible vainqueur du prix que la convention a prévu de décerner et le journaliste requiert son avis. Tomasi, de manière prémonitoire, répond que, selon lui, Rocco Scottelaro l'emportera. Ses écrits posthumes ont été présentés à cette occasion car l'auteur est décédé quelques mois plus tôt. Le prince ajoute : « Il aura le prix, maintenant qu'il est mort. »

Quelques années plus tard, le destin lui réservera exactement le même sort.

Autre fait singulier, quand Montale monte sur l'estrade pour la traditionnelle présentation de son protégé, il avoue immédiatement ne pas s'être douté un instant qu'il se retrouverait face à un homme d'un âge aussi respectable. Et le public de s'esclaffer quand il ajoute que, lorsqu'il a reçu ses poésies, le courrier n'était pas affranchi au tarif en vigueur et qu'il avait dû payer un supplément de sa poche. De plus, la lettre d'introduction qui les accompagnait, assez superficielle, était plutôt dissuasive. Il craignait donc le pire, avant de lire ses vers qui, en revanche, étaient magnifiques.

À ses mots, Tomasi devait frémir. Il était l'auteur de la fameuse lettre. On dit qu'il l'aurait écrite à l'insu de son cousin.

Outre le talent de poète de Lucio Piccolo qui sera reconnu par la convention, pas plus Bassani que les autres ne peuvent imaginer qu'ils ont devant eux celui qui écrira des années plus tard un chef-d'œuvre : *Le Guépard.* Tomasi, même s'il avait dit qu'il n'était pas sûr de l'écrire un jour parce qu'il lui faudrait « se confronter à ces gens », quitta en réalité cette convention suffisamment ragaillardi pour s'attaquer au roman historique dont il avait parlé au journaliste, projet qui lui tenait particulièrement à cœur depuis de longues années. Dès l'automne, il était à pied d'œuvre. Il n'est pas à exclure qu'il ait même commencé sitôt rentré de la convention.

Dans une lettre de mars 1956, Tomasi explique à son ami Guido Lajolo ce qui lui était arrivé cet été de 1954 : « Il y a quelques années, une irrépressible activité artistique s'est emparée de mes trois cousins. Le benjamin (de cinquante-trois ans, tout de même) a fait imprimer un petit volume de poésies dont il a envoyé un exemplaire au redoutable Eugenio Montale et, par retour de courrier, ce dernier a proclamé qu'il était un génie. Il a reçu un prix littéraire à San Pellegrino et ses vers seront publiés chez Mondadori le mois suivant, Montale en écrira la préface. Interviews dans les journaux, photos dans *Epoca* (en juillet 1954), ce fut un coup de tonnerre. (Achète-le quand il sortira : Lucio Piccolo. *Canti Barocchi*[19].) Bien que j'aie beaucoup d'affection pour mes cousins (en particulier les deux derniers), je dois confesser que je me suis senti piqué au vif. J'avais l'absolue certitude de ne pas être plus bête qu'eux. C'est ainsi que je me suis assis à ma table pour écrire un roman. »

Si l'on en croit sa femme, Licy, Tomasi ruminait depuis au moins vingt ans une histoire héritée de son arrière-grand-père, Giulio, qui avait vécu du temps de Garibaldi. Il répétait constamment qu'il aurait bien aimé l'écrire mais qu'il ne s'était jamais résolu à le faire. La convention de San Pellegrino lui en donna le courage. Ce concours de circonstances ou du destin est crucial. D'autant plus que démarrer l'écriture de son livre semble l'amuser. Or les événements allaient très vite prendre une tournure douloureuse. Il fait lire un premier manuscrit à Licy qui n'est pas enthousiaste. Quand Tomasi le passe à ses amis, dont Gioacchino Lanza Tomasi, pas un ne fait preuve du moindre engouement ; pire, leurs commentaires sont glaçants.

Il décide de l'envoyer quand même chez Mondadori par l'entremise de Lucio Piccolo. La réponse est négative mais le dialogue est ouvert. On lui conseille de s'y remettre et de renvoyer une nouvelle version pour relecture. Cette recommandation émane d'Elio Vittorini, mais il n'est pas certain qu'il ait lu les quatre chapitres envoyés par Tomasi, et peut-être même en arrive-t-il à cette conclusion en se fiant uniquement aux deux fiches de lecture transmises par ses collaborateurs. En décembre 1956, la maison d'édition lui fait part de son refus irrévocable.

À ce moment précis, Tomasi tombe gravement malade – cancer des poumons. Cela ne l'empêche pas pour autant de proposer son manuscrit ailleurs. Il l'envoie notamment chez Einaudi. Fin mai, il rédige ses dernières volontés. Dans ce testament, il demande que ses funérailles soient des plus sobres et programmées à un horaire improbable de façon que personne ne se déplace. Enfin, pour ce qui est du *Guépard*, il ajoute : « Je souhaite que l'on fasse tout ce qui est possible pour qu'il soit édité. Bien entendu, cela ne veut pas dire qu'il doive paraître aux frais de mes héritiers, ce serait pour moi la pire des humiliations. » En gros : débrouillez-vous pour que ce livre sorte dans une vraie maison d'édition.

Lors de la réunion du mercredi chez Einaudi, quelqu'un estime que le livre est publiable mais ne risque pas de casser la baraque. Dans un deuxième temps, Elio Vittorini qui dirige la collection I Gettoni l'examine à nouveau – cette fois, il l'a vraiment lu – et décrète qu'il ne correspond absolument pas à sa ligne éditoriale, voire que ce roman est tout le contraire de ce qu'il recherche.

Einaudi non plus ne publiera pas *Le Guépard*.

Tomasi reçoit le courrier de refus un après-midi. Le soir, au dîner, sous la véranda, il le lit en intégralité à voix haute à sa femme et devant ses invités. Einaudi a décidé de ne pas publier le roman, même s'il contient de très beaux passages, parce que l'éditeur ne croit pas qu'une histoire si ancienne puisse trouver son public. Tomasi est déçu mais il sourit en reposant la lettre près de son assiette. La recension n'est pas si mauvaise, conclut-il.

Quatre jours plus tard, son état de santé s'aggrave rapidement et, en quelques heures, Tomasi di Lampedusa meurt.

Chargée d'exécuter les dernières volontés de son mari et maintenant convaincue par la qualité du roman, Licy le fait parvenir – grâce à un ami commun, Giargia – à Elena Croce, la fille de Benedetto, qui était une des figures intellectuelles de Rome. Comme il existe à ce sujet des versions divergentes, je m'efforcerai de restituer la plus connue. Elena Croce, selon divers témoins, parcourut le livre distraitement puis l'égara. Comme Giargia la questionnait pour pouvoir donner son avis à Licy, Elena Croce finit par avouer ne pas l'avoir lu. Au bout du compte, on retrouva le manuscrit dans la chambre de sa femme de ménage, au milieu d'autres babioles. Peut-être l'avait-elle mis là sans soupçonner ce qu'il contenait. Se sentant prise en défaut, Elena Croce décida de proposer le roman à Marguerite Caetani, directrice de la revue littéraire *Botteghe Oscure*, revue dans laquelle l'écrivain Giorgio Bassani occupait le poste de rédacteur.

Bassani, se rendant au siège du Parti républicain où Caetani lui a adressé le manuscrit, le récupère à la loge avant de l'emporter chez lui. Il dira des années plus tard qu'il lui avait suffi de lire la première page dans le réduit du concierge pour entendre la petite musique qui lui faisait espérer avoir trouvé une pépite. Sur le manuscrit, aucune signature n'indiquait qui en était l'auteur.

De retour chez lui, Bassani se plonge sans attendre dans l'ouvrage, il lit un tiers du texte sans s'arrêter et, vers minuit, décroche son téléphone, compose un numéro et, à l'autre bout du fil, une voix ensommeillée et caverneuse lui répond. C'est Mario Soldati. Bassani lui dit de passer aussitôt chez lui, parce qu'il est en train de lire un livre prodigieux. Soldati fonce chez Bassani et, en pleine nuit, ils se mettent à le lire tous les deux, côte à côte, jusqu'à la fin. Ils tombent d'accord : le livre est un chef-d'œuvre.

Mais ils n'en connaissent pas l'auteur. La page de garde ne mentionne aucun nom. Alors, Bassani remonte jusqu'à celle qui est à l'origine de la transmission, Elena Croce. Elle lui aurait répondu qu'elle pensait que l'auteur était une vieille dame de l'aristocratie palermitaine. Bassani raconte l'anecdote dans la préface, ce qui mit fort en colère Croce qui soutiendra ne jamais avoir prononcé ces mots.

Dans une autre version, Elena Croce avoua qu'elle ne savait sincèrement pas à qui appartenait le tapuscrit, mais qu'elle avait immédiatement su apprécier la qualité du texte. Des années ont coulé depuis mais cette hypothèse, qui sera défendue par un grand universitaire comme Giovanni Macchia, paraît moins fiable que celle racontée sur le vif par des témoins directs. Par ailleurs, qu'Elena Croce ait reçu un manuscrit qu'elle ait mis de côté et oublié n'a rien d'extraordinaire, cela peut arriver à n'importe qui. Sauf si l'on a conscience que s'y tapit un *Guépard.*

Toujours est-il qu'Elena Croce donne le numéro de Giargia à Bassani puisque c'est lui qui l'avait sollicitée. Bassani appelle donc l'ingénieur et découvre que l'auteur du roman est ce même monsieur qu'il avait vu quelques années plus tôt à San Pellegrino Terme chaperonner son cousin, le poète Lucio Piccolo, et à qui il avait été présenté. Bassani se souvient alors qu'il s'était incliné brièvement devant lui. Ce personnage qui avait suscité la curiosité de tous par sa présence incongrue était l'auteur de ce chef-d'œuvre.

Bassani sait pertinemment qu'on ne publierait pas l'intégralité d'un roman, même aussi beau, dans *Botteghe Oscure*, au mieux peut-il en dévoiler un chapitre. Mais en tant que conseiller littéraire pour Giangiacomo Feltrinelli, il le fait lire à cet éditeur. Lequel, dit-on, n'est pas plus emballé que ça. Ils sont nombreux jusqu'ici à ne pas l'avoir été, et bien d'autres ne le seront pas davantage. Pour Feltrinelli il s'agit d'un roman écrit par un aristocrate et, pour un marxiste, ça démarre mal. Ce hiatus est à l'origine de tout ce que l'on pourra entendre par la suite à propos de l'ouvrage. Mais Bassani persévère, affirmant que le livre est sans aucun doute un grand livre et qu'il faut absolument le publier. Devant une telle détermination, Giangiacomo va à l'encontre de sa première impression. Il accepte le défi que ni Einaudi ni Mondadori n'ont relevé et consent à publier ce roman qui sera probablement très mal reçu par la critique de gauche. Qu'importe, il s'en fiche. Ce ne sera rien par rapport à ce qu'il a enduré après la publication du *Docteur Jivago*, l'année précédente.

Giargia informe la veuve de Tomasi que la maison Feltrinelli est prête à publier le roman. Après quoi Licy reçoit un coup de fil de Bassani qui insinue en passant que, bien que le texte soit formidable, il lui manque un petit quelque chose. En effet, Licy lui concède que la version qu'il a lue est en six parties et qu'il y en a huit en tout. On ne peut pas dire que la conclusion du roman soit mauvaise, admet Bassani, mais la fin est moins convaincante.

Il rapporte la réponse de Licy : « Un bal, ça vous irait ? »

L'un des chapitres manquants était consacré à une réception avec un bal. Le fameux bal du *Guépard*.

Quelques jours après la Mostra de Venise, Fellini et Visconti se croisent à Milan, dans le hall de l'hôtel Principe di Savoia. Fellini cherche Visconti du regard et Visconti l'évite. Cela s'est joué en à peine quelques secondes mais c'est le geste de trop, le dernier. Jusqu'ici, l'affrontement se limitait à leur entourage mais, dès lors, ils ne s'adresseront plus la parole.

Moraldo Rossi a raconté qu'à compter de ce jour les deux hommes ne cessèrent d'échanger, indirectement, des amabilités. Certains collaborateurs ou amis se faisaient leurs messagers et rapportaient ce qui se disait sur l'un ou sur l'autre. Dans l'entourage de Fellini, un mouchard racontait à un membre de la clique de Visconti ce que Fellini disait de lui, et inversement.

Cependant, comme on l'avait constaté à Venise, il ne s'agissait pas seulement d'une brouille entre Fellini et Visconti, entre les partisans de l'un ou de l'autre. Avec *La Strada* et *Senso*, au sein de la critique, une scission se dessine très nettement. À gauche, on ne se lasse pas de démonter *La Strada* comme de désigner Fellini traître au néoréalisme. Outre les recensions déjà citées, on l'a qualifié d'« hypocrite », on a souligné son « insincérité » et son caractère « capricieux ». Évidemment, en face, les avis contraires ne manquent pas, dont celui de Pasolini qui, lui, qualifie le film de chef-d'œuvre.

Un critique anglais qui ne dédaignait pas de temps en temps tenir de tout petits rôles dans les films, John Francis Lane, fut envoyé en Italie en tant que correspondant du *Guardian*. Il nota que les critiques italiens traitaient presque toujours les films en fonction de la lecture strictement marxiste qu'ils en avaient, ce qui faussait leur jugement. Impossible d'apprécier aussi bien le travail de Fellini que celui de Visconti. Lui qui déclarait les aimer tous les deux voyait sa position jugée inconsistante et, par conséquent, il fut sommé de choisir son camp. Il n'est pas compliqué de deviner de quel côté il décida confortablement de se ranger : celui de Fellini.

Depuis Venise et leur sortie en salles, les deux films font le plein : Fellini comme Visconti sont devenus des réalisateurs incontournables. Surtout, le parcours de *La Strada* va faire qu'il ne sera plus seulement un film réussi ou étonnant, il devient un film culte. Fellini et Giulietta Masina sont invités un peu partout, le film et son actrice principale obtiennent récompense sur récompense. Aux États-Unis, *La Strada* remporte le prix de la critique new-yorkaise et, enfin, presque un an après, en 1956, il obtient l'Oscar du meilleur film étranger.

Fellini rayonne. Il n'affiche pas encore ses réticences à l'égard de Hollywood, posture qu'il adoptera quand il se sentira plus sûr de lui. Pour l'heure, il accepte donc de séjourner à Los Angeles un mois et demi de plus que prévu pour discuter d'un projet de film que vient de lui proposer la maison de production de Burt Lancaster. Le futur prince de Salina vient croiser la route de Fellini. Le projet fera long feu, comme tous les projets cinématographiques du réalisateur à Hollywood.

Plus les mois passent, plus le succès de *La Strada* se confirme, plus la polémique enfle à gauche. Pour finir, le film fait l'unanimité contre lui. Le critique Gian Piero Brunetta soutient qu'une anthologie critique de *La Strada* pourrait constituer la preuve irréfutable de l'incompétence alliée au manque d'intelligence de la critique de gauche du milieu des années 1950. Il entend bien démontrer que toutes les attaques sont instrumentalisées à des fins politiques. Fellini ne le dit pas autrement : « Le malheur de *La Strada* est que l'Église s'en est emparée comme d'un étendard », ce qui a déchaîné les passions.

Ce n'est certainement pas la première fois que l'on se retrouve confronté à cette constatation terrifiante, qui semblait pourtant alors légitime, nécessaire et même obligatoire : le Parti dictait ce qu'il était bon de penser, un aspect des choses dont j'ai à peine eu conscience durant mon enfance et qui devait heureusement disparaître par la suite. C'est pourquoi j'ai pu me dire de gauche sans avoir à rougir tout au long de ma vie, sauf à regarder en arrière. Car l'idée qu'un monstre du cinéma comme Fellini ait pu être maltraité de cette façon (et il n'est pas le seul, loin de là), ou qu'un autre monstre comme Visconti ait pu à l'inverse être adulé uniquement sur des critères idéologiques, me fait honte. Penser que tout ce que j'ai aimé au cinéma, en littérature, ait pu être soumis à ce carnage idéologique ne m'indigne même pas, ça me rend malade. Je pourrais dresser ici la longue liste des gens (je m'en tiendrai aux écrivains, intellectuels et cinéastes) qui, parce qu'ils ont rendu leur carte du Parti, parce qu'ils avaient des positions libérales ou anticommunistes pour des raisons qu'on a par la suite admises comme non délirantes, ont été humiliés par des idéologues ou empêchés dans leur carrière artistique. Je pense à ceux-là mêmes que nous considérons aujourd'hui comme de grands artistes ou, comme dans le cas de Fellini, des génies absolus.

Une nouvelle revue qui vient de sortir à l'instigation de Palmiro Togliatti[20], *Il Contemporaneo*, dirigée par Romano Bilenchi et Antonello Trombadori (qui fut toute sa vie un ami de Visconti), lance une première offensive clairement politique contre le film de Fellini. Où la question du néoréalisme revient au centre du débat. Jusqu'au jour où la revue *Cinema Nuovo* publie le courrier d'un lecteur de Sant'Antimo, lequel demande à la rédaction si, d'après elle, *La Strada* de Fellini pourrait être rangé dans la catégorie des films néoréalistes. Pour sa part, il ne le pense pas parce que, dit-il, ses personnages ne sont pas crédibles, sont pour le moins excessifs, et il ajoute, sans doute non sans malice : « J'aimerais à ce sujet avoir l'avis de Luchino Visconti et, on peut rêver, celui de Fellini en personne. »

Nous sommes en septembre 1957. *La Strada* est sorti à Venise trois ans plus tôt. Trois ans… Mais la polémique n'a pas l'air de vouloir cesser.

La revue publie la réponse de Visconti qui s'exprime enfin directement.

> « Je pense que, sur le fond, votre lecteur a raison. *La Strada* n'a rien d'un film néoréaliste. Je dirais plutôt que ses personnages sont dotés d'une personnalité hors norme et qu'il s'agit d'une histoire qui s'appuie davantage sur un concept abstrait que sur la réalité. C'est un film qui certainement ouvre une nouvelle voie : une espèce de *néoabstractionnisme*. Il va sans

> dire que j'utilise ici le terme de "néoréalisme" tel que défini par des gens plus compétents que moi en la matière, définition qui n'appartient qu'à eux. »

Visconti est laconique et féroce. L'abstraction ou la formule « néoabstractionnisme » est un clin d'œil au lecteur et, il faut bien l'admettre, il est méprisant.

Si Visconti a le droit de détester Fellini, rien ne l'oblige à le juger artistiquement en termes si sévères. Il ne se le serait pas permis si le contexte politique avait été autre. Or ce contexte l'encourage et Visconti fait bien comprendre à Fellini qu'il joue à domicile. C'est bien parce qu'il a ses supporteurs derrière lui qu'il se permet d'être aussi dur.

Nous voici arrivés à la réponse au lecteur de Fellini qui, en réalité, s'adresse directement à Visconti.

> « Quelle que soit la signification définitive donnée au terme néoréalisme par des gens plus "compétents" que Visconti, personnellement, je n'ai pas d'avis sur la question : pas plus que je ne sais quoi penser d'une intervention qui se voudrait historiographique et qui, donc, se devrait au moins d'employer des termes précis. Je suis, en revanche, certain que le terme "néoabstractionnisme" utilisé par l'auteur de *Senso* est le plus inexact que l'on puisse trouver pour définir mon travail. Si Visconti utilise le mot "abstraction" dans le sens courant, en référence au procédé artistique, il me semble qu'il y ait là une confusion dans les termes, puisque rien n'est, par définition, plus figuratif que le cinéma, le mien comme celui des autres.
> Cependant, si le terme d'abstraction est employé d'une façon plus générale ou générique, alors, l'erreur est vraiment énorme (à moins que ce ne soit de la mauvaise foi). Je pense que l'on ne peut rien imaginer de

> moins abstrait que ma façon de travailler. Mon rapport avec le néoréalisme (qui m'a tout appris) est justement d'adhérer à l'ensemble de ses codes qui invitent à ne respecter aucun schéma préconçu, ni sociologique ni esthétique. Ce n'est pas à moi, naturellement, de juger du résultat de ma totale ouverture d'esprit, laquelle me remplit d'aise. Je sais seulement que, si une voie nouvelle a été ouverte par un film comme *La Strada*, celle-ci incite justement à dépasser tous les schémas (tout engagement, toute affaire de goût) qui au long de la brève histoire du néoréalisme se sont affadis, de *Rome, ville ouverte*, jusqu'à ses derniers épigones. À dépasser, donc, toute abstraction au profit de mon inspiration, certes audacieuse mais aussi personnelle que riche. »

Fellini se défend énergiquement mais il est aussi déloyal en citant *Rome, ville ouverte* auquel il a contribué, tout en pointant du doigt « ses derniers épigones ». Dans un style à peine courtois, Visconti et Fellini s'affrontent durement et directement à travers leurs deux films sortis plus de trois ans auparavant, sous prétexte de devoir répondre à un lecteur.

Ce sera le seul et unique accrochage entre les deux réalisateurs qui, depuis ce jour à l'hôtel Principe di Savoia, avaient préféré s'ignorer, du moins officiellement. Le combat se poursuivra pourtant à distance, à coups de ragots, calomnies et médisances.

Une anecdote, de source incertaine mais qui m'amuse beaucoup, illustre leurs rapports. À un journaliste lui confiant un jour qu'un grand réalisateur lui avait dit que les cinéastes italiens dont le nom finissait par le diminutif « ini » étaient dépourvus de talent, Fellini aurait répondu : « C'est Viscontini qui vous l'a dit ? » Voilà la différence entre un aristocrate communiste fasciné par la culture bourgeoise et un metteur en scène populaire amateur de bande dessinée et de cabaret.

Fin 1960, encore une fois, dans le numéro de décembre de *L'illustrazione italiana*[21], Visconti, alors aux prises avec la censure pour *Rocco et ses frères*, s'avançait même sur la façon dont son rival parvenait à y échapper : « Derrière *La Dolce Vita*, il y a le cardinal Siri, et c'est là toute l'habileté de Fellini en digne héritier de Cagliostro[22]. »

Visconti est né à Milan en 1906, Fellini à Rimini en 1920. Ils n'appartiennent donc pas à la même génération mais le hasard fit qu'ils arrivèrent tous les deux à Rome en 1938 pour y faire du cinéma. À partir de cette date, leurs carrières prirent deux chemins étrangement parallèles. Les deux réalisateurs n'ont en commun que d'avoir été associés à travers le dualisme de leurs parcours. *La Strada* et *Senso* marquent le début d'une série d'événements qui s'imposeront assez mystérieusement à eux de façon récurrente tout au long de leur existence. Passé la Mostra de 1954, Fellini tourne l'année suivante *Il Bidone*. Mais, dès 1957, *Les Nuits de Cabiria* et *Nuits blanches* sortiront en salles simultanément après une période de cohabitation forcée dans les studios de Cinecittà où ils ne purent faire autrement que de se croiser tous les jours tout en feignant de ne pas se voir.

En 1960, *La Dolce Vita* et *Rocco et ses frères* sortent en même temps, avec à la clé un immense succès pour chacun de ces deux films on ne peut plus dissemblables. Ces derniers mettent en évidence que les carrières des deux réalisateurs progressent au même rythme. Toutefois, les films ne sortent pas en salles exactement au même moment parce que les problèmes posés par la censure à

Rocco et ses frères sont à ce point affligeants qu'ils retardent sa sortie. Pourtant, les deux œuvres ont un double point commun. Le premier est leur éclatant succès. Pour ce qui est de *La Dolce Vita*, jamais autant de spectateurs ne se sont déplacés pour voir un film italien. Et les deux reçoivent un accueil unanime durable. *La Dolce Vita* est considéré comme le plus grand film de Fellini (avec plus tard *Huit et demi*), tandis que *Rocco et ses frères* dispute toujours au *Guépard* la place du chef-d'œuvre de Visconti chez les cinéphiles. Deuxièmement, les deux films ont de gros soucis avec la censure et subissent quelques avanies. Des manifestations ont été organisées par des militants catholiques devant les cinémas où passait *La Dolce Vita*, émanant de personnes qui semblaient jusqu'ici protéger son auteur, notamment toute une frange bien-pensante de la bourgeoisie. *Rocco et ses frères*, lui, rencontra d'emblée des problèmes avec la censure bien plus graves. Les ennuis commencent dès le tournage, quand la mairie de Milan refuse l'autorisation de filmer la scène de l'agression au couteau à l'Idroscalo[23]. Une décision d'un tribunal milanais ordonna de couper quinze minutes du film. Une coupe que Goffredo Lombardo accepta immédiatement alors que, dans un premier temps, Visconti s'y était opposé, avant de finalement baisser les bras.

Rocco et ses frères et *La Dolce Vita* ont été indubitablement des films disruptifs suscitant des polémiques dont ils ont profité au box-office. Jamais deux réalisateurs n'ont joui d'une telle aura. Jamais journaux et magazines ne se sont autant enquis de ce qu'ils envisageaient de tourner par la suite. En résumé, *La Strada* et *Senso* sont les deux films qui propulsent Fellini et Visconti sur la scène médiatique internationale, avant que *La Dolce Vita* et *Rocco et ses frères* ne les placent au premier rang des cinéastes italiens, avec

Michelangelo Antonioni qui, durant ces mêmes années, livre sa trilogie de l'incommunicabilité avec *L'Avventura*, *La Nuit* et *L'Éclipse*.

Examinons maintenant la façon dont ils imposent leurs nouveaux films à un moment où, à leur créativité, s'ajoute un sentiment de supériorité. Cet ajustement est délicat, dangereux, car il arrive que le pouvoir génère excès et perte de lucidité. On peut aussi se sentir si sûr de soi que le doute est proscrit, que l'on ne supporte aucune contrariété. Dans les cas de Fellini et de Visconti, de mon point de vue, leurs conceptions de *Huit et demi* et du *Guépard* témoignent effectivement d'une certaine vanité et de quelque arrogance. Cela ne les a pas handicapés pour autant : le résultat final fut miraculeux et ne l'aurait sans doute pas été à ce point s'ils n'avaient pas été si sûrs d'eux, si présomptueux, si suffisants. En cela, ils démentaient tous les adages.

En temps normal, le film de Fellini aurait été impossible à produire. *La Dolce Vita* avait déjà rencontré des problèmes liés à son financement et au fait qu'il était assez peu intelligible. C'était avant qu'il devienne l'un des films les plus importants de l'histoire du cinéma. Cette fois-là, Fellini en retirait plus de gloire que Visconti, lequel, avec *Rocco et ses frères*, revivait la même levée de boucliers à Venise pour l'attribution du Lion d'or ; cette fois-ci, il reçut le Lion d'argent.

Après *La Dolce Vita*, Fellini réussit donc le tour de force d'imposer un film sans trame, sans scénario abouti ; il avait beau le considérer comme achevé, *Huit et demi* restait truffé de points d'interrogation. Il s'agissait à l'évidence d'un film sans précédent. En somme, un film difficile, voire très difficile, incompréhensible, novateur. S'il parvint à le faire accepter, c'est que ce film raconte l'histoire d'un réalisateur totalement perdu après la sortie de *La Dolce Vita* – son histoire.

Visconti, quant à lui, pose sa patte sur un film qui au départ ne lui était pas destiné. Pourtant, il va se l'approprier. Il est lui aussi devenu un réalisateur aussi incontournable qu'influent. L'idée qu'il puisse éventuellement réaliser *Le Guépard* a provoqué l'annulation séance tenante de tout autre projet autour de lui, pour qu'il puisse travailler dans les meilleures conditions.

Ce qui signifie qu'au moment où Fellini et Visconti décident de se lancer, leur pouvoir est immense, comme leur rivalité est exacerbée, si l'on en croit les magazines et quotidiens parus durant ces mois-là.

Les deux réalisateurs se retrouvent d'ailleurs juste avant de tourner *Huit et demi* et *Le Guépard* pour participer à un film à sketchs. Afin de pouvoir tourner leur épisode respectif, les deux hommes doivent différer les préparatifs de leurs films et, par conséquent, la date de début du tournage.

Le film à sketchs a pour titre *Boccace 70* et, hormis de nouvelles tensions dues à un photographe de plateau, les deux réalisateurs se tiennent éloignés l'un de l'autre, chacun travaillant dans son coin. Ils ne se croisent même pas à Cannes en 1962 car, suite à un différend, le film est présenté hors compétition. *Boccace 70* est composé de quatre sketchs dont deux sont signés par De Sica et Monicelli. L'épisode de Monicelli, inspiré d'une célèbre nouvelle de Calvino où un couple d'ouvriers n'arrive pas à vivre ensemble parce que l'un travaille de nuit et l'autre de jour, a été retiré du montage final le temps du festival ; le film a été jugé trop long. Monicelli s'en offusque et les trois autres, par solidarité, décident de ne pas se rendre à Cannes.

Le sketch de Visconti, qui s'intitule *Le Travail*, est l'adaptation d'une nouvelle de Guy de Maupassant avec Tomás

Milián et Romy Schneider. Une femme découvre que son mari fréquente des call-girls et, pour se venger, elle décide que jusqu'à nouvel ordre son époux devra la payer pour obtenir ses faveurs sexuelles. À l'écran, posée sur un divan, on aperçoit la version allemande du *Guépard* qu'à l'évidence Romy Schneider est en train de lire.

Le sketch de Fellini met en scène Peppino De Filippi et Anita Ekberg, laquelle apparaît uniquement sur des panneaux publicitaires géants (gigantesques quand ils sont reproduits en rêve) qui vantent une marque de lait dont le slogan, « Buvez plus de lait ! », obsède le personnage principal. *Les Tentations du docteur Antonio* raconte l'histoire d'un pudibond obsédé par les formes suggestives d'Ekberg. On l'y voit gifler dans un restaurant une femme dont le décolleté est selon lui un peu trop profond, ce qui révèle l'idée qui a inspiré le sketch. Oscar Luigi Scalfaro[24] aurait véritablement giflé une femme dans un restaurant pour la même raison.

Après quoi, tout s'agence parfaitement pour que les calendriers du *Guépard* et de *Huit et demi* coïncident. Dorénavant, les deux réalisateurs travailleront selon un agenda identique, leurs films sortiront en salles à peu près au même moment, seront sélectionnés dans les mêmes grands festivals et prétendront aux mêmes prix. À croire, vraiment, qu'ils sont nés pour s'affronter. Mais ce n'est pas tout. Les dates de sortie des films qu'ils feront ensuite sont édifiantes :

En 1965 sortent *Sandra* et *Juliette des esprits*.

En 1969, après *L'Étranger* de Visconti, sortent *Les Damnés* et *Satyricon*.

Presque simultanément sortent *Mort à Venise* et *Fellini Roma*, fin 1971 et début 1972.

Suivent *Ludwig ou le Crépuscule des dieux* et *Amarcord* en 1973.

Enfin, alors que Fellini commence à avoir des soucis avec les producteurs et éprouve des difficultés à faire le tri dans ses projets, Visconti tourne *Violence et Passion*. Et, en 1976, le *Casanova* de Fellini est terminé quand sort l'ultime film de Visconti, désormais très malade, *L'Innocent*.

Durant ces mêmes mois de 1954, *Le Guépard* prend forme puisque Tomasi se décide enfin à l'écrire. Un premier pas est donc franchi l'année où sort *Senso* qui, comme *Le Guépard*, a pour sujet le Risorgimento, ce qui rapproche sensiblement ces deux films par ailleurs fort différents.

En théorie, rien ne laisse présager *Huit et demi*. Sans doute parce que ce film est l'aboutissement d'un processus créatif (ou d'un manque d'inspiration) qui puise son origine dans le succès au-delà de toute attente de *La Dolce Vita*. Pourtant, l'idée avait germé bien avant ; tout remonte en fait à *La Strada* et au prix remporté à Venise. *Huit et demi* est un film sur les affres d'un réalisateur en pleine gloire mais en panne d'imagination, et la genèse de cette œuvre est à situer en 1954, date à laquelle Fellini connaît son premier véritable succès en tant que réalisateur.

En 1954, Visconti ne peut songer au *Guépard* parce qu'il n'existe pas encore ; quelqu'un, quelque part, commence tout juste à en écrire les premières pages. Quant à Fellini, l'idée de son film est encore floue ; cependant les premiers effets de son couronnement le plongent bientôt dans une crise existentielle, dont l'écho s'affichera dans *Huit et demi*.

En 1954, tout est donc encore en gestation. Ces premiers indices nous laissent toutefois entrevoir ce qui sera alors la grande année de Fellini et de Visconti.

Et c'est là que tout se complique.

Une nuit de 1960, Fellini est au volant de l'une de ses voitures de luxe. Il défiait Marcello Mastroianni d'en avoir une plus belle que lui. Mastroianni a d'ailleurs raconté que ce petit jeu leur avait coûté une fortune. Fellini roule en direction de Torvajanica, puis Fregene, il adore avaler des kilomètres mais toujours avec quelqu'un à côté de lui pour discuter. Ce soir-là, Pier Paolo Pasolini est sur le siège du passager.

Ils ont dîné ensemble pour se rabibocher après une sérieuse engueulade.

Fellini lui explique vouloir devenir producteur, ce qui n'est pas forcément une bonne idée puisque, visiblement, il a surtout envie de réaliser un nouveau film. Il a une idée derrière la tête et en fait part à Pasolini dans l'obscurité de l'habitacle : l'histoire d'un homme déprimé et désemparé. Voilà le point de départ assez vague de *Huit et demi*. Fellini lui confie maintes fois qu'il ne sait pas si cela se fera un jour. En réalité, le projet est bien plus avancé qu'il ne veut bien le dire.

Les deux hommes s'étaient déjà rencontrés des années auparavant. C'est Fellini qui avait approché Pasolini, il avait lu ses poésies mais admirait particulièrement son extraordinaire capacité à reproduire le langage du prolétariat romain. Et comme il travaillait alors sur *Les Nuits de Cabiria*, il voulait lui en parler. C'est ainsi qu'ils commencèrent à se balader en voiture et à se lier d'amitié. Exactement comme ce soir, Fellini, au volant de sa voiture, lui avait raconté toute l'histoire des *Nuits de Cabiria* et lui avait demandé de collaborer à l'écriture du scénario. Ce que Pasolini avait fait avec Flaiano et Pinelli, s'occupant notamment du langage des prostituées dans le monde interlope de la nuit romaine qui constitue le cadre du film. Après quoi, il avait collaboré également à *La Dolce Vita* en prodiguant (en coulisses) des conseils sur quelques scènes. Le film sorti, soit quelques mois à peine avant cette virée nocturne, Pasolini prend la plume pour dire son enthousiasme. Il aborde le film par une analyse linguistique et stylistique, effectuant un rapprochement entre Fellini et Carlo Emilio Gadda. Plus prosaïquement, il dit que Gadda a sauvé le réalisme littéraire en inventant un nouveau style adapté à son époque, et que Fellini ne fait rien d'autre dans le cinéma avec *La Dolce Vita*. Pasolini pense lui aussi qu'avec ce film, Fellini met fin au néoréalisme. Les critiques marxistes l'avaient déjà écrit après *La Strada*, Pasolini le confirme après *La Dolce Vita*. Il nomme cette nouvelle voie le « néodécadentisme » (pour lui, ce néologisme est élogieux, à l'inverse du « néoabstractionnisme » plein de morgue signé Visconti) et annonce qu'un nouveau mouvement littéraire commence à prendre le même chemin. Il ajoute que Fellini ouvre pour beaucoup d'autres artistes un nouveau champ expérimental. Pasolini ne peut se douter de la déflagration que produira le prochain film de Fellini, dont celui-ci vient juste de lui dévoiler vaguement l'intention.

Mais pourquoi donc Pasolini et Fellini sont-ils restés fâchés plusieurs mois, pour ensuite se réconcilier en une nuit ?

Tout remonte à cette décision : Pasolini a annoncé tout à trac vouloir se lancer dans la réalisation de films, en plus d'être poète, écrivain, essayiste, éditorialiste. Il est persuadé qu'il saura trouver son propre langage cinématographique en adaptant un de ses romans. Il écrit dans cette optique le scénario d'*Accattone*. Ce moment coïncide avec l'explosion de *La Dolce Vita* et la décision de Fellini, devenu l'homme le plus puissant du cinéma italien, de créer avec son propre producteur Angelo Rizzoli une nouvelle société, une filiale de la Cineriz, propriété de l'homme d'affaires milanais. Elle prendra le nom de Federiz et son but sera de faire émerger de nouveaux talents, sous son patronage. Fellini repère immédiatement trois films : *L'Emploi*, d'Ermanno Olmi, *Bandits à Orgosolo*, de Vittorio De Seta (la rencontre avec De Seta se révélera très importante par la suite mais pour d'autres raisons), et *Accattone*, de Pier Paolo Pasolini.

Fellini ne pense alors pas sérieusement faire un nouveau film et passe ses journées dans les bureaux de la Federiz, via della Croce, somptueusement aménagés puisque c'est Rizzoli qui paie. Il déjeune tous les jours chez Cesaretto, le restaurant voisin, organise des rencontres et des réunions avec Pasolini et d'autres gens, au terme desquelles rien ne se décide avant le prochain rendez-vous, et ainsi de suite. Inutile de préciser que Fellini se souvient de cette période comme l'une des plus fabuleuses de sa vie.

En réalité, quand Pasolini demande à Fellini de lire le scénario d'*Accattone*, Fellini et Rizzoli sont sceptiques sur le texte comme sur la capacité de l'écrivain à passer derrière la caméra. Mais ils tombent tous les deux d'accord pour prendre le risque de produire le film.

Pasolini est pressé. Il sent bien qu'autour de lui on n'y croit guère. Le poète qui veut devenir réalisateur entend démontrer au plus vite que sa conception de la mise en scène ne laisse aucune place à l'improvisation. Il demande donc à tourner, insiste, et finalement Fellini en parle avec Rizzoli. La décision est prise : Pasolini a trois jours pour tourner une sorte d'essai préalable à son film.

Pasolini raconte que son angoisse était telle qu'il n'avait pas fermé l'œil durant les nuits précédant le tournage. On lui attribua un petit bureau de production et une équipe minimale, au sein de laquelle il put engager en tant qu'assistant le fils de son ami Attilio Bertolucci, Bernardo, âgé de dix-neuf ans. Dans sa folie créatrice, Pasolini avait écrit avant *Accattone* un scénario traitant d'un autre sujet, mais jugea qu'il ne convenait pas pour un premier film. Il avait pour titre *La Commare secca*. Bernardo fera à son tour ses débuts en tant que réalisateur avec ce scénario imaginé par Pasolini[25]. Les premiers jours sur le plateau d'*Accattone* sont pour Bertolucci une expérience inoubliable, dont il parlera toute sa vie. Il assiste là à quelque chose d'inédit, où les idées d'un novice se mêlent à une vision iconographique très personnelle et sans égale.

Les bobines sont confiées à Fellini pour qu'il les visionne. Puis, comme d'habitude, les versions diffèrent.

Dans cette affaire, Fellini raconte qu'il n'a joué qu'un rôle de médiateur, qu'il n'a pas vraiment eu son mot à dire. Il n'y a que lui pour être à la fois un si grand cinéaste et capable d'une telle lâcheté. Pasolini, pour sa part, se souvient d'un Fellini embarrassé et d'une phrase malheureuse. En gros, cela s'est passé ainsi : Fellini visionne les bobines et convoque Pasolini ; ou plus probablement, il semble que ce soit Pasolini qui ait demandé à le voir pour comprendre, au terme d'un long silence, ce qui se passait, pourquoi personne ne lui disait plus rien. Pasolini se rend à la Cineriz ; Fellini, la mort dans l'âme, lui dit que le résultat n'est pas bon… enfin, plutôt que les autres ont trouvé que c'était mauvais. Pasolini n'est pas dupe, il voit bien que Fellini non plus n'est pas emballé. Surtout, celui-ci lui assène : « Tu es un écrivain, pas un réalisateur. »

Ce qui revient à lui dire de retourner à ses livres.

Bertolucci raconte que dans le petit bureau aménagé pour le tournage, tout le monde attendait le retour de Pasolini. Il arrive en larmes, une image que Bertolucci n'oubliera jamais. Abattu, Pasolini annonce que le film s'arrête là.

Quelque temps après, Mauro Bolognini se rendra chez Pasolini et lira le scénario d'*Accattone*. Il lui trouvera un producteur, le film se fera et Pasolini démarrera son extraordinaire carrière de cinéaste. Fellini assistera ensuite à la projection d'*Accattone* et lui présentera ses excuses. Quand *Accattone* sera bloqué par la censure, il sera le premier à dénoncer publiquement ce coup d'arrêt scandaleux. Sans doute a-t-il des remords.

Il n'empêche, les relations entre Fellini et Pasolini sont devenues glaciales. Ils ne se parlent plus. Dans le quotidien *Il Giorno*, à chaud, le 16 octobre 1960, Pasolini évoque sans détour le blocage de son film : « Par ailleurs, il est probable que la Federiz ne produira aucun film à part ceux de Fellini. » Effectivement, Fellini ne produira ni le film de Pasolini ni le film d'Olmi, pas plus que celui de De Seta.

Quelques mois plus tôt, Fellini est à Cannes où est projeté *La Dolce Vita* qui remporte déjà un énorme succès et qui est à l'origine d'incidents devant les cinémas, de débats enflammés dans les médias. Le plus célèbre des films italiens doit beaucoup à l'odeur de soufre qui l'entoure. La polémique fait rage dès la sortie de la salle entre ceux qui crient au scandale et ceux qui crient au génie. Le phénomène est devenu à ce point mythique que Pietro

Germi mettra en scène en 1961 dans *Divorce à l'italienne* l'ambiance hystérique qui règne dans la salle lors d'une projection de *La Dolce Vita.* Lequel Germi a réalisé des films écrits par Fellini (Fellini admet que c'est en observant sa façon de travailler qu'il a appris à mieux regarder et à choisir les visages des personnages qui peuplent ses films).

Mais revenons à Cannes. Fellini est l'invité d'une émission de la RAI. Il apparaît au balcon de sa chambre d'hôtel tandis que Carlo Mazzarella, du balcon d'à côté, lui demande ce qu'il rêve de faire par la suite. Il s'agit vraisemblablement d'une interview réalisée après la projection, car Fellini parle brièvement de la façon dont les gens l'interpellent dans la rue pour lui poser tout un tas de questions sur le film, mais ne semble pas encore avoir reçu la Palme d'or. On peut penser que l'interview a eu lieu le lendemain de la séance. Le film a reçu un accueil enthousiaste et Fellini, satisfait et souriant, dit qu'il va se reposer quelque temps et ajoute : « Je suis encore un peu tributaire de ce film, il va falloir que je l'accompagne à Londres, New York pour sa sortie en Amérique. J'ai une nouvelle idée en tête mais elle est encore un peu confuse. »

La confusion est une des caractéristiques du film auquel il pense.

Ennio Flaiano anticipe cela de façon quasi prophétique en août 1959 quand il reçoit un courrier de Tullio Kezich qui est en train de préparer un livre sur *La Dolce Vita* pour les éditions Cappelli. Kezich écrit : « Fellini m'a dit que vous vous teniez toujours très en retrait sur ces sujets mais je trouve absurde que vous n'apparaissiez pas dans ce livre. Je vais vous envoyer des questions. »

L'une d'elles porte sur le genre de film qu'il verrait bien Fellini tourner à la suite de *La Dolce Vita*, s'il pouvait toutefois se mettre à sa place.

Flaiano met quelques semaines avant de répondre, trop tard par rapport aux délais d'impression. L'interview ne figure pas dans le livre.

À la question portant sur le prochain film, il répond : « Je crois que parmi ses différents projets il a conservé *Voyage avec Anita*, et bien que dans *La Dolce Vita* la relation du personnage principal avec sa maîtresse soit déjà abordée, je pense Fellini capable d'approfondir plus largement le sujet. » Ce qui d'une certaine façon sera fait dans *Huit et demi*. Flaiano précise toutefois : « Je suis convaincu que dans son prochain film Fellini repartira à la recherche de lui-même. »

Cette phrase de Flaiano se révèle particulièrement juste. En effet, *Huit et demi* exprime bien davantage toutes les obsessions personnelles de Fellini que *La Dolce Vita* ou *Les Vitelloni*. C'est un récit franchement et dangereusement autobiographique. Dès 1959, donc, alors que *La Dolce Vita* n'est pas encore sorti et qu'il est inimaginable qu'il remporte un tel succès, Flaiano prédit que Fellini fera *Huit et demi*, ou quelque chose d'approchant. Ils avaient sans doute évoqué entre eux cette histoire d'homme saisi par le doute. Le fait que Fellini soit allé un temps en cure à Chianciano et qu'à son retour il ait eu l'idée de mettre en scène un homme un peu paumé dans une station thermale n'est pas non plus un hasard. L'origine de *Huit et demi* est sans aucun doute liée au fait que *La Dolce Vita* l'a vidé et l'a laissé sans la moindre idée à laquelle s'accrocher pour rebondir. Flaiano en a eu l'intuition bien avant que cela ne se vérifie.

De son côté, Fellini dit qu'il avait longtemps conservé précieusement cet embryon d'idée. Dans une interview parue en 1963 dans la revue *Bianco e Nero*, il affirme en effet : « Cette idée m'est venue avant *La Dolce Vita*. Je l'avais en moi depuis longtemps, il me semble qu'elle m'est venue juste après *Les Nuits de Cabiria*, je voulais réaliser un portrait à plusieurs dimensions d'un homme, à divers moments de son existence, c'est-à-dire une histoire qui en même temps que bâtie sur plusieurs niveaux, le réel, les rêves et l'imaginaire, ferait s'entremêler différentes temporalités, présent, passé et futur, disons, avec une certaine modernité. »

En général, il est difficile de se fier à ces propos qui nous parviennent bien après les faits. D'autant plus que, comme nous le savons, depuis toujours Fellini se servait de ses souvenirs et de ses propres récits, histoires vraies ou qu'il prétendait vraies, de façon très lâche, malicieuse ou enjouée. Il a toujours clairement dit qu'il était difficile de démêler le vrai du faux dans tout ce qu'il racontait. Il est aussi avéré qu'il manipulait la vérité à son avantage comme à ses dépens. Mais la reconstitution des prémices de *Huit et demi*, à travers la phrase de Flaiano, l'interview de Mazzarella à Cannes et l'idée du film telle que rapportée par Pasolini, résume bien la façon de travailler de Fellini, comment il élaborait les projets qu'il avait en tête ; tout cela donne un faisceau d'informations crédible.

À ce stade, il faudrait ouvrir une parenthèse, ou un nouveau chapitre, pour examiner le rapport qui existe entre Fellini et *Les Fraises sauvages* d'Ingmar Bergman, film de 1957 qui constitue très probablement la source d'inspiration de *Huit et demi*. Le lien entre les deux films est fondamental, raison pour laquelle Fellini réfute tout argument sur leurs possibles similitudes. Mais ce n'est pas la seule raison. Celle à laquelle je me suis rangé, en me décidant à revoir *Les Fraises sauvages*, est que Fellini, qu'il ait été ou non inspiré voire influencé, est allé beaucoup plus loin encore, car il s'est évertué à couper chacun des fils qui le reliaient à Bergman.

On découvre de plus que lors de cet automne 1960 son

idée est plus concrète qu'il n'y paraît. Camilla Cederna raconte qu'elle passait elle aussi de longs moments dans la voiture de Fellini durant lesquels, certes, il lui parlait du sketch *Boccace 70* qu'il devait tourner avant *Huit et demi*, mais surtout continuellement de cette idée de film qui lui trottait dans la tête. Le récit qu'il en faisait était un magma incohérent, raconte-t-elle. Il n'en donnait que des bribes, s'interrompant fréquemment pour regarder passer un piéton ou le paysage défiler. Mais la trame du film était là : un homme dans la quarantaine, fatigué et le foie mal en point, qui se décide à suivre une cure thermale.

Selon Cederna, Fellini insiste sur le fait que cet homme est à moitié sérieux, à moitié clownesque, une idée fixe que le réalisateur entretiendra longtemps, jusqu'aux premiers jours du tournage. C'est tellement vrai qu'il pensera même appeler le film *Un film comique*, allant jusqu'à coller sur sa caméra un pense-bête censé lui rappeler que le film doit être drôle, intention qu'il abandonnera bientôt. Il raconte qu'un jour, en cure, la femme de son personnage vient lui rendre visite, accompagnée d'une de ses amies, et celui-ci ne sait plus comment louvoyer, préférant la fuite en avant et multipliant les mensonges. Fellini raconte à Cederna que son passé ressurgit, incarné par la Saraghina, passage qui est une véritable trouvaille du film. « T'ai-je déjà parlé de la Saraghina, cette espèce de Moby Dick de Rimini qui, sur la plage, quand j'avais huit ans, a été pour moi la révélation de la femme dans toute son inquiétante puissance ? Je la vois très bien. Le personnage, dans son enfance, subira toutes les punitions que l'on m'a infligées au collège, je te les avais racontées, pas vrai ? Par exemple, si je désobéissais, on m'obligeait à rester à genoux sur un tas de maïs pendant au moins une demi-heure... »

De fil en aiguille il raconte le film à Cederna, il lui parle même de cette femme et amante, très belle, qui au fond ressemble à sa nourrice (ce rôle disparaîtra puisqu'il fusionnera avec celui de Carla, donnant corps à ce très beau personnage de la maîtresse maternelle, derrière lequel se cache une véritable femme ; nous y reviendrons). Il confesse que l'acteur qu'il voudrait voir interpréter le rôle masculin est Laurence Olivier. Il y songera longtemps, se rendra même à Londres pour le rencontrer, mais n'obtiendra aucun rendez-vous parce qu'au fond il n'y tient pas vraiment. Il a sans doute de bonnes raisons de penser qu'Olivier ne peut incarner son personnage : petit à petit, Fellini se rapproche de lui-même.

Un document prouve irréfutablement que l'idée qu'il livra de façon confuse, parcellaire, à Pasolini, en lui répétant sans cesse qu'il ne savait pas si elle se réaliserait un jour, était à ce moment-là déjà bien avancée. Il s'agit d'une longue lettre que Fellini adresse, toujours en 1960, à Brunello Rondi, coscénariste avec Flaiano et Pinelli de *La Dolce Vita*. Fellini est retourné en cure à Chianciano avant de s'arrêter quelques jours à Fregene pour travailler avec Flaiano. Ensemble, ils ont accumulé et étoffé les idées du scénario qu'il convient maintenant de transmettre à Rondi, sous la forme d'une missive qui tente d'y mettre de l'ordre et de les classer point par point. Ce premier jet contient déjà pratiquement toute la matière nécessaire au film.

« *Mon vieux Brunello, je t'avais promis que nous nous verrions de-ci de-là, au lieu de quoi je vais ici tenter de te résumer tout ce que j'ai en tête. Donc : un type (un écrivain ? un savant ? un imprésario ?) est contraint pour une quinzaine de jours de faire une pause dans sa vie à cause d'une maladie bénigne. C'est le signal d'alarme, physiquement il y a quelque chose qui ne passe pas. Il doit se tenir à carreau pendant deux semaines à Chianciano. Je t'ai déjà parlé longuement de cet endroit et tu sais donc déjà tout sur ce point.*

« Le type est pris au piège de situations qui l'oppriment et qu'il trouve parfois très pénibles à vivre mais il n'arrive pas à décompresser. Il est marié. Il a une maîtresse. Il parvient malgré tout à entretenir un nombre incalculable de relations dans lesquelles il se débat comme une mouche prise dans une toile d'araignée mais, sans doute, sans ces liens, il serait au fond du trou, ce qui l'angoisse parce qu'il ne se sent pas encore prêt à entreprendre quoi que ce soit. Sa nature empathique, sa façon d'être, à la longue, a laissé place à une espèce de psychose épouvantable qui n'a aucun sens et ne le mène à rien. À quoi bon y mettre de l'ordre ? Pour lui, le véritable sens à donner à tout cela consisterait peut-être tout simplement à se jeter à corps perdu dans cette sorte de petit ballet fantasmagorique, en essayant juste d'entrer dans la danse.

« Ses journées s'écoulent de cette façon, selon deux niveaux : le premier, le réel, est fait de rencontres à l'hôtel et à la source d'eau thermale, de visites d'amis venus de Rome, de la présence de sa maîtresse qu'il planque dans une auberge voisine et de sa femme qui un beau jour débarque et s'installe pour lui tenir compagnie. Le second niveau est fantasmé, fait de songes, de mirages et de souvenirs qui lui tombent dessus chaque fois que cela nous arrange.

« Alors voilà où nous en sommes. »

Et là, Fellini commence à faire la liste des ébauches de scènes. La visite du médecin ; la maîtresse, qui s'imagine qu'elle va poser son gros derrière dans un hôtel de luxe, avant d'être redirigée vers une auberge près de la gare (la scène où il va la chercher à sa descente du train est conforme au texte, on y trouve aussi précisé qu'elle porte une voilette). Le rêve avec ses parents au cimetière ; sa mère qui prend les traits de sa femme. La fille de la source thermale, « imagine Claudia Cardinale » ; son ami sexagénaire accompagné de sa jeune fiancée. Le cardinal, sa femme, la Saraghina et un premier aperçu de la séquence qu'il appelle la « maison harem » et à laquelle il tient beaucoup.

« Et puis tous les personnages de sa vie défilent comme dans un cirque. Bref, tout est là ou presque. Ça me plaît toujours autant. Je ne sais pas bien encore pourquoi. »

Plus loin, il écrit :

« Quel sens donner à tout ça ? Bah ! Flaiano suggère comme titre Une belle confusion *mais ça ne me plaît pas plus que ça. En fait, rien ne me plaît. Je sens que la véritable clé de tout ce bordel se trouve dans ce que j'ai annoncé dès le départ : c'est le portrait en plusieurs dimensions d'un type comme ci et comme ça. »*

Cette très longue lettre est la preuve définitive et fondamentale que *Huit et demi* apparaît clairement dans la tête de Fellini même s'il est encore très loin d'avoir fermement décidé que son personnage soit un réalisateur, c'est-à-dire lui-même, mais pour le reste, tout ce qu'il décrit là, nous le verrons à l'écran. Des choses seront gommées, d'autres ajustées, on en réécrira plusieurs versions et le film, construit au fil de l'eau, continuera d'évoluer au cours du tournage (une particularité qui sera moins patente dans *Le Guépard*). Mais le contenu de cette lettre est très clair et l'essentiel réside dans le fait qu'à ce stade, alors qu'il clamait à qui voulait l'entendre qu'il ne savait pas où il en était, Fellini avait en réalité déjà construit son film avec l'aide de Flaiano.

En post-scriptum, il demande à Rondi de n'en parler

à personne, bien que de son côté il commence à sonder son entourage. Il est impossible de raconter ce film, cela explique en partie pourquoi Fellini l'évoque en termes si vagues. Il se relâche un peu, il s'amuse aussi, il fait le point sur son avancée, mais dans sa tête, le film se structure.

La demande à Brunello Rondi de ne rien dire est aussi due au fait que le film est encore confus dans son esprit, et les gens à qui il tente d'en parler le ressentent. C'est le cas de Pasolini et de Cederna. Et puis, *La Dolce Vita* lui a fait prendre conscience de l'écart qui pouvait exister entre la façon dont on parle d'un film et ce qu'il deviendra en réalité. Dire que *La Dolce Vita* raconte l'histoire d'un journaliste qui erre dans une ville le cerveau embrumé (en cela, les deux personnages interprétés par Mastroianni se ressemblent beaucoup) n'est pas en soi très engageant. Or c'est exactement ce brouillard, cette confusion, ce refus de raconter une histoire qui fera des films de Fellini ce qu'ils sont une fois qu'il les aura terminés. Fellini inaugure une façon inhabituelle de faire du cinéma, un art qui se fonde d'ordinaire sur une histoire dont il est possible de démêler les fils et qu'il est possible d'analyser, afin qu'on ait éventuellement l'envie d'en faire un film. Mais Fellini profite de son état de grâce, il veut que personne ne sache rien de son film. Les journaux emploient souvent le titre *Une douce vie intérieure* pour le désigner mais les hypothèses farfelues sur le titre et la trame du film ne manquent pas. Après avoir écarté l'idée de l'appeler *Une belle confusion* comme le suggérait Flaiano, Fellini pense un temps l'appeler *Film comique*, ce que l'on peut interpréter comme une tentative de rendre le film présentable. Puis la presse lui attribue divers titres, comme *L'Uomo Anima*[26], ou *AsaNisiMasa*, qui est un mot-clé du film (dont une variante s'écrit « Asa

Nisi Masa », en trois mots). Un hebdomadaire ose même l'appeler *Le Labyrinthe* en annonçant que l'actrice principale sera Sylva Koscina. Enfin, sur le tournage, Mastroianni suggère *Les Confessions de Snaporaz*, petit nom du double du réalisateur (qui reviendra dans *La Cité des femmes*). Clemente Fracassi, l'attaché de production, propose quant à lui *Confideor*. Sur le contrat le titre est « 8 », soit le huitième film de Fellini. Pendant le tournage, ce titre provisoire qui sert simplement à identifier le projet devient « 8 ½ », ou « Huit et demi », son huitième long métrage auquel on ajoute une moitié de film. Il n'est pas évident de savoir si la fraction correspond aux *Feux du music-hall* qu'il coréalise avec Lattuada ou alors au sketch *Boccace 70* qui n'est pas exactement un film complet. Mais il est probable que l'on ait inclus dans sa filmographie *Boccace 70* qu'il vient de terminer, Fellini ne considérant pas celui tourné avec Lattuada comme un de ses films à part entière.

Finalement, il aura pour titre définitif *Huit et demi*, on n'y reviendra pas, et son graphisme signé Piero Gherardi le rendra immortel.

Le travail de Fellini consiste d'abord à rencontrer ses scénaristes, l'un après l'autre, il a toujours préféré procéder ainsi. Puis il s'attelle au scénario, il en produit diverses versions, mais au bout d'un moment il estime qu'il doit avancer seul. Ce sera encore plus vrai pour *Huit et demi*.

Son point de départ est un homme. D'intellectuel il deviendra écrivain, puis scénariste. Ce dernier personnage est présent dans toutes les versions du scénario, ce n'est qu'au moment de tourner qu'il se révèle être un réalisateur de cinéma. Je suspecte Fellini d'avoir voulu cacher depuis le début, par pudeur, ce personnage de réalisateur qui, au fond de lui, a toujours existé. Pour être plus juste, il a voulu masquer son envie de se raconter à la première personne, de raconter sans filtre ce qu'il avait dans le ventre. Ce film n'aurait eu aucun sens s'il n'avait pas fait précisément ce choix-là.

Il se peut qu'il ait alors cherché à mettre dans ce personnage tout son être, tous ses tourments, en ayant suffisamment confiance en lui pour croire qu'il y parviendrait. Il a d'abord maquillé ce Guido en crise sous les apparences d'un intellectuel, puis d'un écrivain qui se ferait le porte-parole du moi de Fellini. Puis, l'intellectuel devenu scénariste, il faisait un pas supplémentaire vers lui-même. À moins qu'il ait toujours eu la sensation qu'il réussirait cet amalgame, qu'il irait au bout du bout, tout en veillant à ne pas se démasquer. Plus le temps passait, plus il répétait qu'il allait abandonner, sans doute pour ne pas dévoiler complètement son intention. In extremis, il accepte de franchir le pas alors qu'il est sur le point de renoncer au film (manière de nier sa dépression). Miraculeusement, ce sont ces circonstances mêmes qui vont l'amener à aller de l'avant. Fellini se rend compte – mais jusqu'à quel point ? – que décider de faire du personnage de Guido un cinéaste revient à faire un film plus autobiographique, plus sincère, moins construit, plus novateur. Plus intime.

Au moment de choisir ses acteurs, Fellini devient insaisissable (cette question est abordée dans le film). Que ce soit pour le rôle de la jeune fille fantasmée ou pour celui de la maîtresse de Guido, dans les discussions avec ses collaborateurs, dans ses échanges avec Camilla Cederna, Fellini dit chercher une actrice du type de Claudia Cardinale et de Sandra Milo. Entre ces considérations et le choix final de ces deux actrices, le réalisateur passe un sacré bout de temps à refuser cette option, en recherchant toujours d'autres visages et d'autres corps pour interpréter la jeune fille de la source et la maîtresse de Guido. Exactement comme il n'acceptait pas que ce dernier puisse être un réalisateur, tout comme il s'est opposé à l'idée que Mastroianni soit à nouveau son double. On trouve ce même phénomène de résistance de manière sous-jacente dans l'œuvre, qui sous-tend que Guido se refuse à réaliser un film.

En réalité, depuis 1960, Fellini n'a jamais exclu de proposer le rôle à Claudia Cardinale. Mais quand il se décide à l'appeler, Cardinale s'est déjà engagée pour *Le Guépard* et les deux tournages se déroulent en même temps. Fellini retrouve Visconti sur sa route et vice versa. Il n'est pas spécialement ravi de devoir partager l'actrice avec Visconti, qui ne s'en réjouit pas non plus. Sauf que Luchino dispose d'un contrat. Claudia est une de ses vedettes, il n'a rien à faire, il se contente d'attendre avec une pointe de sadisme de voir comment Fellini va se débrouiller. Quand bien même ce dernier a toujours pensé à Cardinale, il devra s'adapter. Comme son rôle nécessite peu de plans, c'est jouable. Par la suite, par caprice ou pour de réelles raisons de mise en scène, ils s'accuseront réciproquement de la forcer à changer de couleur de cheveux. La Cardinale se soumettra à ce supplice dont elle fait aujourd'hui un récit épique.

Pour le personnage de Carla, la maîtresse, Fellini n'aurait vu en Sandra Milo qu'un modèle pour définir le type de physique qu'il recherchait. Elle lui rappelle en fait une femme bien réelle, Anna Giovannini, avec qui il entretient une relation adultère depuis des années, dont peu de gens sont au courant et qui ne sera révélée qu'après la mort du cinéaste. Mais Fellini, même s'il a Sandra Milo en tête, s'obstine à vouloir chercher un autre « visage ». Pour y avoir pris part, Camilla Cederna raconte sa quête avec beaucoup d'humour.

Fellini fait passer des annonces dans les journaux et

reçoit en retour des photographies de plusieurs femmes auxquelles il fait passer des bouts d'essai. Des femmes mariées, des jeunes, des plus vieilles, des grosses, des maigres, des femmes qui se présentent à lui sans en avoir dit un mot à leur mari ou à leur famille. Fellini demande à Cederna de l'aider. Il la retrouve à Milan pour quelques jours et en profite pour convoquer des candidates. C'est un défilé de corps, de visages, de folles, certaines aux formes exubérantes, d'autres encore qui sont persuadées de posséder le profil idéal pour le rôle et qui refusent de s'en aller tant qu'on ne le leur a pas attribué, sans compter celles qui l'insultent, qui pleurent, se mettent en colère. À l'évidence, il s'agit davantage de s'amuser que de trouver la perle rare.

S'il hésite à faire ce qu'il avait prévu depuis le début, c'est qu'il sait qu'il y a un problème. En effet, Sandra Milo vient de terminer *Vanina Vanini*, un film de Roberto Rossellini présenté à Venise (Rossellini trouva un prétexte pour ne pas y mettre les pieds) où elle a été démolie par la critique, qui l'affublera du surnom de Cabotine. Elle dira d'ailleurs, le jour où on lui décernera un Ruban d'argent pour son rôle dans *Huit et demi*, que tout est parti de *Vanina Vanini*. Puis déçue par le film de Rossellini, Sandra Milo a décidé de prendre sa retraite. Elle s'est mariée, veut un enfant, elle a tourné la page.

Fellini se retrouve donc face à une actrice en perte de vitesse qui règle le problème en renonçant à sa carrière. Mais elle comprend vite que c'est elle qu'il veut. Il insiste. La Milo a beau continuer de dire non, ça suffit, le cinéma, pour moi, c'est terminé, Fellini se présente un matin chez elle avec un opérateur. Il demande qu'on la réveille et l'attend au salon, avant de l'obliger à faire un essai pour le rôle de Carla. Se doutant bien qu'elle se montrerait inflexible, il s'est arrangé avec son mari pour monter ce traquenard. Quand Sandra arrive enfin en robe de chambre, il lui fait enfiler une redingote sans lui laisser de temps de protester, puis il lui demande si elle possède une guitare. Non, répond-elle, mais elle a un chat. Elle fera l'essai avec un chat en peluche dans les bras. Fellini la fait parler, lui demande de manger, de réciter quelques lignes, et à la fin de l'audition il n'a plus aucun doute, Sandra Milo sera Carla. Il veut juste qu'elle prenne un peu de poids, il la veut plus ronde, et elle acceptera de manger davantage durant des semaines. Elle ne sait pas encore qu'elle est enceinte.

Sandra Milo raconte qu'elle n'a pas pu refuser. Elle dit aussi qu'elle avait rencontré Fellini quelques années plus tôt à Fregene par l'intermédiaire de Flaiano et qu'elle était tombée immédiatement amoureuse de lui.

Elle accepte donc le rôle, pas tant parce que Fellini était devenu Fellini, mais parce qu'elle était toujours sous le charme de cet homme. Difficile de dire quelle est la part de vérité dans cette fable mais on sait aujourd'hui qu'ils ont vécu une longue et tumultueuse aventure.

En rencontrant Sandra Milo dans un café de Rome, en passant des heures à bavarder avec elle, il m'est apparu évident que le cinéma n'a jamais véritablement été son principal centre d'intérêt ; du moins sa vie privée l'intéressait-elle davantage, en particulier sa vie amoureuse. Il faudra y revenir. En discutant avec elle des semaines passées sur le tournage de *Huit et demi* et de sa relation amoureuse avec Fellini, j'ai fini par avoir la preuve que ce qu'elle disait était vrai. À ses yeux, et jusqu'à la fin de sa vie, avoir été la maîtresse de Fellini demeure plus important que d'avoir tourné dans *Huit et demi*.

Elle avait d'ailleurs abandonné sa carrière en s'imaginant qu'un mariage et un enfant soigneraient ses blessures. Par la suite, elle refusera le rôle de Gradisca dans *Amarcord* parce qu'elle s'était sentie obligée de choisir entre jouer dans le film ou quitter l'homme avec qui elle vivait, lequel était jaloux de sa liaison avec Fellini. Tout était prêt, elle avait même donné son avis dans le choix de ses tenues, dont le béret de Gradisca, mais elle ne fit pas le film. Elle n'interpréta pas Gradisca.

Au fond, le monde se divise entre ceux qui préfèrent tourner un film et ceux qui préfèrent l'amour. Personnellement, je préfère faire un film et Sandra préférait l'amour (quoiqu'elle ait aussi souffert de ne pas avoir vécu le grand amour avec un autre homme). Elle en parlait comme si sa carrière d'actrice n'avait été qu'un heureux hasard, pour elle il s'agissait plutôt d'un bon job qui lui permettait de vivre pleinement sa vie amoureuse.

On en vient au cas de Marcello Mastroianni. Fellini l'a en quelque sorte subtilisé à Visconti (c'est tout à son mérite). Au cinéma, l'acteur a déjà eu des rôles convenables mais pas exceptionnels. Au théâtre, jeune, il a débuté avec Visconti, le plus grand metteur en scène de l'époque. Puis il a tourné dans *Nuits blanches*, après quoi sa carrière bifurque. *La Dolce Vita* va tout changer. Non seulement Fellini se l'approprie mais il en fait son alter ego. C'est un véritable enlèvement.

Pour *La Dolce Vita*, la production souhaitait au départ engager Paul Newman et ne voulait pas d'un acteur italien. Fellini insista pour engager Mastroianni. Il le convoqua à Fregene afin d'évoquer le film en présence de Flaiano. Mastroianni, pour se donner une contenance, leur demanda quelque chose à lire et Flaiano sortit de sa poche un bout de papier où il avait griffonné deux, trois notes. Ce fut la même chose pour *Huit et demi*, si ce n'est que Fellini, cette fois-là, disait vouloir engager Laurence Olivier. Mastroianni lui répétait sans cesse que de toute façon il ne pourrait pas se passer de lui. L'acteur parlait très sérieusement, il était certain que personne d'autre que lui ne décrocherait le rôle. Puisque, justement, il était son alter ego.

Fellini rechigne donc à approcher les acteurs et les actrices parce qu'il a peur de faire ce film, il tergiverse. Il s'entête avec Olivier, lui donne des rendez-vous qu'il n'honore pas, lui demande de ne pas s'engager ailleurs, mais il le fuit. Quand finalement la production parvient à trouver des dates de tournage compatibles, il doit se décider sans jamais l'avoir rencontré.

Fellini sait qu'il y a un problème insurmontable pour Olivier : la scène du harem. Le personnage de Guido doit entrer dans une ferme où l'attendent toutes les femmes de sa vie présente et passée, celles qu'il désire et celles dont il rêve. Elles lui ont préparé une fête, lui font prendre un bain chaud avant de tenter de se rebeller contre lui. Fellini se demande bien comment Olivier pourrait faire oublier Hamlet et Othello dans ce harem. Il en conclut qu'il faudrait quelqu'un de plus banal.

Mastroianni avait raison. Fellini finit naturellement par revenir vers lui, d'autant qu'entre-temps ils sont devenus amis et que Fellini ose lui dire qu'il a des doutes sur son physique, qu'il le trouve trop jeune, vulgaire, grassouillet pour ce rôle dans lequel il ne faut pas apparaître tel qu'il est, c'est-à-dire trop content de mener la vie adultère de son personnage (qui n'est pas encore un réalisateur). Finalement, il décide de lui faire passer une audition en demandant qu'on l'enlaidisse, qu'on accentue ses cernes, il veut qu'il ait l'air triste. Il lui demande de maigrir. Car il sait pertinemment que quand Guido pénétrera dans le harem, seul Marcello sera crédible.

Piero Gherardi s'attaque à la construction de décors sublimes. Il repère l'endroit où la source thermale peut être reconstituée, trouve la maison de campagne (la sienne), montre à Fellini une clairière dans un bois de l'Eur destinée au tournage des scènes dans le jardin de la station thermale. Fellini, pourtant prêt à tourner, renâcle. Il confie à Camilla Cederna que ce film confus est peut-être trop ambitieux et qu'il représente même peut-être un danger, parce qu'il parle de sa peur abyssale de l'échec. Les séquences lui semblent bonnes, prises isolément, mais le résultat pourrait tout aussi bien se révéler risible. Il craint d'avoir choisi le pire moment pour tourner un film aussi nombriliste. Alors que *Le Guépard*, au contraire, avec son esprit d'ouverture sur le monde et l'histoire, est en parfaite adéquation avec son temps : engagé et somptueux.

Il finit par parler de ses doutes à son producteur, Angelo Rizzoli. Mais les décors sont déjà bien avancés, y compris l'aéronef sur la plage. Cette réalité empiète sur le contenu du film. Fellini y inclura d'ailleurs tout ce qui relève de la préparation du tournage puisque *Huit et demi* s'intéresse à quelqu'un qui doit faire un film qu'il ne veut pas faire. Rizzoli le rassure. Mais, une fin d'après-midi, alors que les premiers plans sont sur le point d'être tournés, Fellini prend un papier et un stylo et écrit : « Mon cher Angelino, je me rends compte que ce que je m'apprête à te dire va irréparablement mettre un terme à nos rapports de travail. Notre amitié risque également d'en souffrir. J'aurais dû t'écrire cette lettre il y a trois mois, mais jusqu'à hier j'espérais que… »

Concrètement, il se dit disposé à payer les pénalités prévues au contrat en cas de rétractation, car il n'y croit plus. Tout bien pesé, il pense qu'il vaut mieux perdre maintenant une somme raisonnable plutôt qu'une fortune plus tard. Tandis qu'il rédige cette lettre, un machiniste frappe à la porte de son bureau et lui signale qu'en bas, tout le monde est prêt à arroser l'anniversaire d'un collègue. À cet instant précis, Fellini doit faire un choix. Ou il termine sa lettre, ou il descend trinquer avec les machinistes. Il descend. Et se retrouve dans le décor de la cuisine de sa grand-mère reproduite à l'identique. Le bouchon de *spumante* saute et le technicien dont c'est l'anniversaire se tourne vers Fellini : « Ça va être un grand film, *dottore*. À la vôtre. Vive *Huit et demi* ! »

Cette histoire m'a été confirmée par beaucoup de proches et de témoins directs. Il se peut néanmoins qu'elle soit une invention de Fellini, ou qu'il ait romancé une scène en réalité moins enlevée. Avec lui, tout est à peu près de cet acabit. Il n'est pourtant pas inintéressant de creuser la question. Ne pas faire la part entre les preuves documentées et les récits de Fellini reviendrait à ne pas respecter son extraordinaire capacité à réinventer le monde. Il est impossible d'écrire sur Fellini sans accepter, je dirais même sans partager son sens de l'affabulation. Pas quand ces affabulations sont contredites de façon évidente par des faits, cela va de soi. Mais c'est aussi là que repose la grandeur de Fellini : ses affabulations sont de fantastiques édifices qui s'appuient presque toujours sur une solide structure. Il n'invente pas tout à fait, il magnifie les histoires les plus banales.

Au fond, la possibilité même de l'existence de *Huit et demi* repose sur une forme d'inconscience, comme sur le souhait de ne pas y arriver. Toutes les barrières ont paradoxalement sauté parce que Fellini prend soudainement conscience que le film comporte énormément de risques, avant de, tout doucement, enfin, se résoudre à se jeter dans le vide pour transformer ses pires cauchemars en un acte de bravoure insensé : si je le fais, il se fera.

L'histoire entre Visconti et *Le Guépard* pourrait démarrer ainsi : quand le livre sort en librairie, il n'y a aucune chance qu'un jour le roman de Tomasi tombe entre les mains de Luchino Visconti. Ils sont à des années-lumière l'un de l'autre. Et pourtant.

Bien avant cela, un disciple de Tomasi, Francesco Orlandi, lui avait fait cette remarque particulièrement pertinente juste après avoir lu le manuscrit : « Si votre grande fresque critique sur le Risorgimento est publiée, elle n'intéressera ou ne séduira en premier lieu que la gauche italienne cultivée, les communistes vont s'en emparer. »

Quand Feltrinelli décide effectivement de le publier, en novembre 1958, il s'est passé exactement un an depuis la sortie du *Docteur Jivago* de Boris Pasternak chez le même éditeur. Et celle du *Guépard* est précédée d'une façon quasi prophétique par la condamnation définitive et officielle de *Jivago* par la voix du directeur de la commission culturelle du Parti communiste, Mario Alicata.

Mario Alicata est l'homme le plus influent du milieu culturel italien, tant les relations entre le Parti et la sphère intellectuelle et artistique de l'époque sont inextricables. Alicata, pendant la guerre, était rédacteur au siège romain de la maison d'édition Einaudi, et il était membre d'un groupe qui s'était fixé pour but d'inculquer au cinéma italien une culture néoréaliste et marxiste. À ses côtés, on trouvait Giuseppe De Santis, Gianni Puccini, Pietro Ingrao, lesquels appartenaient tous au PCI clandestin. En chemin, ils avaient rencontré Luchino Visconti. Avec ce dernier, Alicata avait d'abord essayé de faire un film tiré d'un livre de Giovanni Verga, puis, avec De Santis et Puccini, il avait écrit *Les Amants diaboliques*, considéré comme la pierre fondatrice du mouvement néoréaliste. Le film lança la carrière de réalisateur de Visconti. Pourtant, en juin 1945, dans une lettre qu'Alicata écrit à sa femme alors qu'il est encore en prison, il dit ne pas être convaincu par les louanges qu'en fait son épouse, ou tant d'autres qui encensent *Les Amants* : « Je vois maintenant tout ce qu'il y a de factice dans ce film même si en tant que produit industriel et commercial il est évidemment supérieur à presque tous les autres films italiens contemporains. Personnellement, il me paraît refléter ma propre incohérence et mon insincérité passée. » Cette lettre est très révélatrice de l'intransigeance de Mario Alicata, mais aussi de son ambition. Il veut monter en grade au sein du Parti et devenir une espèce de personnage hybride, un bureaucrate doublé d'un grand intellectuel. Car au PCI ces deux figures finissaient par se rejoindre, à tel point que, quand un intellectuel devenait directeur de la commission culturelle du Parti communiste, il se prenait les pieds dans un enchevêtrement de considérations autrement plus complexes que celles auxquelles n'importe quel artiste était confronté.

En publiant en avant-première mondiale *Le Docteur Jivago*, Giangiacomo Feltrinelli avait d'abord désobéi à l'Union soviétique et ensuite au PCI, un fait sans précédent. Et *Jivago* avait été un immense succès. *Le Guépard* n'est pas lesté d'un tel poids à sa sortie et, d'ailleurs, les premières critiques sont positives. Seuls *L'Unità* et la revue *Vie nuove* émettent quelques réserves, mettant en lumière, par exemple, le transformisme[27] de Don Fabrizio et la façon qu'il a d'abandonner la lutte. Mais, globalement, ces doutes sont noyés dans un ensemble d'avis favorables et, durant les premiers jours après sa publication, le livre ne provoque aucun débat enflammé. Cela ne va pas durer car il s'avère que le livre se vend bien, en deux mois il en est à sa cinquième réimpression. Ce succès n'est dû ni à la critique ni à une vaste campagne de promotion mais juste au bouche-à-oreille.

Puis il se produit une étrange coïncidence. L'écrivain sicilien Leonardo Sciascia publie presque au même moment dans la collection « I Gettoni » dirigée par Vittorini (nouvelle coïncidence) *Les Oncles de Sicile*, un recueil de trois nouvelles dont la dernière s'intitule « Quarante-huit ». Sacrée coïncidence, en effet. Je ne l'avais jamais lu, ce que j'ai fait depuis. L'histoire raconte la façon dont la noblesse sicilienne a habilement soutenu la révolte garibaldienne avant de la renier au moment où les Bourbons reprenaient possession de l'île. Comme d'habitude, les victimes de ces revirements « restaient les pauvres ».

Au moins, le point de vue de Sciascia est clair. Mais voilà que se dessine le succès d'un roman qui aborde le même sujet, écrit par un écrivain inconnu qui développe une théorie différente. Il serait sans doute injuste de soupçonner Sciascia d'être quelqu'un de narquois mais, même involontairement, les esprits les plus éclairés peuvent, parfois, selon les circonstances, se montrer irritables. Ainsi, Sciascia s'était emporté après avoir lu un texte qui, se trompant dans la chronologie, affirmait que sa nouvelle était « le fruit du *Guépard* », et il se fit fort de rétorquer : « Dommage que le fruit ait poussé avant l'arbre. »

Tout ça pour dire que Leonardo Sciascia a été le premier à perturber l'ascension plus ou moins tranquille du *Guépard*.

Fin 1959, il donne une conférence sur le roman de Tomasi au centre culturel de Palerme, qui sera retranscrite dans *L'Ora*[28]. Sur le plan littéraire, il dit l'avoir lu avec plaisir, il l'a trouvé captivant. En revanche il l'attaque de front sur le plan politique. Il souligne, bien sûr, l'indifférence dont il fait preuve envers les pauvres, lui reproche son apolitisme coupable. Il l'accuse de surcroît d'avoir une vision conventionnelle du monde, voire d'user de clichés sur le climat de la Sicile – ses réserves sont donc aussi littéraires. En somme, Sciascia dit prudemment ce que Franco Fortini dira plus tard abruptement : c'est un excellent roman, mais c'est un roman de droite.

Sciascia soulevait un problème que certains intellectuels de gauche avaient commencé à soulever à bas bruit à mesure que le succès du livre se confirmait. Sur le moment, sa position provoqua un tel choc que les réactions ne furent pas immédiates. D'un coup d'un seul, l'affaire se compliquait : le livre avait d'abord reçu un accueil favorable, y compris dans les pages du quotidien du Parti, et on comprit ensuite qu'il posait un problème d'ordre politique.

Il faut rappeler deux choses à propos de cette période. La première concerne la vie littéraire à une époque où l'on explore de nouveaux modes d'expression : Vittorini dirigeait la collection « I Gettoni » chez Einaudi, qui entendait promouvoir des formes d'écriture expérimentales d'où émergerait un peu plus tard le mouvement Gruppo'63[29]. À l'évidence, *Le Guépard* était un roman classique et, de ce fait, d'un certain point de vue, réactionnaire jusque dans son style. La seconde concerne un événement politique et historique : l'invasion par les forces soviétiques de la Hongrie pour réprimer l'insurrection de 1956, qui provoqua le départ d'écrivains et d'intellectuels du Parti communiste. On sortait à peine de l'affaire *Jivago*, voilà que ces insurgés prenaient la liberté de se moquer de la censure de l'Union soviétique comme de celle émanant du Parti communiste. Et maintenant, d'aucuns condamnaient *Le Guépard* pour des raisons politiques. Il avait reçu les éloges de Piovene, Bo, Pampaloni, et il se voyait en même temps mis au ban, parfois très sèchement. « C'est un roman de droite », assène Alberto Moravia. Et Pratolini d'en rajouter : « Ce livre nous renvoie soixante ans en arrière. »

Peu après la prise de position de Sciascia, Elio Vittorini entre en scène.

Ce que personne ne savait, c'est que Vittorini avait refusé (par deux fois) de publier le roman de Tomasi. Personne, sauf Carlo Bo qui dans une de ses recensions écrit que *Le Guépard* avait eu l'honneur d'avoir été refusé. Se sentant visé, Vittorini prit position, sans toutefois évoquer son propre refus. Non seulement il ne se justifie pas mais en plus il renchérit sur les raisons pour lesquelles il n'a pas publié le livre dans une interview au journal *Il Giorno* où il dit abruptement que *Le Guépard* est agréable à lire mais n'est pas de « grande envergure ». Il ajoute que, publié trente ans plus tôt, il aurait été en phase avec son temps mais que ce n'est absolument plus le cas de nos jours. D'après lui, ce n'est qu'une pâle copie du livre de Federico De Roberto, *Les Vice-rois*[30], un argument qui sera abondamment repris pendant des années pour dénigrer *Le Guépard*. « Et puis, poursuit Vittorini, certains de ses aspects, notamment, me sont insupportables, même s'ils justifient son existence. » Il en donne quelques exemples, dont une « conception datée de la mort, passéiste et pathétiquement archaïque ». Pour ces raisons et d'autres qu'il souhaite « taire », Vittorini préfère Calvino, Bilenchi, Cassola, Testori. « Ils disent des choses neuves tandis que la temporalité du *Guépard* restitue l'époque qu'il décrit telle quelle. »

Bassani répond immédiatement à Vittorini en écrivant, perfide, qu'il ne remet nullement en cause son jugement. C'est là que ça fait mal : « Je connaissais de toute façon son opinion. N'est-ce pas en effet en se fondant sur l'avis de Vittorini qu'une grande maison d'édition refusa le roman, du temps où Tomasi était encore en vie ? » Et il ne se prive pas de préciser plus loin que *Le Guépard* a été réimprimé onze fois pour atteindre les quarante mille exemplaires.

Le refus de Vittorini, révélé au grand jour, passe à la postérité – aujourd'hui encore, chacun sait que Vittorini a refusé d'éditer *Le Guépard*, ce qui semble incompréhensible. La réponse de Bassani est si explosive que *L'Ora* de Palerme en fait un titre sur six colonnes : « Vittorini n'avait pas jugé bon de publier *Le Guépard* de Lampedusa ».

Sciascia se dépêche de voler au secours de Vittorini. Il publie une lettre ouverte dans *L'Ora*, disant que le refus de Vittorini est en tout point cohérent avec l'idée qu'il se fait du livre. Dédaigneux, il oppose à Bassani que son seul argument consiste à dire que Vittorini a fait perdre de l'argent à son éditeur.

La polémique se durcit. Elle implique de plus en plus de personnalités. Mais pourquoi le Parti communiste ne se prononce-t-il pas ? Pourquoi n'impose-t-il pas sa ligne ? N'est-ce pas son rôle sur les questions culturelles ? À l'époque, la réponse à cette dernière question ne faisait aucun doute. Comment Togliatti peut-il tolérer que des écrivains indépendants (Sciascia et Moravia) ou les dérapages de Vittorini dictent le discours de l'opposition face au caractère réactionnaire (véritable ou supposé) du *Guépard* ?

Par conséquent, très vite, au sein de *Rinascita*[31] que Togliatti dirige depuis peu, se crée une scission nette et brutale, quoique de nature littéraire. Il est dit que les bourgeois achètent le livre dans le même élan hystérique avec lequel ils s'étaient jetés sur *Jivago* mais qu'en réalité ils ne le lisent pas. Ce n'est pas tout. Il faut enfoncer le clou et, pour cela, une prise de position littéraire et politique officielle est requise. Comme pour *Jivago*, on s'en remet au plus haut gradé de la culture officielle pour s'acquitter de cette besogne, j'ai nommé Mario Alicata. Il a beau être le scénariste des *Amants diaboliques*, il va attaquer *Le Guépard* alors que personne ne sait encore comment tout cela va se terminer.

Alicata publie donc un article dans *Il Contemporaneo*[32]. Un essai dense, sérieux, mais très discutable, dans lequel il règle ses comptes avec tout le monde : Vittorini, Bassani et Sciascia, en prenant soin de s'arroger les réserves de ce dernier pour mieux se substituer à lui dans le but de devenir l'unique référent dans ce débat. Entre autres objectifs, il faut que le Parti adopte une position claire, qu'il assumera seul dans cette période où les critiques et idéologues tirent à tout-va sur le roman de Tomasi. De fait, l'article d'Alicata atteindra immédiatement son objectif, et pour longtemps : il demeure une source de référence sur *Le Guépard.* Parce que le journal du Parti avait accueilli dans ses pages des critiques favorables au livre (alors que la querelle était balbutiante), Alicata tente également de les sauver. Sur un plan littéraire, il n'a rien à redire. Mais il va cibler son attaque sur le volet historique : « Historiquement parlant, le roman est juste mais la représentation que nous donne le prince de Lampedusa de la vie sicilienne (et italienne) de l'époque est-elle artistiquement convaincante ? Franchement, nous ne le pensons pas. » Le « nous » est habituel chez lui, mais ici il a une signification plus large et évidente. Il est clair pour tout le monde qu'il n'écrit pas en son nom mais au nom du Parti.

Francesco Orlando n'avait-il pas prédit que les communistes s'empareraient du roman ?

Selon Alicata, l'auteur n'a pas une vision progressiste de l'histoire, c'est le cœur du problème, par conséquent, le roman ne peut être qualifié que de réactionnaire. Voilà pour la conclusion, étayée d'exemples et de raisonnements que l'on peut trouver délirants mais qui collent bien au postulat. Alicata dicte ainsi la ligne du Parti, définit son positionnement par rapport au *Guépard* une bonne fois pour toutes. Les critiques marxistes reçoivent donc la même directive implicite qu'on leur avait donnée pour le roman de Pasternak. La position est tranchée et, pour le Parti, elle est définitive.

Personne, à l'époque, ne pouvait imaginer que les ennuis ne faisaient que commencer.

Au même moment, Visconti tourne *Rocco et ses frères*, son roman, comme il l'appelle avec Suso Cecchi D'Amico. Avec son expérience politique, ses liens affirmés avec le Parti communiste, avec les intentions évidentes d'un film de ce genre (il raconte l'histoire d'une famille de méridionaux qui a émigré à Milan), Visconti n'a pour l'instant rien à voir avec *Le Guépard*.

Et pourtant, à la Villa Giulia, Luchino Visconti, la mise élégante, l'humeur badine, est l'un des invités à la soirée de gala du prix Strega. Il accompagne Suso qui fait partie du jury et a été conquise par *Le Guépard*. Elle a bien l'intention de voter pour lui en dépit des pressions qu'exercent ses amis pour qu'elle donne sa voix à Pier Paolo Pasolini.

Les tractations autour du prix littéraire ont commencé dès la sortie de l'article d'Alicata. La Casa Bellonci[33] bruissait de recommandations en faveur du livre de Tomasi même si, fait insolite, l'auteur était mort. À n'en pas douter, c'est le livre de l'année si l'on en croit le succès qu'il remporte, les polémiques qu'il suscite, lesquelles se poursuivront pendant des mois. Par ailleurs, d'autres candidatures remarquables font partie de la sélection : Moravia et Gianfranco Contini soutiennent *Une vie violente*, de Pasolini ; Vittorini et Paola Masino proposent *Donnarumma all'assalto* d'Ottiero Ottieri. Il se dit qu'en coulisse Pasolini et Elsa Morante ont fait appel au règlement pour interdire la candidature du *Guépard*, ce qui n'a pas été prouvé. Le prix Strega n'a jusque-là jamais été décerné à titre posthume, mais comme l'on découvre qu'un livre dont l'auteur était mort avait déjà été admis dans la sélection, l'objection est rejetée.

Celui qui demande à Maria Bellonci s'il est possible d'autoriser *Le Guépard* à candidater n'est autre que Mario Soldati. Cette requête suffit pour que la rumeur s'amplifie. Soldati reçoit très vite un coup de fil de Moravia, qui l'insulte copieusement et lui dit qu'il ne le regardera jamais plus en face. Soldati répond que non seulement il tient le roman de Tomasi pour un chef-d'œuvre mais qu'il songe l'adapter au cinéma. Pour la première fois, nous avons vent de l'intérêt d'un réalisateur pour le livre.

Soldati était un grand écrivain mais aussi un réalisateur talentueux reconnu, qui aurait sans aucun doute pu aller au bout de son idée. Cependant, le coup de fil de Moravia le tétanise, ils sont amis, il ne sait pas quoi faire. Mi-amusé, mi-choqué, il raconte le chantage que lui fait Moravia à quelques proches et cette histoire se retrouve publiée dans les journaux. Entre-temps, Soldati, troublé par l'appel de Moravia, ne prend même pas la peine de trouver une autre personne[34] (il en faut impérativement deux) avec laquelle il pourrait proposer le roman de Tomasi. Les jours passent. Les listes seront bientôt closes. Vingt-quatre heures avant la date limite, la candidature du *Guépard* est enfin enregistrée. Mario Soldati n'y est pour rien, on la doit à Geno Pampaloni et Ignazio Silone (qui fait son retour dans l'affaire après avoir présidé la Mostra de Venise en 1954 – il ne sera pas le seul).

Dès l'annonce de cette candidature et le début des délibérations, de nombreux articles paraissent. *Le Guépard* défraie la chronique littéraire et politique et, tandis que les ventes montent en flèche, l'énorme succès du livre gagne l'étranger. Il existe d'ailleurs un documentaire[35] très amusant d'Ugo Gregoretti (j'y reviendrai parce qu'il joue un rôle dans cette histoire). Son équipe filme le Palazzo di Donnafugata, à Palma di Montichiari, siège du trésor municipal, et interroge les employés. Voyant débarquer des touristes – y compris étrangers – désireux de voir ce qui est sans doute le dernier portrait du Guépard, ils se moquent, acerbes : « Conneries. » Eux s'occupent de choses sérieuses, tandis que d'autres se promènent à la recherche de conneries. Si ce sont des conneries, demande Gregoretti, que pensent-ils du fait que l'équipe se soit déplacée jusque-là pour tourner un documentaire à ce sujet ? De quoi ont-ils l'air ? « De cons », rétorque un fonctionnaire. Pour eux, tout cela n'a aucune importance alors que pour le monde intellectuel italien, et pas seulement, ça en a particulièrement. Comme le documentaire raconte également la bataille pour le prix Strega en évoquant la possibilité que le livre puisse l'emporter, Giangiacomo Feltrinelli est invité à se prononcer : « J'espère qu'il ne l'aura pas. Car s'il l'emporte, ce sera un tel scandale médiatique que je serai obligé d'en vendre encore des dizaines de milliers d'exemplaires. »

Le décor est planté et *Le Guépard* nous plonge désormais dans un jeu de rôles. La RAI décide de retransmettre en direct la soirée du 7 juillet (c'est une première, et ce sera désormais la norme). À la Villa Giulia, tout le monde est là : Moravia et Morante, Soldati, Vittorini, Feltrinelli, Carlo Levi, Aldo Palazzeschi et tant d'autres. Comme je le disais, Suso Cecchi D'Amico est accompagnée de son ami Visconti et de Vasco Pratolini. Ce dernier tentera jusqu'au dernier moment de persuader Suso de ne pas voter pour Tomasi mais pour Pasolini, en vain. Visconti, totalement insensible à la tension ambiante, a l'air de bien s'amuser. Maria Bellonci l'observe à table parmi les invités : « Un grand rictus lui fend le visage jusqu'aux commissures des lèvres avec un je-ne-sais-quoi de violent ou de déterminé. »

Personne n'imagine encore que ce livre, qui est sur le point de remporter le prix Strega, et ce réalisateur en compagnie de son amie sont destinés à se retrouver pour produire l'une des plus grandes œuvres de l'histoire du cinéma.

La *cinquina*, soit les cinq auteurs finalistes, est composée de Tomasi, Pasolini, Praz, Frassineti et Massimo Franciosa, auteur du roman *La Finta Sorella*. Franciosa, faut-il le préciser, est aussi scénariste. Coïncidence, il sera l'un de ceux du *Guépard*. La retransmission télévisée s'interrompt durant le dépouillement des votes. Lorsqu'on reprend l'antenne en fin de soirée, *Le Guépard* est déjà largement en tête. Il l'emporte avec 135 voix. Praz est deuxième, Pasolini troisième. Lorsque Luigi Barzini ouvre le dernier bulletin et annonce : Pasolini, une longue salve d'applaudissements retentit pour manifester qu'une partie du monde littéraire pense que le prix aurait dû lui revenir. Maria Bellonci remet le chèque de la récompense à Giangiacomo Feltrinelli. La scène, immortalisée par une photographie, est restée dans les mémoires : c'est la première fois que le prix est remis à un auteur disparu et il s'agit de la première victoire de son éditeur.

Les ventes du *Guépard* s'envolent. Les droits sont vendus dans de nombreux pays, même aux États-Unis. Mais rien de tout cela n'émeut ses détracteurs. Pire, les arguments d'une minorité ont bien plus de poids que ceux de la majorité. Au-delà de l'ovation pour Pasolini, Salinari donne la position du Parti : évidemment, le milieu intellectuel romain est plus sensible aux modes qu'aux idées, sinon, dit-il, le livre de Pasolini l'aurait emporté.

La gauche intellectuelle italienne, celle du Parti, dicte sa ligne et, dans sa mouvance, beaucoup s'y conforment, *Le Guépard* est définitivement jugé réactionnaire, antiprogressiste.

Tout est clair. Ou presque.

C'était compter sans la suite. Le livre sort en France et l'un des plus grands intellectuels de gauche, Louis Aragon, qui a la réputation d'être un marxiste orthodoxe, s'en occupe en personne. Il écrit non pas un mais deux articles sur le livre de Tomasi di Lampedusa. Dans le premier, en décembre 1959, il s'adresse directement à ses détracteurs italiens : « *Le Guépard* est un peu plus qu'un très beau livre, c'est un des grands romans de ce siècle, un des grands romans de toujours et peut-être le seul roman italien[36]. » Ce n'est certes qu'un avis littéraire. Mais tout de suite après, il s'en prend à mots couverts aux attaques formulées par Alicata, en retournant son argumentation historico-politique. Concrètement, Aragon dit que l'on ne peut commettre l'erreur de mélanger les opinions de Don Fabrizio avec celles de l'auteur, Tomasi di Lampedusa. C'est un principe fondamental non seulement pour la critique littéraire mais aussi pour la question historique : « Ce n'est pas le sommeil de la Sicile, mais la Sicile entraînée dans le courant de l'histoire que nous montre Giuseppe Tomasi di Lampedusa et qui contredit les discours de Don Fabrizio. Et c'est justement cela que les lecteurs (ou plutôt les critiques) de gauche n'ont, semble-t-il, pas vu, ils sont outrés par la philosophie sicilienne de Don Fabrizio. »

Aragon dit exactement le contraire de ce que pensent en Italie les gens de gauche, c'est-à-dire que, d'un point de vue historique et politique, l'œuvre de Lampedusa est sans équivoque et qu'elle est capitale justement pour cette raison. Ainsi, alors qu'Alicata avait voulu démontrer que Tomasi avait une interprétation erronée de l'histoire, Aragon établit, lui, le lien entre le désenchantement de Lampedusa et le matérialisme historique.

À ce stade, la gauche intellectuelle italienne se tait, faute de savoir que faire. Ce n'est pas fini. Deux mois plus tard, en février 1960, Aragon écrit son deuxième article, dans lequel il raconte même avoir rencontré Moravia et l'avoir entendu dire : « *Le Guépard* est un livre de droite [...] ce sont des gens de droite qui en ont fait le succès[37]. » Aragon cite surtout ces propos pour souligner que la position de Moravia est inconcevable[38]. Il ajoute que Tomasi, « même à supposer qu'il ait voulu décrire une sorte de purgatoire de l'aristocratie sicilienne, a raté son coup parce que son roman renvoie bel et bien l'image d'une aristocratie en perdition, l'image consciente, politique, de cet effondrement, comme pouvait la décrire seul un homme qui avait fait de sa classe une critique impitoyable, une critique de gauche ».

Aragon avait une telle notoriété en Europe qu'il était

impossible d'ignorer sa prise de position, sa référence directe à l'Italie et indirecte mais perceptible au Parti communiste. Une figure infiniment plus importante qu'Alicata disait que les communistes italiens avaient tout faux, que *Le Guépard* était un grand livre, un livre historiquement juste et en rien une œuvre réactionnaire, que c'était une critique de l'aristocratie émanant de la gauche.

Et maintenant, que faire ? Le chapitre historico-politique qui semblait avoir été refermé devait être rouvert. Togliatti est face à un sérieux problème. Il ne peut ignorer Aragon. Comment désavouer Alicata à qui il avait confié la mission de s'exprimer au nom du Parti ? Il tente une manœuvre : il fait traduire le deuxième article d'Aragon et le publie dans *Rinascita*. Tel quel, sans commentaire. Il compte apparaître comme celui qui laisse le débat ouvert tout en espérant que la discussion sur le sujet s'épuisera. Le livre a remporté le prix Strega, connaît un succès fulgurant à l'étranger (même en France) et *Rinascita* suggère en publiant l'article d'Aragon qu'il faudrait peut-être reconsidérer la question dans toute sa complexité.

Mais les événements s'accélèrent. György Lukács s'en mêle. Il est le plus grand critique littéraire vivant, celui qui délimite les contours et les méthodes de la littérature marxiste. Dans une édition actualisée de son ouvrage *Le Roman historique*, il intègre *Le Guépard* plus un roman de Halldór Laxness, qu'il qualifie tous deux de romans majeurs de ces vingt dernières années.

Aragon et Lukács, grâce à leur notoriété indiscutable, modifient totalement la vision et l'histoire du *Guépard*. À tel point que le Parti communiste de l'URSS, suivant leurs avis, décide que le roman doit être traduit en russe. On ne saurait rien publier contre la volonté du PCI, et les dirigeants soviétiques décident que la publication se fera avec l'accord sans réserve des camarades dirigeants italiens. Ce n'est pas un souhait, c'est un ordre. Non seulement Togliatti n'a pas résolu le problème d'Alicata mais il se retrouve dans l'obligation de le désavouer. S'il consent à dire publiquement quelque chose comme « nous nous réjouissons que *Le Guépard* soit traduit en Union soviétique », il discrédite automatiquement l'article d'Alicata (et Alicata en personne) pour toujours. Ce qui revient à écarter Alicata juste après lui avoir demandé de formuler une pensée commune. Il pourrait le faire, évidemment, vu qu'il n'a pas le choix.

Mais Togliatti étant ce qu'il est, un homme politique des plus intelligents, de la trempe de ceux qui savent trouver des solutions aux problèmes les plus insolubles, a une idée géniale. *Le Guépard* sera traduit en Union soviétique avec le plein accord du Parti communiste italien, dont la conviction est telle qu'il encourage un de ses membres à en écrire la préface. Qui ? Mario Alicata. Pour ne pas le désavouer, il le contraint à en écrire la préface. Stratégiquement, c'est un coup de maître.

En tant qu'écrivain et scénariste, j'aurais aimé trouver cette astuce, à ce moment du livre, imaginer ce coup de théâtre aussi romanesque qu'imparable. Cela m'aurait plu mais l'idée est de Togliatti. Je ne pense pas que j'aurais pu faire aussi fort. Et si j'avais été à la place de Togliatti, je n'aurais honnêtement pas été capable de trouver meilleure solution que la sienne ; si j'avais dû construire de toutes pièces un texte d'Alicata disant le contraire de ce qu'il avait écrit précédemment, je ne suis pas sûr que je serais parvenu, comme lui, à rédiger deux textes dont les conclusions soient aussi contradictoires.

Alicata va, à sa manière, trouver une solution pour se sortir du pétrin. Il reprend les mêmes thèses dont il s'était servi pour éreinter le livre, mais en leur donnant une signification diamétralement opposée puisqu'elles servent maintenant à l'encenser. Il s'exécute, mais son intention un peu désespérée est précisément de donner le sentiment aux lecteurs d'*Il Contemporaneo* que ce dernier texte est identique au précédent bien que sa conclusion soit différente. Là où il émettait des réserves, il dit désormais que seuls les livres importants suscitent des polémiques. Là où il affirmait que le roman ne parvenait à développer aucune thèse historique, il dit désormais qu'il donne une vision précise de la situation du sud de l'Italie en abordant des sujets qui auraient sans aucun doute intéressé Gramsci et bien d'autres écrivains progressistes.

De cette façon, Togliatti transforme la position négative du Parti, en livrant un message tout juste positif qui s'efforce surtout d'en effacer les contradictions.

En Italie, *Le Guépard* a donc démarré timidement en ne suscitant que quelques petites réserves avant de devenir un roman montré du doigt par le Parti communiste puis d'achever sa trajectoire par un accueil unanime en Europe, laquelle considérait qu'il véhiculait des idées progressistes.

C'est ainsi que la distance entre le livre et Luchino Visconti se réduisait sensiblement.

Le succès du livre et de ses personnages, comme la fresque historique, intéresse immédiatement le cinéma. Producteurs, réalisateurs, scénaristes veulent en acquérir les droits et la Titanus de Goffredo Lombardo remporte la mise. Lombardo est l'un des grands producteurs du moment, il vient juste de financer *Rocco et ses frères* de Visconti.

Selon Suso Cecchi D'Amico, dont le témoignage est difficile à situer dans le temps et que je ne placerais pas au moment de l'attaque la plus virulente du Parti, pas plus qu'aux alentours de la soirée du prix Strega où il était présent avec Suso, Visconti lui demanda de s'enquérir sur les droits. Quand elle lui signala que Goffredo Lombardo les avait négociés, il lui répondit que ça ne l'intéressait plus. Une réponse d'autant plus étrange qu'il s'agissait de son producteur. À ce propos, on peut cependant émettre quelques hypothèses. La première est directement liée aux difficultés rencontrées pendant le tournage de *Rocco et ses frères* qui au départ était un film ambitieux ; il ne s'agissait pas d'aggraver les points de désaccord qui avaient surgi entre le réalisateur et son producteur. Pour Visconti, il était même peut-être impossible à ce moment-là de penser à un prochain film. À moins qu'après *Les Amants diaboliques*, *La terre tremble*, *Rocco* et son dernier film, *Senso*, il n'ait eu aucune bonne raison de s'intéresser au *Guépard*. Ou de très bonnes. Elles vont apparaître progressivement par la suite. Mais sans doute aussi – et c'est là qu'il est important de situer dans le temps la requête qu'il adressa à Suso – sa réponse est-elle évasive parce qu'autour de lui les considérations politiques négatives se multiplient.

En somme, après avoir posé la question, il n'y pensera pas plus que ça. L'attitude de Goffredo Lombardo est similaire. Il abrite dans sa maison de production un grand réalisateur, il achète les droits d'un film à fort potentiel commercial et il ne songe même pas à le lui proposer.

Pour le moment, *Le Guépard* et Visconti ne sont donc pas près de se croiser.

Le premier réalisateur engagé pour tourner *Le Guépard* est Mario Soldati. Il en avait exprimé le désir, étant alors davantage un grand cinéaste qu'un écrivain, que nous connaissons mieux aujourd'hui. Comme il avait jusque-là adapté avec bonheur des romans, Lombardo lui confie le film. Soldati se met à l'ouvrage, mais plus le projet avance plus il se décourage. Il connaît mal la Sicile, dont il se sent éloigné. Après diverses tentatives, il abandonne. Curieusement, il n'abandonnera pas que ce projet. Il décide d'arrêter le cinéma alors que sort son film *Polycarpe, maître calligraphe*, qu'il avait tourné au moment même où il songeait à l'adaptation du *Guépard. Polycarpe* sera le dernier film de Soldati en tant que réalisateur, celui-ci se consacrant désormais à l'écriture. Disons que l'échec de son entreprise d'adaptation du *Guépard* règle définitivement son rapport au cinéma.

Soldati faisant défaut, Lombardo se voit obligé de confier le film à un autre réalisateur. Il ne pense pas à Visconti. Le choix se porte sur un de ses amis, un proche de sa famille (leurs pères étaient eux-mêmes amis) : Ettore Giannini.

Exactement comme Visconti (ou Strehler et Costa), Giannini était un metteur en scène de théâtre de premier plan, mais dans un genre différent. Leurs pièces étaient parmi les plus jouées et avaient bien souvent du succès. Giannini avait en particulier mis en scène *Le Carrousel fantastique*, une incursion dans la chanson napolitaine, qui avait connu un tel triomphe qu'on lui en avait réclamé la version cinématographique. Le film, une comédie musicale haute en couleur avec pléiade d'acteurs, lui procura un second succès en 1954.

Le choix de Giannini est plutôt judicieux, il permet en outre au producteur de rester maître du film. Giannini se met à l'écriture du scénario. Entre-temps sortent *Rocco et ses frères* et *La Dolce Vita*. Visconti est emporté par la vague du succès et des polémiques, des éloges et des scandales, et subit l'affront de ne pas recevoir le Lion d'or à Venise en raison de la teneur « communiste » de son film.

À l'automne 1960 (durant ces mêmes semaines où Fellini

cogite sur *Huit et demi*), deux événements se produisent. Le premier concerne Ugo Gregoretti. Jeune salarié de la RAI, réalisateur anonyme, il a cependant eu l'idée de réaliser ce fameux documentaire sur les lieux du *Guépard* : *La Sicile du Guépard*. Une avant-première est prévue pour quelques pontes de la chaîne. Quelques heures avant la projection, on lui annonce que Visconti lui-même a demandé à y assister. Gregoretti n'est pas plus surpris que cela. D'après lui, il n'y avait là rien d'illogique puisque la rumeur courait que Visconti allait tourner *Le Guépard*. Une hypothèse farfelue, sachant que Giannini était sous contrat. Pourtant, affirmait Gregoretti, c'est ce qui se disait. Quoi qu'il en soit, Visconti arrive accompagné de Suso Cecchi D'Amico et de Francesco Rosi, qui a longtemps été son assistant avant de réaliser deux films d'auteur et qui se prépare à tourner *Salvatore Giuliano*.

Mais la confirmation que Gregoretti n'avait rien inventé arrive dès novembre – le second événement. En effet, Alain Delon, qui répète avec Visconti au théâtre *Dommage qu'elle soit une putain*, donne une interview à *L'Espresso*. Sans crier gare, il lâche une bombe : il avance qu'il fera partie d'un projet en cours de préparation avec Visconti : *Le Guépard*. Il interprétera Tancrède, et le rôle du prince de Salina sera confié à Laurence Olivier.

C'est ici que nous découvrons que Laurence Olivier avait été pressenti pour le premier rôle dans *Le Guépard* comme dans *Huit et demi*. Il ne sera finalement retenu dans aucun des deux films.

Après avoir lu cette interview, Ettore Giannini s'inquiète. Il se met à interroger des gens autour de lui, s'en ouvre à ses amis pour tenter de savoir ce qu'il en est. Quelqu'un a dû en informer Visconti, qui se décide à appeler Giannini pour démentir catégoriquement. Il n'a pas l'intention de tourner *Le Guépard*, il met les choses à plat, le film est tout à Giannini.

Mais Giannini n'est pas serein. Il sait qu'Alain Delon est l'un des acteurs fétiches de Visconti, qu'ils entretiennent des relations très étroites, Delon ne dirait jamais une chose pareille si elle n'était pas fondée. Il redoute donc qu'il y ait anguille sous roche. Au cours de leur conversation téléphonique, il demande à Visconti de démentir officiellement la nouvelle dans *L'Espresso*. À l'évidence, Visconti a dû lui promettre ce rectificatif et, ne voyant rien venir, Giannini lui écrit cette fois une lettre dans laquelle il lui demande de prendre position publiquement. Il la termine ainsi : « Il me semble pouvoir te le demander au nom des luttes que nous avons menées pendant des années pour donner à notre profession la dignité qu'elle mérite, au prix de sacrifices personnels qui ont pu, je l'espère, t'être de quelque secours lors de tes récentes mésaventures. »

Giannini fait ici référence aux manifestations auxquelles il a participé pour prendre la défense de *Rocco et ses frères* quand la censure imposait à Visconti de longues et douloureuses coupes dans son film. Celui-ci ne peut plus reculer et envoie à *L'Espresso* un rectificatif. Le magazine publie quelques numéros plus tard le démenti sous la mention « Précision » : « J'ai été étonné de lire dans le numéro 45 de *L'Espresso* que l'on m'attribuait des propos concernant *Le Guépard* que je n'ai jamais tenus. Je vous prie de bien vouloir publier ma lettre. Luchino Visconti. Rome. »

C'est la première fois que Visconti s'exprime publiquement au sujet du *Guépard*. Il dément mais sa « précision » n'écarte pas vraiment, comme on lui avait demandé de le faire, la possibilité qu'il puisse réaliser *Le Guépard*. Il dit simplement ne pas s'être exprimé en personne. La formulation est plutôt ambiguë, voire hypocrite. À tel point que le journal se sent obligé de contextualiser sa prise de parole, puisqu'il ne dit pas avoir obtenu la réalisation du film. Il se contente de dire qu'on lui avait prêté une déclaration qu'il n'avait pas faite.

La question est maintenant beaucoup plus claire : même si officiellement Giannini demeure le réalisateur, il se démène pour le rester. Il est patent que toutes ces indiscrétions ne manqueront pas de provoquer ce qui devait inévitablement arriver, car une décision avait déjà été prise. Puisque l'on sait de toute façon que Visconti réalisera le film, je me dois ici de donner les raisons de cette décision.

Trois hypothèses se dégagent. Deux sont alambiquées et difficilement vérifiables, tandis que la troisième est limpide et certaine. Parmi les attitudes que l'on peut adopter face à des informations, des faits, des explications, ma position est celle-ci : si une seule de ces hypothèses est simple et vérifiable, nul n'est besoin de recourir aux plus alambiquées.

Dans leur précieux livre *Operazione Gattopardo*, source d'innombrables informations et références bibliographiques sur l'histoire du film, Alberto Anile et Maria Gabriella Giannice misent quant à eux sur l'hypothèse la plus compliquée, mais elle correspond logiquement à la structure très politique du livre. Ils soutiennent qu'ayant perdu l'occasion de « se rendre maître » du roman les dirigeants du Parti communiste décidèrent de « se rendre maîtres » du film, se croyant capables d'être plus incisifs en s'accordant aux théories développées par Aragon et actualisées par Alicata. Or, qui mieux que Luchino Visconti, proche du Parti et grand réalisateur, pour réussir ce genre d'opération ?

Présumons que le Parti communiste est intervenu directement auprès de Goffredo Lombardo. Cette hypothèse a sa logique mais elle est invérifiable, retrouver des documents attestant d'une tractation secrète au sein du Parti est impossible. Si cela s'est véritablement passé ainsi, on imagine mal qui aurait pu laisser de telles traces derrière lui. Pour vérifier cette hypothèse il faudrait plutôt chercher du côté des conséquences, à savoir imaginer Visconti se mettant au travail avec ses scénaristes et s'efforçant de donner au film une nouvelle orientation politique qui mette en relief les aspects les plus modernes en demi-teinte dans le roman. Un Visconti qui aurait eu l'intention de réaliser un film progressiste. S'il est permis de penser que le réalisateur ait eu cette intention au départ, comment croire qu'une forte personnalité comme la sienne – certes il est capable d'être idéologiquement cohérent mais surtout farouchement indépendant – ait pu un jour accepter un tel compromis ?

La deuxième hypothèse est corroborée par une déclaration de la veuve d'Ettore Giannini, des années plus tard lors d'un colloque en présence de l'acteur Tatti Sanguineti. La colère intacte, elle affirme que le contrat de son mari a été résilié après un échange avec Goffredo Lombardo : « Je peux vous assurer qu'il a été victime d'un véritable chantage lié aux problèmes de *Rocco et ses frères* quand il était bloqué par la censure. »

J'ai déjà dit que la censure avait imposé de larges coupes dans *Rocco*. Le producteur les avait acceptées pour que le film puisse sortir et préserver ainsi ses retombées financières qui, toute autre considération mise à part, étaient alléchantes. D'abord, parce que le film était très attendu grâce aux excellentes critiques parues après Venise, mais aussi parce que les ennuis causés par la censure avaient attisé la curiosité des spectateurs. Visconti s'était rebellé et beaucoup de réalisateurs et d'intellectuels l'avaient soutenu. Finalement, celui-ci avait cédé pour le bien du film. L'hypothèse dans cet autre cas de figure est donc que Goffredo

Lombardo, pour que Visconti accepte les coupes, lui aurait promis en échange qu'il dirigerait *Le Guépard.*

Possible ? Possible. Vérifiable ? Non.

La troisième hypothèse concerne le scénario de Giannini et l'appréciation qu'en fit Lombardo, au point de le confier à Suso pour qu'elle le lise au moment même où est évoquée la possibilité que Visconti réalise le film... Suso trouve le scénario décevant.

La remise en question du scénario est une hypothèse plus convaincante car Lombardo semble avoir demandé plusieurs fois à Giannini de le reprendre. Le scénario n'était pas fidèle au roman, et cela lui déplaisait. Suso disait, entre autres, que Giannini avait pris beaucoup de libertés. Lombardo lui en avait fait la remarque et Giannini lui aurait répondu : « Tu veux une reproduction fidèle ? Moi, ça ne m'intéresse pas. » Après cet échange, Lombardo avait capitulé, effrayé par les malentendus et l'incapacité de Giannini à explorer une nouvelle piste qui le satisfasse. Pour sortir le film de cette impasse, il aurait décidé de lui retirer le projet et de le remettre à Suso et Visconti. Il en avait parlé avec cette dernière, qui lui avait donné son accord. Quant à Visconti, non seulement il lui avait manifesté son intérêt, mais surtout, après *Rocco et ses frères*, il bénéficiait d'une aura immense. Enfin, lui offrir ce film serait un coup de pub énorme pour la Titanus.

Est-ce que cela tient debout ? Oui. En a-t-on la preuve ? Oui.

Un après-midi, j'étais chez Caterina D'Amico, la fille de Suso, étudiante en cinéma. Nous avons longuement parlé de tous ces événements liés au *Guépard.* Conformément à sa promesse, elle me remit le scénario que Goffredo Lombardo avait confié à Suso pour qu'elle voie où en était Giannini. Ou plutôt la mise en scène imaginée par Ettore Giannini.

Bien des années plus tard, Ugo Pirro a raconté que Giannini, désespéré, s'était rendu à l'Anac (Association nationale des auteurs cinématographiques) pour dénoncer le comportement de la Titanus. Il avait signé un contrat et Goffredo Lombardo, déçu par le scénario, avait décidé de confier la réalisation du film à Visconti.

Giannini attendait des auteurs qu'ils interviennent par solidarité, il s'agissait pour lui d'une rupture de contrat abusive. Bien sûr, il y eut des discussions, on tenta de trouver une porte de sortie honorable pour Giannini, mais en réalité personne ne s'opposa à Visconti et personne ne défendit Giannini jusqu'au bout. Ce dernier lut une lettre dans laquelle il énumérait les faits – une lettre qui, semble-t-il, s'est perdue –, et pour finir l'Anac décida de rédiger à l'adresse des deux intéressés un compte rendu en les priant de ne pas éveiller, par d'éventuelles déclarations, la curiosité de la presse sur cette affaire. Concrètement, le courrier ne disait rien d'autre que ce qui s'était effectivement passé, mais pas question de créer de remous. Point.

Au centre de cette dispute, Suso Cecchi D'Amico était à la fois la scénariste de Visconti et l'amie de Giannini, lequel était un proche de la famille. Ils avaient même travaillé ensemble sur le scénario d'un film célèbre réalisé par Luigi Zampa, *Les Coupables*. Suso déclara néanmoins qu'elle n'était pour rien dans la décision de Lombardo, lequel n'avait pas tenu compte de son avis sur le scénario de Giannini (mais cela après que Visconti avait accepté de reprendre le film). Giannini adressa une lettre extrêmement violente à Suso, la soupçonnant d'avoir tout organisé pour obtenir sa tête et l'offrir, à l'image de saint Jean-Baptiste, sur un plateau d'argent, au producteur. Suso lui répondit par une lettre tout aussi dure. Puis, raconte-t-elle, ils ne se sont plus jamais adressé la parole.

Le contrat avec Giannini n'en fut pas moins honoré. Il fut payé pour son travail, son salaire apparaît d'ailleurs dans les comptes du *Guépard*.

Sur la première page du scénario de Giannini, il est écrit sous le titre du film : « Librement adapté par Ettore Giannini ». Ce n'est pas un hasard. En réalité, même si cette mention est usuelle, il ne s'agit pas vraiment d'un scénario achevé, mais plutôt d'un récit visuel, détaillé, contenant l'intégralité des dialogues, sur 193 pages, daté, juste après les dernières lignes : décembre 1959 – février 1960.

Le scénario ressemble à un album fourni, précis, qui, en un clin d'œil, pourrait être réorganisé, découpé en scènes. Le choix de travailler de cette manière présente quelques avantages, l'auteur reste libre de manier le récit à sa guise et le lecteur de le lire comme bon lui semble.

Si je devais émettre un jugement qualitatif, il fourmille d'idées et d'intentions qui marchent plus ou moins bien mais, a minima, c'est surtout un canevas dans lequel on peut facilement couler du texte. En résumé, Giannini produit correctement la trame envisagée. Mais le problème réside dans ladite trame, qui rend le film potentiel plutôt ennuyeux. Enfin, il donne raison à Lombardo. Cela n'a rien à voir avec *Le Guépard*. Le film de Visconti que nous pouvons revoir aujourd'hui est si étroitement lié au roman qu'il est considéré comme un modèle d'adaptation dans l'histoire du cinéma. C'est suffisamment rare pour être souligné. Le roman et le film paraissent interchangeables, on en parle aujourd'hui comme s'ils étaient une même œuvre. Ce résultat, très peu de films l'atteignent. Et encore, je suis prudent, car il est possible qu'il n'en existe pas d'autre exemple.

Le scénario d'Ettore Giannini fait débuter le film à un moment qui correspond à l'avant-dernier chapitre du roman. Je précise immédiatement que les deux derniers chapitres du livre n'ont pas survécu dans la version de Visconti, ce qui dit tout de la distance intersidérale qui sépare les deux options. De plus, si nous admettons que l'adaptation de Visconti est plus que fidèle au roman alors même qu'il en supprime les dernières pages, nous pouvons en déduire que Giannini était parti du mauvais pied.

Le prince de Salina, en présence de sa fille Concetta, se rhabille à la fin d'une consultation chez le médecin. Ils sont à Rome et, d'après Don Fabrizio, sa fille lui a joué un mauvais tour en lui faisant miroiter un agréable voyage au cours duquel ils pourraient rendre visite à son neveu Tancrède, alors qu'en réalité elle voulait le faire examiner par un éminent spécialiste. Plus tard, le prince, accompagné de sa fille et de Tancrède, désormais député et déjà marié à Angelica, reprend le train pour Palerme. Tancrède les quitte à Naples, où le prince fait étape, et à partir de cet instant et tout au long du voyage, Don Fabrizio est assailli par un flot de souvenirs, et le récit se prolonge par retours en arrière. En résumé, Giannini part de la fin, avec un Don Fabrizio déjà gravement malade ; tout le reste appartient déjà au passé. Le voyage en train lui sert à remonter le temps et à raconter l'histoire (les séquences correspondent parfois, mais pas toujours, au déroulement du livre), mais, concrètement, l'introduction n'a rien à voir avec le roman. L'idée de Giannini est indubitablement moderne et vivante – c'est un procédé dont on abuse aujourd'hui, on ne compte plus ceux qui prennent systématiquement le parti de choisir un moment fort de la fin d'un livre pour dérouler l'intégralité de l'histoire, revenant toujours à ce premier point du récit tout en glissant par flash-back successifs vers la fin du film. Or, dans le roman, la scène du train démarre quand il arrive à Palerme, mais ce passage est à la fin du livre. Le prince, à l'article de la mort, est amené dans un hôtel tout proche parce qu'on pressent que le transporter jusque chez lui serait fatal. Giannini, lui, décide de reprendre le trajet de Rome à Palerme, avec arrêt à Naples, et d'en faire le cadre central d'un film qu'il invente. Ce qui signifie que le roman n'existe que dans les flash-back qui, petit à petit, prennent de plus en plus de place. Globalement, l'ossature générale du scénario est le fruit de l'imagination de Giannini. C'est probablement ce parti pris qui a donné à Lombardo le sentiment que le film s'éloignait du roman.

De surcroît, quand Giannini repart en arrière, il ne se réfère guère au livre de Tomasi. Parfois, il se passe carrément du roman et reconstruit des situations et des dialogues qui empruntent d'autres directions encore. Il me faut arriver à la page 25 pour reconnaître la première véritable scène extraite du roman, du moins dans sa première partie. Puis il revient régulièrement au voyage en train. Je le répète, tout est plutôt vivant mais cela n'a pas grand-chose à voir avec ce que lui demandait Lombardo ni avec le contenu (certes très dense) du livre. J'avais l'impression en lisant ce scénario qu'il ne donnerait pas un grand film. C'est bien là tout le problème, selon moi : il en ressort globalement que Giannini, impressionné par la superbe de l'ouvrage, s'est efforcé de le banaliser, d'en tirer un film de moindre envergure, de le mettre à son niveau.

Enfin, une dernière remarque : évidemment mon jugement est conditionné par le fait de pouvoir comparer ce scénario au film réalisé par Visconti, film qui était très loin d'exister au moment où Giannini a commencé à écrire. Cette comparaison n'a donc pas lieu d'être. En revanche, il est certain que le producteur voulait un film simple et efficace, inspiré du roman et rien d'autre.

Avec le temps, nous retenons bien évidemment que tout est bien qui finit bien puisque *Le Guépard* de Visconti, étant ce qu'il est, a résolu tous les problèmes du moment. C'est oublier qu'ils laissèrent des cicatrices. Si Visconti en sortit vainqueur, Giannini en sortit anéanti. Jusque-là, il avait été un grand metteur en scène, le réalisateur du *Carrousel fantastique*, sur lequel j'ai quelques réserves mais qui fut un énorme succès, et cette affaire l'a brisé. Immédiatement après, Giannini non seulement arrêta de faire du cinéma mais il abandonna aussi le théâtre. Vindicatif et dépressif, il en voulait à la terre entière et il ne garda qu'une seule casquette, uniquement pour gagner sa vie, celle de directeur de plateau de doublage, activité dans laquelle il excellait.

Ironie de l'histoire, la coïncidence temporelle entre les tournages du *Guépard* et de *Huit et demi* a fait que Giannini devint ensuite le directeur du doublage du film de Fellini. Mais pas seulement. Il semble qu'il ait tenu un rôle important auprès de Fellini pendant ces séances d'enregistrement – capital, même, à en croire la veuve de Giannini.

Goffredo Lombardo a raconté avoir cherché pendant des années un projet qui convienne à Giannini pour se racheter. Je ne saurais dire jusqu'à quel point cette volonté a été réelle mais cela n'est pas impossible. Cependant rien ne se concrétisa et Giannini préféra disparaître sitôt qu'on l'eut privé du *Guépard*. Il se peut qu'artistiquement parlant, il ait pris la bonne décision, mais il faut ajouter que cet échec personnel et professionnel fut extrêmement douloureux pour Giannini, lui qui avait été un sérieux rival pour Visconti au théâtre. Tout portait à croire que Visconti l'avait définitivement détruit. Pourtant, dans les mois qui suivirent, si l'on continue de tirer le fil entre les deux films qui nous occupent, il rejoint le camp adverse, aux côtés de Fellini dans le studio de doublage de *Huit et demi*.

Ajoutons pour terminer que les deux réalisateurs engagés pour réaliser *Le Guépard* avant Visconti (Soldati et Giannini), pour des raisons sans aucun doute différentes, ont finalement tous deux quitté le cinéma, l'un ayant renoncé, l'autre ayant été remplacé.

Visconti peut donc dorénavant commencer à travailler sur *Le Guépard* ; avec ses scénaristes, s'entend. Que ce soit dans ses premières notes d'intention ou dans les premières ébauches, on comprend très vite que l'idée maîtresse est de produire une adaptation fidèle du roman tout en essayant de réorienter le propos conservateur et réactionnaire du livre vers une analyse plus fine et nuancée des événements historiques liés au Risorgimento, pour que le film en donne une version, disons, plus acceptable. Mais il s'agit aussi d'être plus en phase avec le premier article d'Alicata. Si l'on compare son article, les critiques du roman, ainsi que les déclarations, les objectifs et le travail de Visconti, on s'aperçoit dès les premières versions du scénario qu'il y a convergence de vues. Il semblerait qu'il se soit donné pour mission de transformer le roman en une grande fresque historique conforme aux préceptes politiques qui sont les siens. Ce qui revient à injecter dans le film des éléments qui feraient défaut au livre. Que restera-t-il de ce premier plan théorique dans la version finale ? Nous en parlerons dans un chapitre ultérieur.

J'écrivais des livres depuis peu quand je me vis confier deux séries d'articles dans les pages culturelles du *Corriere del Mezzogiorno*, l'édition napolitaine du *Corriere della Sera*[39]. La première était consacrée aux romans napolitains et la seconde aux films tout aussi napolitains. Parmi ces derniers, il m'était impossible de ne pas écrire un papier sur *Le Carrousel fantastique*, un film que mon père adorait et qu'il nous forçait, chaque fois que l'on tombait dessus à la télévision, à regarder. Personnellement, il ne me plaisait pas. Je le trouvais un peu caricatural, dans le genre *vaudeville à la napolitaine*, un style que je n'ai jamais apprécié. J'ai donc écrit un article qui, dans mon souvenir, était plutôt peu élogieux. Après l'avoir retrouvé et relu, j'ai été très surpris par son ton agressif, dans lequel je ne me reconnais pas. Plus qu'une critique, c'était une diatribe qui, allez savoir, était peut-être dirigée contre mon père. Extraits : « J'ai consciencieusement pris la peine de le regarder jusqu'au bout mais il m'a mis à bout de nerfs, c'était au-dessus de mes forces [...] ce film censé être un ultime hommage à la ville est purement et simplement indigne [...]. C'est le triomphe de l'artifice, du baroque, une fantaisie mal ficelée, et cette entreprise est par-dessus tout la plus mensongère qui ait jamais autant accablé Naples (parmi tant d'autres...) [...]. Si je m'acharne autant sur ce film, c'est parce que, honnêtement, il fait injure à Naples, je crois qu'il ne devrait plus jamais être diffusé à la télévision, car c'est un outrage, une drogue hallucinogène qui vous abrutit et vous hypnotise à tel point que la tête vous tourne à l'idée de vivre éventuellement dans une ville et un univers à son image. »

Je ne comprends pas. Avec le recul, je me demande ce qui m'avait mis dans une telle colère. Je n'ai qu'une explication à cela : je manquais d'assurance et de finesse pour écrire une critique plus élaborée. Je pense aussi que j'espérais en tirer une forme de reconnaissance. Aujourd'hui, en revoyant *Le Carrousel fantastique*, mon avis n'a guère évolué, à savoir que le film est une représentation stéréotypée de Naples qui rassemble à peu près tous les clichés qui la condamnent à demeurer éternellement une vieille cité pittoresque. Pour faire court, c'est un film dont je ne parviens à apprécier ni les intentions ni la réalisation picaresque. Mais je dois admettre que la façon dont je l'exprimais alors était inaudible.

Pour cette raison, cet article m'a vivement été reproché. Valerio Caprara, critique de cinéma des plus remarquables et qui était pour les jeunes de mon âge une référence, s'en prit très violemment à mon texte, indigné que je puisse dénigrer un chef-d'œuvre. À ma grande surprise, il fut soutenu par l'actrice Paola Pitagora qui, plus que choquée, se demandait à quel titre je me permettais de m'exprimer ainsi. Je crois bien que c'était la première fois que je me voyais attaqué dans la presse. J'entrais toutefois dans le débat dans le but d'étoffer (un peu) mes réserves.

Disons-le, le nom d'Ettore Giannini a immédiatement réveillé en moi le souvenir de l'inquiétude, du malaise et de la souffrance éprouvés à la lecture des attaques dont mon article faisait l'objet. C'était la première fois que je me retrouvais au milieu d'une telle controverse, d'où mon angoisse. Mais, dans mon souvenir, j'étais convaincu que la violence que je subissais était injuste et me sentais tout à fait fondé à démolir ce film. La remarque de Paola Pitagora, en revanche, était plus perspicace : pour qui je me prenais ?

Enfant, je lisais des livres, parfois. Mon père m'achetait *Sandokan*, *Cuore*, *Incompreso*[40]. Puis, d'un seul coup, j'ai cessé d'être un enfant sage et de lire. Au collège, j'étais complètement paumé. C'était avant d'intégrer un lycée où je suivrais sur deux ans un cursus expérimental qui laissait mes parents plus que dubitatifs. Pas à cause de l'établissement, mais à cause de moi. Pendant l'été, entre le collège et le passage au lycée, quelque chose en moi se modifiait que j'avais du mal à comprendre. J'ai laissé tomber tous mes amis comme si je me préparais à devenir un autre. Je sentais poindre une sorte de sensibilité mais je n'étais pas outillé pour savoir ce qui m'arrivait. Une fois au lycée, en classe expérimentale, je crois m'être intéressé à tout. Et quand la professeure d'italien nous a demandé de lire un roman de notre choix, je suis allé l'acheter plein d'enthousiasme.

Ce premier livre, celui grâce auquel ma vie de lecteur a repris pour ne jamais cesser, était *Le Guépard* de Giuseppe Tomasi di Lampedusa. Je m'y suis plongé et, dès la première page, j'ai ressenti quelque chose qui ne me lâcherait plus, rien de moins qu'une passion pour la littérature. Peut-être en aurait-il été de même avec un autre texte : j'étais mûr pour la lecture. Je m'étais inconsciemment mais méticuleusement préparé à mon test de sensibilité aux grands récits historiques dans la littérature et, par conséquent, j'assimilais avec gourmandise l'histoire du prince de Salina, de Tancrède, d'Angelica, de l'unification italienne, du royaume des Bourbons et des Piémontais qui, à travers Garibaldi, s'étaient investis de la mission de faire de l'Italie une nation. J'ai conservé mon exemplaire, il est toujours sur mes étagères. Avant d'écrire ce livre, j'avais déjà lu *Le Guépard* deux ou trois fois. Une fois, notamment, juste après avoir revu des années plus tard le film de Visconti.

Le Guépard est donc pour moi le symbole tangible de mon initiation à la lecture. En vérité, et pour le dire de manière plus contournée mais sincère, durant ces années où j'étais si fragile, autour de mes quatorze ans, je courais le risque de me perdre à vouloir ressembler à tout le monde, et cette prédisposition que j'avais anticipée sans le savoir représentait pour moi une planche de salut, mince, mais c'était la seule chose à laquelle je pouvais me raccrocher. *Le Guépard* m'a sauvé la vie. Il m'a conforté dans mon envie d'aller dans cette voie, mais surtout, il m'a fait sentir que j'étais à ma place.

Ce livre refermé, j'ai commencé à en piocher d'autres dans la bibliothèque de mon père, je demandais à ma tante de m'en prêter, puis j'ai acheté les miens. J'ai commencé à aller voir des films avec le même appétit et, très vite, les livres et les films ont occupé l'essentiel de mon temps, ont piqué ma curiosité. J'essayais de combler toutes mes lacunes, dévorant les classiques russes, français, regardant les films néoréalistes ou de la nouvelle vague, sans oublier tout ce qui avait de la valeur à nos yeux, les livres et les films plus récents qu'il ne fallait pas rater. Jusqu'au moment où cette passion m'a poussé à vouloir m'exprimer moi-même sans vraiment savoir comment. Mais j'ai avant tout été un lecteur et un spectateur assidu, ce que je suis fondamentalement encore aujourd'hui.

Le Guépard a été le point de départ de tout ce qui

allait suivre. Un peu par hasard, sur la suggestion d'une enseignante. Mais c'est ainsi.

Ma cousine était chanteuse lyrique. Elle étudiait toute la journée et, depuis que nous étions enfants, Maria Callas était l'étoile qu'elle voulait suivre, son seul point de mire. Ce qui l'amena à me parler des scénographies de Luchino Visconti à l'opéra. Nous regardions des captations vidéo, nous écoutions des disques et elle me décrivait ce qu'il en avait fait. J'avais l'impression de me préparer pour un examen sur les mises en scène de Visconti au théâtre lyrique. Elle m'expliquait, je devais comprendre et lui prouver que j'avais compris.

Ensuite, parce que j'avais une façon très méthodique d'aborder les savoirs, j'ai passé de longs étés à regarder l'intégralité des films de Bergman, d'Hitchcock et de Visconti. J'étais fasciné par ce dernier mais je m'en sentais très éloigné, justement parce que j'avais compris assez vite que, dans son art, c'était un maître. Cela n'a rien à voir avec Fellini, qui semblait s'adresser à moi personnellement, tout en parlant de lui. J'avais du mal avec Visconti, mais mes efforts ont été récompensés car j'ai finalement été conquis par la force de ses choix esthétiques et son incroyable assurance. Fellini était un proche, Visconti un étranger. Visconti me faisait le même effet que Thomas Mann, que je lisais dans ma jeunesse. Avec lui, la littérature était en orbite autour d'une lointaine planète qu'en aucune façon je n'aurais pu rejoindre. Ce n'est qu'en lisant Fitzgerald, Hemingway ou Carver et quelques contemporains italiens que j'ai cessé de croire que ces œuvres ne me concernaient pas, tant ils m'étaient proches. Ce point de départ illustre parfaitement ce qui sépare et rapproche *Huit et demi* et *Le Guépard* : le message de Fellini était que chacun pouvait tenter de s'exprimer, avec Visconti ce n'était même pas la peine d'essayer. Dans des styles opposés, ils me fascinaient tous les deux.

C'est dans ces années-là que j'ai vu pour la première fois *Huit et demi*, lors d'une rétrospective au ciné-club municipal, où passait aussi *La Dolce Vita*. Décrire l'effet qu'ils ont eu sur moi serait trop naïf. *Huit et demi* a surtout été un énorme choc, qui a renforcé mon désir de comprendre. La liste est longue de tous ceux, écrivains, réalisateurs ou artistes, dont *Huit et demi* a changé la vie. Au début de ce livre, j'avais d'ailleurs pensé dresser cette liste, mais je me suis dit que cela était aussi puéril qu'impossible, c'eût été trop long, et ennuyeux puisqu'ils tenaient tous plus ou moins les mêmes propos élogieux.

Cependant, ce ne fut pas tout. J'acquis la vidéocassette de *Huit et demi* au milieu de toute une collection d'autres films que *L'Unità* vendait avec son supplément hebdomadaire. Il n'était pas rare de découvrir ainsi un des trésors du cinéma italien. Apprenant qu'ils proposaient *Huit et demi*, je fus particulièrement impatient à l'idée de le revoir tout seul à la maison, l'après-midi – j'avais pris l'habitude, avant de réviser mes cours, de me passer un film.

Huit et demi me fascina. Je l'ai revu le lendemain et le jour d'après. Pendant quelques mois, je l'ai regardé au moins deux ou trois fois par semaine. Il m'est arrivé la même chose avec *Amarcord* mais ça a duré moins longtemps. Je connais donc ces deux films par cœur, je peux encore réciter les dialogues de séquences entières comme il m'arrive de le faire avec quelques films de Totò.

Avec *Huit et demi*, c'était un peu particulier. Il m'obsédait. J'étais totalement captivé. J'avais l'impression que quelqu'un avait réalisé un film rien que pour moi, pour me secouer, pour me faire comprendre qui j'étais. Encore aujourd'hui, je visionne *Huit et demi* assis sur le bord de ma chaise, tendu comme une arbalète. Je peux me délecter de chaque scène tout en sentant arriver la suivante. Je le regardais en boucle parce qu'il me plaisait mais, je crois, surtout parce que j'essayais de comprendre pourquoi il me plaisait autant.

Durant cette période, et pendant pas mal de temps, mon frère m'a appelé « Fellini ». « Il est là, Fellini ? » lançait-il, moqueur, en arrivant à la maison. Il déboulait dans ma chambre en disant qu'on demandait Fellini au téléphone. Et ainsi de suite : Fellini ne dîne pas avec nous ? C'est Fellini qui a pris la voiture ? Et quand il franchissait la porte du salon et qu'il me voyait sur le divan, tendu, prêt à bondir, qu'il apercevait un Mastroianni en noir et blanc sur l'écran de la télé, coiffé d'un chapeau, il disait : « Fellini regarde Fellini » ; ou en s'adressant à moi directement : « Felli', tu te fais un Fellini ? »

C'était devenu mon surnom. Le reste de la famille lui répondait comme si de rien n'était, lui indiquant où j'étais, ce que je faisais, comme si Fellini était mon prénom. Mon frère était véritablement perplexe, il me croyait devenu fou. Je passais sans arrêt le même film et, quand est arrivée la cassette d'*Amarcord*, je me suis mis à les visionner en alternance, un film, puis l'autre. À l'évidence, j'étais timbré. Seul le cercle familial était au courant de cette manie secrète et solitaire. Sinon, j'étudiais, j'allais au bar avec mes amis, je jouais au basket, je sortais avec ma copine, mais, l'après-midi, je m'isolais pour revoir indéfiniment le même film. Si quelqu'un passait une tête dans le salon, je lui disais de dégager. « Felli', tu te fais encore un Fellini ? »

Je supportais les sarcasmes de mon frère uniquement parce qu'il n'insistait pas et finissait par partir.

La vie intérieure. C'est ce que donnait à voir *Huit et demi*. J'avais lu ça dans des livres mais je ne l'avais encore jamais vu au cinéma.

La vérité est que j'étais bouleversé par la beauté de ce film, par sa force, par les questions qu'il soulevait sur la création artistique, sur les femmes. Il abordait un nombre incalculable de sujets mais ce qui m'émerveillait le plus, ce qui a été déterminant pour moi par la suite, c'est qu'il avait choisi le récit autobiographique. Fellini avait introduit au cinéma la première personne du singulier, effectuant sa propre révolution copernicienne. Je n'avais jamais vu de film tourné sur l'intériorité et voilà ce que je découvrais vingt ans après sa sortie. J'avais été irrémédiablement séduit par ce « je », par le simple fait que l'on puisse parler de soi, par ce maelström qu'est la vie, qu'elle soit réelle, rêvée, imaginée, désirée, par la possibilité qu'un être humain puisse hésiter, tout mélanger, être dans l'incapacité de prendre une décision ou de changer d'avis.

Durant tous ces après-midi chez moi, rien de tout cela ne m'était apparu clairement. Je sais en revanche que ce film, et cette volonté de comprendre le charme irrésistible qu'il exerçait sur moi, a été un tournant, il m'a convaincu que je pouvais m'exprimer à mon tour d'une manière ou d'une autre, mais pas n'importe comment : sous forme autobiographique.

Ces dernières années, quand je donne des cours d'écriture à des jeunes scénaristes, je leur enseigne que l'objectif est de raconter quelque chose à travers des faits, des mouvements et des mots, parce que, dans le cinéma, la vie intérieure n'existe pas. Ce qui signifie que ce que l'on voit à l'écran est exactement ce que l'on perçoit des autres dans la vie de tous les jours. Mais je sais aussi que dans *Huit et demi*, la vie intérieure existe puisqu'elle en constitue le sujet même.

J'ai rencontré et travaillé avec de nombreuses personnalités ayant fréquenté Fellini. Elles m'ont raconté pas mal d'anecdotes sur sa vie privée mais ça les regarde, je n'en dirai rien. Depuis que je vis à Rome, des écrivains m'ont laissé entendre ou j'ai lu dans des entretiens que Fellini lisait essentiellement des premiers romans, comme ceux de Susanna Tamaro, Marco Lodoli, Daniele Del Giudice, Andrea De Carlo et bien d'autres, mais aussi des livres d'écrivains confirmés. Quand un texte lui plaisait, il se procurait le numéro de l'auteur et l'appelait pour lui dire qu'il avait aimé le livre et faire connaissance. On a du mal à imaginer la surprise de celui qui décrochait pour entendre à l'autre bout du fil : « Federico Fellini à l'appareil. »

Après avoir publié mes premiers livres, l'idée m'a traversé que j'aurais vraiment aimé que cela m'arrive. Je ne dis pas que je l'aurais mérité, mais simplement, cela aurait signifié que Federico Fellini était toujours en vie et que je ne pouvais pas exclure cette éventualité au demeurant fort improbable. Chaque fois que le téléphone aurait sonné, j'aurais pu espérer entendre sa voix. Ce ne serait sans doute jamais arrivé mais je n'en aurais pas moins continué à espérer qu'un jour il m'appelle.

Quand je vivais encore à Caserta et que je m'imaginais devenir un jour écrivain, j'étais surtout complètement dépendant de cette douce euphorie que me procuraient les revues littéraires et cinématographiques auxquelles j'étais abonné. J'achetais des hebdomadaires, je lisais des livres, j'allais voir des films, j'achetais des VHS, je découpais des articles, je conservais les fac-similés de livres insérés dans les journaux. Au bout d'un moment, il a bien fallu que je commence à archiver tout ce matériel, pour disposer d'un fonds que je consulte encore (même si j'ai maintenant tout numérisé). Je faisais des fiches au format A6 que je découpais dans du papier brouillon (je les ai toujours), que je classais par auteur et thématique. Petit à petit, je me suis retrouvé avec une énorme masse de documents que je continue à alimenter. La première phase consistant à archiver tout ce que j'avais vu jusqu'alors a été aussi exaltante que fastidieuse ; cela m'a pris près de deux ans.

Durant ces années, j'admirais également Alberto Moravia. De même que je rêvais que Fellini me téléphone de Rome, voyant souvent Moravia sur divers plateaux de télévision je pensais qu'un jour, qui sait, je pourrais le rencontrer, nous en aurions profité pour faire connaissance. Dans mes rêveries, c'était de l'ordre du possible.

Et puis survint cette étrange coïncidence. Un soir, je me mis à classer la masse de livres et d'articles accumulés concernant Moravia. La télévision était restée allumée et on annonça son décès. J'étais au milieu de tous ses livres et de ses articles, des fiches que j'avais rédigées, quand le commentateur du journal m'apprit la nouvelle de sa mort.

Le lendemain j'achetai tous les quotidiens qui parlaient de lui et je triai tous les articles qui lui rendaient hommage. Il n'y avait plus aucune chance que je le rencontre, mais j'étais bizarrement réconforté par le fait qu'il soit mort pendant que j'archivais tout ce qui le concernait. J'avais l'impression que cela avait un sens, sans savoir encore lequel.

En 1993, j'ai déménagé à Rome. Je me suis installé via Domodossola, une rue perpendiculaire à la via Albalonga dans le quartier de San Giovanni. Je viens de découvrir que quand Fellini a quitté Rimini pour Rome il a d'abord vécu via Albalonga.

J'ai définitivement emménagé en septembre. Les premiers mois, je passais mes journées chez Minimum Fax qui était alors une revue que nous expédions… par fax. Ce n'était pas encore une maison d'édition. Le soir, on prenait le bus et le tram avec mon ami Antonio Pascale pour aller au cinéma ou au théâtre, manger un morceau et, chaque vendredi, nous repartions à Caserta jusqu'au lundi matin. Cela pour dire que je ne m'étais pas totalement intégré et que la vie romaine ne m'intéressait guère. Deux mois passèrent et Fellini mourut.

En 1993, je déménage à Rome et Fellini meurt.

Cette coïncidence entre mon arrivée et sa mort me fit le même effet que la mort de Moravia. Dès que je me rapprochais d'une de mes idoles, elle disparaissait. La mort de Fellini me laissa face à un grand vide car elle s'était produite dans le quartier où je venais de m'installer. Ce qui me poussa à entreprendre une chose que je n'avais jamais faite depuis mon arrivée à Rome : je me rendis en métro à Cinecittà où une chapelle ardente avait été dressée. Fellini avait pris une place tellement importante dans ma vie que je ne pouvais pas ne pas y aller.

C'était le matin. Je n'avais pas encore l'habitude de circuler dans Rome et mon initiative me paraissait folle, mais il fallait que je le fasse à tout prix. Pour la première fois de ma vie, j'entrai donc dans Cinecittà et je rejoignis l'immense file de gens qui patientaient. J'entrai dans le studio 5 avec ce ciel bleu illuminé sur lequel se découpaient des silhouettes de carabiniers en uniforme comme dans *Pinocchio*. Réalisateurs, acteurs, proches, journalistes étaient installés sur de petits gradins et j'avançais avec les autres pour rendre hommage à la dépouille de Fellini, ce qui mit un certain temps.

Il s'agissait de la première initiative importante que je prenais à Rome. Dans les semaines qui suivirent, nous décidions avec Antonio de ne plus rentrer tous les week-ends à Caserta et il nous fallut encore quelques semaines pour en avoir le courage. Franchir le pas fut merveilleux, couper les ponts avec notre vie provinciale ne provoqua pas la catastrophe redoutée. À partir de là, nos retours à Caserta se firent plus rares. En cela, la disparition de Fellini a été décisive. C'est ainsi que s'évanouissait la Rome mythique de mon enfance et ce fut aussi le signal qu'il me fallait y voler de mes propres ailes.

Quand mes premiers livres sont sortis, surtout au début, Lucio Piccolo m'a vraiment compliqué la vie. Pendant des années, partout où j'allais, il se trouvait quelqu'un pour me demander si j'étais parent avec le poète sicilien. Il s'agissait notamment de savoir si j'étais un descendant de la famille Tomasi di Lampedusa. Nous n'avions aucun lien de parenté mais, grâce à ce malentendu, j'ai su à quel point sa renommée était immense dans le milieu littéraire. Jusqu'à ce jour de Pâques où, en vacances dans les monts Nebrodi avec Roberto Alejmo et d'autres amis, nous avons visité la Villa Piccolo, la maison du poète et le cimetière des chiens, situés près de Capo d'Orlando. C'est dans cette demeure, nous raconta-t-on, que Tomasi avait écrit *Le Guépard*.

Par un jour de grand froid, Giusi (avec qui je travaille depuis de nombreuses années et qui m'a énormément aidé dans les recherches et dans l'écriture de ce livre) et moi sommes allés à Paris rencontrer Claudia Cardinale, après d'âpres négociations avec sa fille Claudia Squitieri.

Rendez-vous avait été pris dans un café à l'angle de deux boulevards. Nous avons déjeuné non loin, de peur d'être en retard, avant d'apercevoir une femme élégante assise dans ce café, parfaitement à l'heure, qui portait de larges lunettes et fumait une cigarette. Elle nous accueillit avec un grand sourire et nous invita immédiatement à monter chez elle. Les murs de son appartement étaient couverts de photographies et, dans un angle de la pièce, j'avisai sa chaise dans *Huit et demi*. J'avais listé tout un tas de questions, désirant ardemment dissiper un doute qui ne m'avait pas quitté pendant tout le temps où je préparais ce livre – et qui persiste à ce jour. Sa fille m'avait prévenu : si Claudia Cardinale se souvient de beaucoup de choses qu'elle répète depuis des années, elle n'est pas vraiment attentive et peut se montrer bêcheuse. Elle donne l'impression d'avoir appris à jouer la Claudia Cardinale à l'origine du mythe qu'elle a incarné, et qu'elle incarne toujours, dont elle parle comme s'il s'agissait d'une proche parente. Nous fûmes rapidement découragés. J'étais déçu, Giusi un peu moins parce que Claudia Cardinale lui montrait sa garde-robe et lui parlait de son ancien compagnon et père de sa fille, le réalisateur Pasquale Squitieri. Je sentais que nous n'en tirerions pas grand-chose mais, rien que d'être là, Giusi était ravie. Je ne dis pas que je ne l'étais pas mais je voulais savoir une chose, sur laquelle à l'évidence elle ne reviendrait pas. Nous l'avons remerciée chaleureusement, elle semblait arrivée au bout de ce qu'elle était disposée à nous révéler.

J'ai rencontré Sandra Milo (qui elle aussi est née à Tunis) dans un autre café, cette fois à Rome, le Madeleine, dans le quartier de Prati. Quand je suis arrivé, pile à l'heure, elle était déjà là, assise, elle n'avait pas encore quitté son manteau. Au moment de partir, elle n'a pas bougé parce qu'elle avait prévu d'y dîner. Une fois dehors, j'ai pris une photo d'elle à travers la vitre avec mon portable, image qui se révéla floue et mal cadrée mais ç'avait été plus fort que moi. Aujourd'hui, nous continuons d'échanger sur Instagram et WhatsApp.

Sandra Milo s'est montrée généreuse, enthousiaste, désireuse de raconter sa vie. Comme je l'ai déjà dit, elle affirme sans détour que le cinéma l'intéressait moins que sa vie amoureuse. En ce qui concerne Fellini, il a été pour elle davantage un amant, plusieurs années durant, que le réalisateur des films culte dans lesquels elle a joué. Nous avons évoqué sa rencontre avec Fellini, leur relation amoureuse, le livre à scandale qu'elle a publié des années après sur leur liaison, la manière dont elle avait vécu tout ça, le fait que pendant qu'elle tournait *Huit et demi* elle était enceinte, et bien d'autres choses encore.

Après avoir vu Claudia Cardinale, j'ai compris avec Sandra Milo une chose complètement dingue – il en alla de même avec Lucherini, chez lui, qui m'a raconté des tas d'histoires qui m'ont beaucoup fait rire. En fait, des films comme *Huit et demi* et *Le Guépard*, une fois passés à la postérité se sont transformés en blocs de marbre impénétrables. Il n'y a rien à ajouter, tout a déjà été dit au fil des ans, la légende autour d'eux s'est figée, ils se sont fossilisés. Le temps a fait son œuvre. Et puis, tous ceux qui ont vécu ce qui est devenu un mythe s'évertuent encore de nos jours à alimenter la légende.

Outre le plaisir que j'avais eu à rencontrer Claudia Cardinale et Sandra Milo, surtout dans la phase où je cherchais des informations les concernant, je me suis demandé s'il était pertinent de forcer les témoins ou acteurs de l'époque à fouiller dans leurs souvenirs. Je me suis également demandé en quoi cela pouvait véritablement m'aider. Claudia Cardinale et Sandra Milo, par exemple, ont laissé derrière elles de nombreuses interviews et publié des livres dans lesquels elles en disent bien plus long que ce qu'elles peuvent raconter aujourd'hui, parce que, avec le temps, les souvenirs s'amenuisent. Il m'a semblé plus raisonnable de cesser de les déranger, de ne pas les tourmenter en les replongeant dans cette période extraordinaire de leur vie (surtout Claudia Cardinale, qui est le trait d'union entre *Le Guépard* et *Huit et demi*) qu'elles ont vécu comme dans un rêve simplement en la vivant, en jouant leur rôle, en agissant pour ces deux films comme pour d'autres. J'ai vu quelque chose de très humain et d'émouvant dans leur détachement, car leur mémoire ne reproduisait que des histoires utiles à d'autres, tels que moi. En effet, j'ai mesuré très concrètement la différence qui existe entre créer quelque chose et le fait que cette chose soit devenue un objet de culte. Claudia Cardinale et Sandra Milo sont aujourd'hui très loin de ce moment paroxystique. Elles sont conscientes de la valeur de ces films, elles ont peut-être même gagné de leur participation un sentiment de paix intérieure. L'assurance qu'elles en ont retirée a induit une forme d'indifférence à l'égard du passé et il m'a semblé qu'elles préféraient se tourner vers le présent.

Je connais Caterina D'Amico depuis longtemps. Quand je l'ai informée de mon intention d'écrire ce livre, elle en a été très heureuse. Elle s'est immédiatement rendue disponible, et quand nous nous sommes vus dans le salon chez sa mère, elle m'a dit de m'asseoir où je le désirais. Ici, les scénaristes s'assoient où ils veulent.

Ce n'était pas la première fois que je pénétrais dans cette maison où s'est jouée une grande partie de l'histoire du cinéma italien, et plus encore. Écouter les récits que racontent les enfants de Suso est une des plus passionnantes expériences qui soient données à qui aime écrire. Sur ce même divan où je venais de prendre place se sont succédé un nombre invraisemblable de personnalités. Sur ces coussins, mille choses ont été dites. Je n'en livrerai qu'une : quand Nino Rota est décédé (dont on se souvient toujours comme le compositeur de la bande originale de *Huit et demi* mais aussi du *Guépard*), Suso a tenu à s'entretenir avec ses neveux, demandant à Fellini de se joindre à eux. Elle leur confia le secret que son ami Rota avait tu toutes ces années. Rota avait une fille cachée qui vivait aux États-Unis, laquelle ne savait même pas qu'elle était la fille de Nino Rota. Désormais, il semblait normal qu'elle l'apprenne, d'autant plus qu'une part importante de l'héritage lui revenait. Suso fut ferme, sèche, n'admit aucune remarque et leur montra les documents qui l'attestaient. Le lendemain, Fellini lui fit parvenir un énorme bouquet de roses rouges avec une petite carte sur laquelle il était écrit qu'il ne s'était jamais autant amusé et où il la remerciait de lui avoir demandé d'être à ses côtés.

Toujours sur ce divan, quelques années plus tôt, j'avais moi-même été le témoin d'un échange insensé entre deux grandes figures du cinéma. C'était à l'occasion d'une réunion du jury du prix Amidei[41], dont je faisais partie. Durant une pause, certains étaient allés grignoter un morceau au buffet. Je m'apprêtais moi aussi à me lever. C'est alors que je me rendis compte que la personne assise à ma droite parlait à mon voisin de gauche comme si je n'existais pas. Or, j'étais bel et bien là, et comme les premières phrases étaient plus qu'intéressantes, je n'ai pu m'empêcher de continuer à écouter.

À ma droite, Giovanna Ralli, qui avait été désignée cette année-là pour présider le jury. À ma gauche, Ettore Scola. Près de la table se trouvaient Caterina et Silvia D'Amico,

Marco Risi et d'autres encore. La phrase qui avait attiré mon attention avait été prononcée par Giovanna Ralli à Scola et disait à peu près ceci : « Tu n'y as pas vraiment accordé d'importance, mais j'étais prête à partir avec toi, à tout lâcher. » Ettore marmonna : « Mais qu'est-ce que tu racontes ? » Et elle de répondre : « Ne fais pas l'imbécile, ne me parle pas sur ce ton. »

Soudain, peut-être parce que je tendais l'oreille, Giovanna Ralli s'est rendu compte qu'un être humain placé entre eux deux et auquel ils n'avaient pas prêté attention aurait pu les entendre. Elle me regarda droit dans les yeux : « On plaisante, hein ? » J'ai alors répondu effrontément : « Personnellement, ça me plaît beaucoup, faites comme si je n'étais pas là. »

À ce moment-là, les autres ont détourné leur regard du buffet. Ils se demandaient ce qui se passait, et comme je gardais le silence, ils continuèrent à parler entre eux. Giovanna Ralli était maintenant sur ses gardes, craignant que je répète ses propos. « Tu sais, ce sont des choses qui arrivent quand on est jeune », dit-elle en s'adressant à Marco Risi qui, crûment, avait demandé à Scola : « Parce que vous étiez ensemble ? » Giovanna Ralli ne savait plus s'il fallait calmer le jeu ou remettre de l'huile sur le feu, alors elle préféra d'abord confirmer, avant de s'embrouiller dans des explications maladroites. Scola, embarrassé et primaire comme seuls les hommes peuvent l'être, mais gêné d'avoir attiré l'attention sur lui, sortit de ses gonds et leva brutalement la main sur elle pour la faire taire avant de balancer qu'elle couchait avec tout le monde…

Et alors ? Sa vie sexuelle ne nous concernait pas, le problème n'était pas là. Le problème était qu'elle voulait lui dire tout autre chose, quelque chose de beaucoup plus profond qui révélait l'importance de leur relation pour elle. Avec le temps, je n'ai jamais cessé de me demander pourquoi cette conversation avait eu lieu précisément à ce moment-là. Depuis combien de temps ne s'étaient-ils pas vus ? En parlaient-ils à chaque fois qu'ils se revoyaient ?

Toujours est-il que la phrase de Scola était horrible, impardonnable. Giovanna Ralli se redressa d'un coup en hurlant comme une furie : « Mais comment oses-tu ? Tu n'es qu'un connard, je m'en vais, je démissionne. »

C'était un joyeux bordel. Ettore Scola se confondait en excuses : « C'est parti tout seul, j'étais contrarié. » Elle hurlait : « Je ne peux pas rester dans la même pièce que lui ! » Ettore répliquait : « Dans ce cas, reste, c'est moi qui m'en vais. » Caterina, Silvia et les autres essayaient de la retenir, de la calmer. J'observais Scola en secouant la tête de dépit mais, en réalité, je jubilais. Je jubilais d'avoir tout entendu, d'avoir assisté à cette scène.

Finalement, Scola s'excusa encore et la pria de rester. Giovanna Ralli finit par se calmer et la réunion reprit.

Accaparé par mon travail, je me suis progressivement replié sur moi-même au fil du temps. De plus en plus la vie bruissait autour de moi sans que je ne bouge, je demeurais chez moi alors que tout un chacun se plaisait à sortir. Ce qui ne veut pas dire que mes plaisirs ou mes insatisfactions étaient déconnectés de la vie sociale, qui, à sa manière, m'attirait, m'interrogeait, me séduisait – amis, simples connaissances, ou même d'ailleurs n'importe qui. J'ai essentiellement travaillé sur ce livre durant la pandémie. J'ai vécu cet enfermement différemment parce qu'il concernait tout le monde. En effet, pour beaucoup, le confinement a été une période plutôt sereine, pour ceux qui aiment faire la fête comme pour ceux que cela rebute, pour les sociopathes comme pour ceux qui n'ont pas les moyens de sortir. C'était effectivement la fin d'une forme de singularité parce que l'obligation de vivre en société n'existait plus. Une fois chacun chez soi, personne ne pensait plus à l'effervescence du monde extérieur, on se sentait à l'abri parce que tout était à l'arrêt. Ce phénomène explique que les gens se soient repliés sur eux-mêmes. Dans un article d'*Internazionale*[42], j'ai lu que les populations socialement défavorisées ont mieux supporté le confinement parce qu'elles avaient l'habitude de prendre sur elles. Les autres se sont sentis en prison. Ceux qui y étaient déjà l'ont mieux vécu.

Selon moi, un écrivain a bien des points communs avec les introvertis ou les sociopathes. Concrètement, son environnement se limite à un lieu clos, un ordinateur, et son objectif est de pouvoir disposer de longues journées de solitude. Un écrivain, si l'atmosphère s'y prête, peut chasser ses vieux démons, la peur, l'angoisse de la page blanche, et mettre à profit le temps du confinement, en faire, comme moi, une parenthèse privilégiée pour avancer puisque, de toute façon, tout est à l'arrêt. Je dois dire que cette période a eu certains aspects exaltants. La sensation est proche de celle qu'on éprouve quand on travaille le dimanche ou au mois d'août. Plus personne ne travaille tandis que nous gagnons du temps sur la vie et le monde tel qu'il va. J'ai ressenti cela très fortement pendant quelques mois.

Ce livre en particulier, à la différence des précédents, m'a aidé à prendre mes distances avec l'actualité. J'étais en 1963, un peu avant, un peu après, et ce monde-là était très éloigné de la pièce dans laquelle je vivais cloîtré, chez moi. Ce livre m'a permis de passer la majeure partie de mes journées à me projeter très loin de tout ce qui se passait autour de moi.

Quoi de plus stimulant que de lire et d'examiner tout ce qui a trait à un sujet qu'on aime ? Étudier, faire des découvertes, s'y plonger totalement et s'apercevoir, au bout d'un certain temps, que l'on en savait déjà beaucoup sur la question, voilà qui est puissant. Il me plaît de constater dans les confidences qu'on me fait, ou dans les archives, qu'en réalité j'avais déjà fait le tour de ce qui m'intéressait ; ou encore de me rendre compte que des faits dont j'ignorais tout ne m'apprenaient finalement rien. Néanmoins, il faut tout vérifier. Ce qui n'empêche pas de continuer à chercher sans relâche des informations inédites. Enfin, on poursuit les recherches même après avoir commencé à rédiger et, jusqu'aux dernières corrections, on désire toujours découvrir des faits que l'on n'utilisera sans doute pas mais qu'il est tout de même bon de connaître.

J'ai écrit plus haut que c'est en lisant *La Famiglia Manzoni*, de Natalia Ginzburg, que j'ai compris que je devais écrire un livre sur Fellini et Visconti. J'entendais par-là que *La Famiglia Manzoni* avait suscité en moi une envie. Et quand une œuvre vous indique la voie à suivre, il faut y aller.

Huit et demi, par exemple, m'a appris que je pouvais faire preuve de culot et d'obstination, dépasser mes faiblesses et les utiliser. Entre le moment où mon frère me surnommait Fellini, quand je regardais *Huit et demi* en boucle, et le moment où j'ai compris ce que représentait *Huit et demi* (bien que j'eusse déjà deviné son importance), il s'est passé un long moment. J'ai d'abord écrit des choses qui n'étaient que peu en rapport avec moi-même, puis d'autres sensiblement plus personnelles en me réfugiant derrière un style de plus en plus littéraire, puis je me suis progressivement senti tenté, comme beaucoup d'écrivains aujourd'hui, par le désir de me mettre en scène. C'est-à-dire de jouer mon propre rôle, mon personnage, en construisant tout autour un récit qui inclurait également le *making of*.

L'œuvre-clé, celle qui m'a incité à écrire de cette façon (en livrant ses propres doutes, sa médiocrité, ses propres limites, sa part d'ombre, son rapport empêché au monde, qu'on tente de résoudre avec un film ou en faisant un film, tentative qui échoue et devient à son tour le récit d'un échec), c'est le *Huit et demi* de Fellini.

Quel rapport avec *Le Guépard* ? Eh bien, si ma volonté était d'écrire un livre personnel, je savais que pour y arriver je ne devais pas suivre la méthode employée par Fellini dans *Huit et demi*, mais adopter celle de Visconti pour *Le Guépard*.

En 1954, outre tout ce que j'ai déjà raconté, il se passe encore autre chose. À la cérémonie des Oscars, le prix pour le premier rôle féminin est attribué à une débutante qui n'avait jusque-là fait que quelques brèves apparitions mais avait été remarquée parce que Colette l'avait imposée dans l'adaptation à Broadway de son roman *Gigi*.

L'actrice en question était Audrey Hepburn et elle jouait dans *Vacances romaines*.

Entièrement tourné à Rome, il était sorti l'année précédente. Il se dit que dès les premières prises Gregory Peck avait demandé à son imprésario que l'on grossisse le nom d'Audrey au générique, persuadé qu'elle remporterait l'Oscar dès son premier long métrage.

Le scénario était signé par Ian McLellan Hunter (à qui revenait l'idée d'origine) et John Dighton. En réalité, le sujet du film comme le scénario avaient été écrits par Dalton Trumbo, un des grands scénaristes hollywoodiens blacklistés durant le maccarthysme, raison pour laquelle il travaillait sous pseudonyme. Le film remporta également l'Oscar du meilleur scénario original mais Ian McLellan Hunter (alias Dalton Trumbo) ne fit pas le déplacement. On ne reconnut officiellement la paternité de cette fiction à Trumbo qu'en 1992, soit après sa mort survenue l'année précédente.

À ces complications touchant au scénario de *Vacances romaines*, film qui connut un immense succès, s'en ajouta une autre : William Wyler, producteur et réalisateur du film, ne se faisait pas du tout la même idée que les scénaristes américains de Rome et des Italiens et, de ce fait, il décida de chercher des scénaristes locaux pour en faire une nouvelle mouture. Il ne fallait pas se louper et, finalement, il choisit les plus expérimentés d'entre eux, en l'occurrence Suso D'Amico et Ennio Flaiano. Autrement dit, les scénaristes de Visconti et de Fellini.

Suso et Flaiano sont notamment embauchés parce qu'ils travaillent ensemble depuis longtemps. On peut même dire que la carrière de Suso a démarré en collaborant avec Flaiano. Les deux ne font pas toujours la paire, ils font également équipe avec d'autres scénaristes, et pas exclusivement pour Fellini ou Visconti. À cette époque-là, tous deux jettent surtout des idées sur le papier et écrivent des scénarios pour Alessandro Blasetti. La filmographie des auteurs de cinéma ne correspond que rarement au volume de travail qu'ils fournissent. Je m'explique : hier comme aujourd'hui, beaucoup de projets n'aboutissent pas. Des collaborations entre scénaristes et réalisateurs échouent. Ce qui ne veut pas dire qu'ils n'y ont pas passé du temps, qu'ils ne s'y sont pas largement investis. Je me dois de le préciser car dans les années 1950 on produisait des intrigues à foison, et le duo formé par Suso et Flaiano n'est que rarement cité au générique, par rapport à tout ce qu'ils ont effectivement produit ensemble, tout du moins jusqu'à ce que Fellini et Visconti se déclarent la guerre. Avant cela, leur collaboration, à deux ou avec d'autres scénaristes, a longtemps été très intense et fructueuse. Flaiano disait souvent que, avec Suso, ils auraient pu ouvrir un atelier de réparation de scénarios boiteux. Et ce boulot de mécaniciens sur *Vacances romaines* était fait pour eux.

L'occasion est aussi plaisante que déterminante pour l'un et l'autre. Suso raconte qu'ils rencontrent le directeur de la production en personne avant d'accepter la mission. Il leur demande leur tarif. Profitons-en, songe Suso, et comme elle parle anglais et est plutôt à l'aise dans les négociations financières, elle propose une somme bien supérieure à ce qu'ils perçoivent d'habitude. Les yeux du directeur de production s'illuminent et il embrasse Suso et Flaiano en disant : « Voilà ce que j'appelle faire du cinéma en bonne intelligence, c'est un métier de passion et d'abnégation. » Ils comprennent immédiatement que la somme demandée est dérisoire pour des Américains. Flaiano est à deux doigts d'étrangler Suso et ils s'en vont la tête basse, démoralisés à l'idée qu'ils auraient pu demander beaucoup, beaucoup plus d'argent.

Ils reprennent le scénario de *Vacances romaines*, et le résultat plaît beaucoup à William Wyler. Sur les copies européennes des films, les noms de Suso et Flaiano apparaissent souvent au générique tandis que pour des raisons syndicales ils sont absents des versions américaines. Ce qui signifie qu'une signature de scénariste en bonne et due forme n'existe pas, l'opacité règne et le statut est précaire. Toujours est-il qu'on avait oublié que Suso et Flaiano avaient rédigé la dernière mouture de *Vacances romaines*.

Il existe deux types de scénario de film. Le scénario original et le scénario non original. Le scénario qui fait suite à la création d'un sujet, c'est-à-dire sorti du néant, et celui qui s'inspire d'une œuvre existante, d'un récit achevé qui doit être raccourci et adapté pour le cinéma.

Comme je l'ai déjà dit, *Le Guépard* dans sa version filmée est très proche du roman. *Le Guépard* de Tomasi di Lampedusa et celui de Visconti semblent ne faire qu'un, ils se confondent. Pour cette raison, *Le Guépard* est souvent considéré comme un modèle d'adaptation cinématographique d'une œuvre littéraire. Ce qui ne veut pas dire que la transposition au cinéma soit plus ou moins réussie selon sa proximité avec le livre dont elle s'inspire. Beaucoup d'adaptations cinématographiques prennent des licences, ce qui n'empêche pas les films d'être magnifiques. Mais *Le Guépard* a cette qualité d'être une adaptation à la fois splendide et fidèle. Cependant le film n'est pas aussi analogue au livre qu'il y paraît. Mieux, l'adaptation est si réussie qu'elle donne l'illusion d'une absolue fidélité.

Huit et demi est, de son côté, l'exemple poussé à l'extrême d'un scénario dit original. La trame en est si mince que l'auteur-réalisateur conserve une liberté totale, le reste relève de la psychanalyse. Il s'agit d'un scénario qui semble s'écrire à mesure que le tournage progresse et dont l'objet est de raconter comment s'écrit un film et comment on le réalise. Le fondement de *Huit et demi* est une remise en question des ressorts de la création. Son message est « je suis bloqué, je ne sais pas quel film je voudrais faire ». C'est donc un film sur l'absence même d'idée de film. C'est sur cette base ténue qu'il faut bâtir un scénario.

Huit et demi est un film qui n'existe pas encore, qu'il faut penser, construire, sans l'assurance d'ailleurs qu'il se fera (même si une fois terminée, l'histoire indique qu'il se fera). *Le Guépard* étant au départ un roman, il est déjà structuré, écrit, abouti. De plus, il a suscité tous les débats imaginables. Il faut donc y entrer, le réduire, le condenser et choisir un angle pour le raconter. *Huit et demi* et *Le Guépard* sont la parfaite illustration scénaristique des deux manières d'écrire un film.

Les scénaristes du *Guépard* sont Suso Cecchi D'Amico, Pasquale Festa Campanile, Enrico Medioli, Massimo Franciosa et Visconti.

Les scénaristes de *Huit et demi* sont Fellini, Ennio Flaiano, Tullio Pinelli et Brunello Rondi.

Sans rien vouloir enlever au mérite de tous les autres, Suso et Flaiano sont les forces motrices de ces deux scénarios. Suso écrit alors depuis des années avec Visconti, les autres scénaristes valsent, tandis qu'elle, à deux exceptions près, écrira tous ses films à compter de *Bellissima*. Concernant *Le Guépard*, que ce soit dans le choix de l'œuvre ou dans la poursuite du projet, tout tourne autour d'elle et de sa relation harmonieuse avec Visconti. Elle dit elle-même qu'à un moment donné, cette communion était telle que Visconti ne prenait plus trop la peine d'assister aux réunions des scénaristes. Suso est là, et elle sait exactement ce qu'il veut.

Pour chacun de leurs films, Fellini et Flaiano génèrent ensemble des idées qu'ils étoffent avant que d'autres soient invités à les transformer en scénario. La collaboration de Flaiano avec Fellini se déroule dans une parfaite harmonie entrecoupée de vexations et de frustrations, et il se sentira tellement brimé par le réalisateur qu'après *Huit et demi* leur rupture sera définitivement consommée. Il signera le film suivant, *Juliette des esprits*, mais uniquement parce qu'ils avaient déjà commencé à l'écrire, et quand se produit leur séparation le projet est déjà bien avancé.

Suso Cecchi D'Amico et Ennio Flaiano étaient mes idoles

parmi les auteurs pour le cinéma, et cela bien avant que je fasse le même métier qu'eux.

Suso et Flaiano formaient une équipe de travail très soudée, qui s'amusait énormément. Flaiano allait très souvent chez les Cecchi, presque tous les jours en fait, et il s'était attaché aux enfants de Suso. Ils passaient des journées, des semaines, des mois ensemble. D'ordinaire, Flaiano avait tendance à travailler dans un café ou à s'inviter chez quelqu'un parce qu'il vivait, chez lui, une situation difficile. Sa fille avait une maladie grave. Il l'aimait énormément mais en souffrait tellement qu'il était incapable de s'en occuper. Sa femme et sa fille avaient quitté Rome mais y revenaient très souvent parce que Flaiano n'arrivait pas à vivre sans elles, jusqu'au jour où elles s'installèrent définitivement en Suisse. Je reviendrai sur cette histoire. Pour l'instant, je voudrais simplement décrire l'habitude qu'avait prise Flaiano d'aller chez les Cecchi, ainsi que leur façon de travailler qui, pour lui comme pour Suso, a été gratifiante et heureuse. Ils possédaient des caractères très différents, voire opposés, mais se complétaient à merveille. D'après Suso, Flaiano était capable lors d'une simple réunion d'imaginer des scènes qui auraient pu fonctionner dans une dizaine de films ; c'était sa façon de faire, lancer des idées à tout-va, en vrac. En revanche, il était hors de question de lui demander de mettre de l'ordre dans lesdites idées pour ne garder que les plus efficaces, le résultat aurait été un désastre. Suso, au contraire, notait toujours tout dans son petit carnet, les idées des autres comme les siennes, puis elle les organisait. Sa capacité à les trier et à les agencer au moment de passer à l'écriture et celle de Flaiano à phosphorer assis sur sa chaise étaient aux antipodes, mais à eux deux ils formaient un couple parfait.

En général, on peut classer les scénaristes en deux catégories : ceux qui ont l'imagination fertile et ceux qui prennent le relais en gardant les meilleures idées pour les transformer en scènes ou en séquences. Les scénaristes qui braillent et ceux qui rédigent. Flaiano éructait. Et il n'avait pas très envie d'écrire. Quand il avait terminé, il laissait ce soin à d'autres. Suso est l'archétype de la scénariste parfaite : elle avait des idées et savait les mettre en forme. Rares sont ceux à posséder ces deux qualités indispensables dans l'écriture d'un film.

Voilà pour les caractéristiques du binôme Suso-Flaiano. Ils firent bénéficier de leurs talents respectifs, ensemble ou séparément, bien des films. Ceux de Visconti surtout, pour l'une, et pour l'autre, ceux de Fellini. Ils ont certes participé à beaucoup d'autres films (en particulier Suso) mais il ne fait aucun doute que leurs noms restent associés à ces deux réalisateurs.

Et puis, un jour, Flaiano n'est plus réapparu chez les Cecchi D'Amico.

Le dernier film qu'ils aient écrit ensemble date de 1955 : *La Chance d'être une femme*, d'Alessandro Blasetti. Ils en signeront un autre mais… onze ans plus tard, *Moi, moi, moi et les autres*, toujours de Blasetti, associés à divers autres scénaristes – à l'époque, Flaiano, qui a des soucis de santé, arrive en fin de carrière, tandis que celle de Suso se poursuit tambour battant.

1955. Le film de Blasetti a été écrit au moins un an plus tôt. Il se pourrait donc que lors du schisme de Venise, les deux scénaristes aient dû choisir leur camp, l'une sautant derrière les lignes de Visconti et l'autre derrière celles de Fellini.

Ce qui est sûr, c'est que cette guerre ouverte entre Visconti et Fellini a laissé des traces chez leurs collaborateurs. Mais Suso et Flaiano étaient proches. Et ils savaient relativiser. On peut tout de même douter de l'impact qu'ont eu indirectement Fellini et Visconti sur la séparation de ce duo de scénaristes.

Au cours du temps, Flaiano a envoyé plus de sujets qu'il ne lui en fallait à Visconti, qui n'en a retenu aucun. Dans les dernières années de leur vie, un projet de film sur Proust aurait pourtant pu les réunir. Suso, en revanche, a toujours conservé un lien d'amitié avec Fellini, même si professionnellement ils ne s'étaient rencontrés qu'une seule fois, en 1947, pour écrire ensemble un scénario pour Lattuada. Et Fellini allait lui aussi souvent chez les D'Amico avec son complice musicien, Nino Rota.

Nino Rota est un personnage auquel il faudrait consacrer un long chapitre, ou un livre entier. Ici, je ne peux qu'esquisser son portrait. Immense musicien grâce auquel certains films sont restés inoubliables, il demeure pour beaucoup le compositeur de Fellini ; il suffit d'évoquer son nom pour que celui du réalisateur y soit associé. Mais il a en réalité travaillé avec bien d'autres réalisateurs et a souvent composé pour Visconti : *Nuits blanches*, *Rocco* et *Boccace 70*, et enfin *Le Guépard* en même temps que *Huit et demi*.

Rota semble avoir été épargné par la dispute entre les deux réalisateurs ou, du moins, ne pas y avoir pris part. Le seul indice qui sème le doute concerne le budget prévisionnel de *Huit et demi*, envoyé au ministère par la production, dans lequel le salaire du compositeur n'apparaît pas. Peut-être Fellini avait-il hésité à l'engager, contrarié que Rota puisse participer au *Guépard* ? Ça ne constitue cependant pas une preuve. Les deux réalisateurs n'ont jamais montré le moindre signe de désaccord ou de crispation envers

Nino Rota. Peut-être Fellini pensait-il s'occuper du poste de musicien plus tard, peut-être que cette fois-là il avait renoncé à commander une musique originale, peut-être n'est-ce qu'un oubli ou une volonté de tirer vers le bas le budget prévisionnel. Quoi qu'il en soit, Rota est le seul parmi toutes les personnes qui travaillaient avec Visconti et Fellini à ne pas en avoir payé les pots cassés.

Nino Rota a une longue histoire. Il arriva à Rome avec sa mère alors qu'il n'était encore qu'un enfant. Elle y avait pour seuls amis les Cecchi D'Amico et elle chercha un logement non loin de chez eux. Déjà tout petits Suso et Nino étaient amis. En grandissant il eut une vie plutôt mystérieuse, solitaire et, sous certains aspects, il semblait un peu autiste. Obsessionnel et timide, il était en quelque sorte le Gadda[43] de la musique. Il fréquenta sans discontinuer les Cecchi D'Amico et développa une relation très particulière avec le mari de Suso. Il s'installa même chez eux un temps, louant une chambre sous le même toit que Fedele et Suso, devenant de ce fait un proche de la famille et des enfants. Grâce à cette relation très forte, Nino réussit à avouer à Suso l'existence d'une fille vivant aux États-Unis. Suso s'occupera toute sa vie de l'enfant. L'amitié entre Suso et Fellini a plus à voir avec Rota qu'avec Flaiano. C'est pour cette raison que Fellini est présent à ses côtés après la mort du musicien.

« Nino Rota était un homme toujours de bonne humeur mais rêveur, dans les nuages, il entendait des voix surnaturelles. Traverser la rue avec lui pouvait être exaspérant. Tu te retournais et tu le voyais planté, hébété au milieu de la circulation et qui te souriait », se rappelle Masolino D'Amico, le fils de Suso. Rota avait une religion bien à lui, il croyait à la réincarnation et suivait d'autres rites étranges : « Par exemple, s'il réalisait que nous étions un mercredi et qu'il avait oublié de porter du rouge, il fallait immédiatement qu'il s'achète une cravate de cette même couleur. Certains jours il avait besoin de boire du lait frais, juste sorti du pis de la vache et, où qu'il se trouve, il payait un chauffeur de taxi pour qu'il aille lui en chercher dans la ferme la plus proche. » Il oubliait tout. À tel point que, quand il voyageait, il avait adopté cette stratégie qui consistait à répartir ses effets dans plusieurs valises de façon à trouver, s'il en perdait une, au moins une partie de ce dont il avait besoin dans une autre. Masolino raconte encore qu'une fois Rota lui avait demandé de l'aider à répondre à un courrier en anglais. King Vidor, rien que ça, lui demandait de composer une musique de film. Mais quand il lut le titre du film, Masolino tomba de sa chaise : « Ce film est déjà sorti. » La lettre était arrivée cinq années plus tôt. Dans la vie de Fellini, Nino Rota occupe une place si importante qu'il sera l'un des rares autorisés à lui rendre visite dans la maison qu'il partage avec Anna Giovannini. Tous les témoignages le décrivent comme un homme affable, bizarre, mais affable. Raison pour laquelle il n'a jamais eu aucun problème ni avec Visconti ni avec Fellini.

La disparition soudaine de Flaiano de la maison D'Amico n'a rien à voir avec tout cela. Si la temporalité correspond bien au moment où se constituent les deux factions opposées dans la querelle entre Fellini et Visconti, Flaiano s'éclipse, lui, pour des raisons d'ordre privé. Masolino D'Amico, dans un portrait d'Ennio, rapporte que Flaiano était tombé amoureux de sa mère et que son père lui avait probablement demandé de ne plus jamais remettre les pieds chez eux. Par la suite, en bavardant, Caterina me le confirma : Flaiano et Suso s'aimaient. Elle y pensa immédiatement quand je lui demandai quels étaient les rapports entre sa mère et Flaiano. Elle commença par un « Alors… », avant de se taire un long moment. Elle choisit finalement de le formuler ainsi : « Selon moi, ma mère a eu une aventure avec Flaiano mais cette relation devenait trop sérieuse, il fallait qu'ils prennent une décision. Ils ont préféré arrêter de travailler ensemble. »

La phrase de Caterina ne laisse plus de doute sur le soupçon qui planait autour de sa mère et Flaiano. Elle n'aurait pas parlé à la légère. Ma question ne portait pas sur cet aspect de leur relation, du moins pas à ce moment-là, car il est bien évident que je la lui aurais posée plus directement un peu plus loin dans la conversation. Je dois avouer que je m'étais fait à cette idée en lisant un petit mot de Flaiano adressé à Suso, dans lequel il m'avait d'abord semblé qu'il ne lui disait rien de particulièrement intéressant alors que tout y était.

Au milieu des milliers de pages que j'ai lues pour préparer ce livre, je suis tombé, bien avant cet échange avec Caterina, sur une lettre que Flaiano avait envoyée à Suso dans la maison de Castiglioncello où elle passait tous ses étés (encore aujourd'hui, ses enfants et neveux continuent d'y séjourner et j'ai pu y résider quelquefois. Il est assez émouvant de passer l'été en compagnie des D'Amico et de partager leurs souvenirs).

À SUSO CECCHI D'AMICO
Rome, samedi, 13 heures, 1955
Marre du cinéma, parlons coquillages.
Sonego m'a parlé de vous, de Castiglioncello et des coquillages que vous lui avez offerts. Vous en êtes là ? Vous offrez des coquillages ? Bon. Blague à part, je me languis de vous, de parler avec vous. À vite, j'imagine. Très affectueusement.
Flaiano

Vous offrez des coquillages ?

Cette petite scène de jalousie à peine masquée, amusante, mais peut-être pas autant qu'il y paraît, me donnait la même impression que lorsque, au cours d'un dîner, on note une forme d'intimité entre deux personnes censées être étrangères l'une à l'autre et qui, d'un geste ou d'une phrase imprudente, trahissent au contraire leur intimité.

Cette histoire de coquillages ne m'a laissé aucun doute. Suso et Flaiano s'aimaient. Il fallait bien que cela arrive, il fallait prendre une décision. C'est-à-dire, probablement, qu'ils partent tous les deux ou qu'ils arrêtent de se fréquenter. Les raisons pour lesquelles ils ont choisi de ne plus se voir restent cependant obscures.

Du jour au lendemain, Flaiano a disparu. Et pour longtemps. « Mario Monicelli, raconte Caterina, n'a jamais disparu pour sa part. Dans les années 1950 il faisait partie de la famille et je me souviens que le jour de la mort de mon père, Mario m'a demandé : “À quelle heure ils ferment le cercueil demain ?” À 11 h 30, lui ai-je dit, à quoi il m'a répondu : “Bien, je serai là parce que Suso ne peut pas rester seule dans un moment pareil.” Et il était là au moment précis où l'on scellait le cercueil de mon père. Ce que je veux dire, c'est que Mario a toujours été, tout au long de sa vie, au côté de ma mère. Mais qu'Ennio, qui avait été si présent, disparaisse d'un coup pendant quinze ans… il s'était forcément passé quelque chose. C'est du moins ce que j'ai pensé après coup. Il s'est certainement passé quelque chose. »

Des années plus tard, Flaiano, malade, ne dit rien à Suso de l'épreuve qu'il traverse. Elle lui écrit une lettre très affectueuse et faussement joyeuse : « Mon fils habite près de la clinique, il peut te porter les journaux. » Puis, quand Ennio se sent mieux, il revient vivre chez lui. Il trouve une lettre de Suso, dans laquelle elle le prie après son infarctus de ne pas faire l'idiot : « Va t'installer chez Zeffirelli. » Encore un bon exemple de la façon dont les destins se croisent en permanence dans cette histoire. Zeffirelli possédait une grande maison avec jardin, et le médecin pourrait passer quand il voudrait. Tout cela est d'autant plus étonnant que, par le passé, Flaiano et Zeffirelli s'étaient violemment querellés. À l'époque, le premier était critique de théâtre et il avait descendu les spectacles du second plus d'une fois (il l'appelait « Shespirelli »), après quoi le même Zeffirelli qui clamait qu'il allait le tuer finit par l'inviter à poursuivre sa convalescence chez lui.

Depuis le début, il était clair que Visconti n'avait pas eu l'intention de s'écarter du roman de Lampedusa. Dans une déclaration à la presse, il dit simplement que le roman avait juste besoin de quelque chose en plus. « Je ne m'en éloignerai que pour y ajouter des éléments historiques qui n'existent qu'en filigrane dans le roman, afin de souligner que ces événements ont eu des répercussions au-delà de l'aristocratie palermitaine et de la vie du prince de Salina. »

L'écriture du scénario est beaucoup plus difficile et longue que prévue et il doit s'en expliquer, ajoutant : « Quoi qu'il en soit, je n'exclus pas de me laisser aller à improviser dans le feu de l'action mais, dans mon esprit, il s'agit en tout état de cause de m'attaquer pleinement au fait que l'on ait dénoncé le conservatisme historique de Lampedusa. »

Le scénario du *Guépard* se saisit donc dès le départ des questions que le roman avait soulevées, engendrant toutes sortes de débats. Visconti et ses scénaristes doivent prendre en considération la polémique politique et idéologique qui a précédé et suivi la sortie du livre, que de surcroît Visconti a suivie de très près et en intégralité avec beaucoup d'intérêt. Plusieurs fois, il avait été tenté d'intervenir : « C'est justement ce qui m'a poussé à accepter la proposition qui m'a été faite de réaliser ce film. »

Lors des premières (et nombreuses) réunions de travail sur le scénario, auxquelles Visconti participe rarement, on débat évidemment des passages à transposer dans le film et on se coltine les questions abordées par Alicata (en négatif) et par Aragon (en positif). On se positionne aussi plus radicalement sur ce qu'Alicata et Aragon étaient parvenus à exprimer. Pour ce faire, on donne davantage de place aux personnages issus du monde rural, on fait le récit des batailles qui, apparemment, n'intéressaient pas Tomasi. On s'immerge aussi plus profondément dans l'histoire des Salina et leur milieu social. La scénographie s'acharne à creuser cet axe, elle cherche à élargir le sujet au-delà des murs du palais des Salina et à engager le combat avec le contenu du roman sans l'abîmer. Tout simplement parce que ce genre de livre touche à une forme de perfection qui a sa cohérence propre et supporte assez mal les ajouts extérieurs. Toutefois, la volonté de rendre plus clair ce qui jusque-là n'avait été qu'interprétation demeure l'option principale des scénaristes, qu'ils tenteront de porter jusqu'à la fin, soit jusqu'au début du tournage. Après quoi, sur le plateau, Visconti prendra la main et quelques-unes de leurs convictions seront balayées. Nous y reviendrons.

La date du début du tournage approche lentement et tous ceux qui ont lu le scénario ou pris connaissance des intentions de Visconti se réjouissent. Il est entendu que le film va réussir la prouesse tant attendue : Visconti s'est approprié le livre et il va en corriger les défauts comme la gauche avait estimé nécessaire de le faire.

De fait, juste avant le tournage, deux jours avant les premières prises, Togliatti donne même sa bénédiction. *Rinascita* publie une recension du scénario. Elle est signée Mino Argentieri, qui a pu feuilleter le script que Visconti a offert à Antonello Trombadori. Il n'y a là rien de secret, la fuite a été encouragée par le réalisateur lui-même. Son avis est très positif. En gros, pour *Rinascita*, la méthode suivie pour aboutir à ce scénario est exactement ce que l'on pouvait attendre de Visconti. Guido Aristarco, le critique de référence, se dit impatient de découvrir ce que donnera le film et enthousiasmé par ce qu'il en entrevoit. Il n'empêche qu'après sa sortie, il gardera le silence et se comportera d'une étrange manière. Mais nous y reviendrons, nous éluciderons pourquoi.

Le témoignage des scénaristes concorde : Suso, comme toujours, s'occupe d'articuler les scènes et d'écrire la maquette du script.

Finalement, Visconti pense que le scénario est arrivé à un point où il conjugue parfaitement sa volonté de rester fidèle au roman et ses idées politiques et il est persuadé de tenir là le grand film qu'il ambitionne, pas seulement d'un point de vue narratif mais aussi en termes de mise en scène. Il est prêt à tourner.

Le budget prévisionnel a considérablement augmenté, ce dont s'inquiète Goffredo Lombardo. Pour donner un exemple, dans une des dernières versions du script, les mentions au générique se surimposent aux images de la bataille de Palerme. Lombardo en reste coi. Il s'insurge : « Jamais un générique ne m'a coûté autant d'argent. » Et de rappeler aux scénaristes que l'on s'était mis d'accord pour que la bataille de Palerme se résume à un personnage qui devait hurler : « La guerre commence ! »

La bataille de Palerme est capitale pour donner le ton du film. Si Visconti accepte de ne pas la placer au générique, ce n'est pas pour la supprimer mais bien au contraire en faire une longue séquence, la première à être tournée. Tous les réalisateurs le savent, on tourne d'abord les scènes les plus coûteuses parce qu'il est possible que, par la suite, l'argent vienne à manquer et qu'on coupe des scènes. On commence donc par tourner les plans de la bataille. Visconti en fera une longue séquence avec des barricades dans le centre de Palerme. Lombardo, outré, répète sans cesse : « Comment ça ? Ne devait-il pas y avoir juste un enfant sur une route et c'est tout ? »

En janvier 1962, Burt Lancaster – qui, en dépit des doutes que nourrissait Visconti à son égard, avait été approché par Lombardo surtout parce que la Twentieth Century Fox s'intéressait au film et à l'éventualité que Lancaster y obtienne un rôle – se déclare disponible. Goffredo Lombardo s'envole vers les États-Unis pour nouer un partenariat avec les Américains. Avant de partir, il fait traduire et envoyer la dernière mouture du scénario. Une fois sur place, les Américains le refroidissent, le scénario ne fonctionne pas, disent-ils. En l'état, ils ne mettront pas un sou. Lombardo a alors une idée géniale. Il envoie deux télégrammes différents, l'un à Visconti, l'autre à Suso.

Sur celui de Visconti, on lit :

Marché international mou. Côté Lancaster et ses agents projet pas écarté mais malheureusement démesure assumée du film représente obstacle insurmontable. Stop. D'ici quelques jours espère négocier à la hausse l'offre reçue télégraphierai immédiatement dans l'espoir que vous et seulement vous puissiez faire miracle.

Celui qu'il envoie à Suso est démoralisant mais sincère :

Personnel. Réactions scénario Guépard négatives trop lent sans intérêt et dialogues philosophiques interminables. Stop. Veulent un film de deux heures maximum. Stop. Budget envoyé par Notarianni délirant mes demandes à Lancaster déclenchent hilarité. Stop. S'il te plaît étudie possibilité supprimer scènes et passages trop coûteux et longueurs parle à Visconti comme si c'était ton idée. Stop. Aide-moi merci.

Caterina D'Amico a conservé ce document dans ses papiers et je l'ai eu en main. Je ne sais pourquoi certains documents originaux donnent la mesure du temps et de la valeur aux choses ; peut-être parce qu'il émane de ce message en particulier un parfum de secret.

Visconti est relativement indifférent au télégramme de Lombardo, suffisamment en tout cas pour envoyer à l'Ansa, l'agence de presse italienne, un communiqué disant qu'il est satisfait du scénario. Il n'en reste pas moins à résoudre ce problème : le film est à l'arrêt. Il faut se remettre au travail mais Visconti a sa propre conception de la refonte du scénario tandis que Suso sait qu'il faut faire autrement. Suso est capable, grâce à sa complicité avec le réalisateur (Qui sait si elle ne lui a pas montré son télégramme « personnel » ?), de l'amener à le reprendre de façon plus rationnelle, pas que du seul point de vue financier mais aussi dans le but de l'améliorer. Ils repassent le sommaire du livre puis refont le plan du film. À partir de quoi ils arrivent à une nouvelle version. Il ne s'agit pas de tout chambouler par rapport à la précédente, pas davantage de revenir sur la lenteur du film ou de tenir compte de l'alarmisme de Lombardo quant au désintérêt des Américains dont il a fait part à Suso. Mais ces paramètres ne sont pas non plus négligés. Sur la base du nouveau plan, les scénaristes promettent de rendre leur copie le 10 mars. Elle sera livrée avec un jour d'avance. C'est cette version que Visconti gardera près de lui sur le plateau et sur laquelle il s'appuiera durant le tournage.

Parler de fidélité en matière d'adaptation cinématographique revient à démonter totalement une maison, brique par brique, pour ensuite transposer l'ensemble des matériaux dans le but de la reconstruire différemment puisqu'elle doit s'adapter aux caractéristiques d'un nouveau lieu. La tâche des scénaristes est d'organiser ce transfert ; leur travail consiste à savoir comment ils vont reconstruire une même maison ailleurs.

Pour *Huit et demi*, il se passe exactement l'inverse. Non seulement il s'agit un scénario original mais il est totalement malléable (sans doute encore davantage que celui d'*Amarcord*). Le scénario décrit plutôt un état existentiel, un sentiment personnel. C'est donc un fil conducteur très lâche qui a pour éléments de base un homme en pleine déprime, son émotivité, ses problèmes, ses doutes. Ses rêveries et ses souvenirs font que le scénario doit s'affranchir de la trame narrative classique sur laquelle il devrait normalement s'appuyer.

Les structures des scénarios du *Guépard* et de *Huit et demi* sont formellement aux antipodes l'une de l'autre.

Quand il sent que le film se précise pour lui, Fellini veut en discuter avec Flaiano, Pinelli et Rondi. Juste avant de démarrer le tournage, torturé et indécis, il part à Manziano, sur le lac de Bracciano, et les invite à le rejoindre mais, comme toujours, l'un après l'autre. Il remet tout à plat et c'est là qu'il suggère pour la première fois l'idée que son personnage, Guido, puisse être réalisateur. »

Je suis absolument convaincu que Fellini avait cette option en tête bien en amont, elle remonte au moins à la période de *La Dolce Vita*. En admettant qu'il ait d'abord pensé à un film tournant autour d'un homme en proie à une crise, et même si ce film lui était venu à l'esprit au moment de sa cure thermale à Chianciano où il a pu imaginer un personnage qui lui ressemblerait, je suis sûr et certain que l'énorme succès de *La Dolce Vita* a eu pour effet de l'empêcher de réfléchir à un nouveau film. Ce qui a amené Fellini à reprendre cette idée parce qu'elle collait parfaitement à la crise qu'il traversait, tout en sachant parfaitement dès le départ que l'histoire devait être celle d'un réalisateur. Dans ce cas également, les scénaristes se sont partagé le travail, scène par scène. Ils ont échangé entre eux, chacun écrivant un bloc du film, que Fellini relisait, en ajoutant ou retirant des idées. Fellini avait une conviction : un scénario est comme une valise que l'on emporte avec soi et dans laquelle on range les affaires que l'on achète en cours de route. Pour lui, un scénario n'est rien d'autre qu'un brouillon qui implique, une fois sur le plateau, de faire preuve d'imagination et de prendre des décisions au fur et à mesure du tournage. Un scénario de ce type dit bien la façon dont on va s'en servir. Ce qui ne signifie pas, comme il se plaisait à le faire croire, que ses films n'avaient pas de scénario. Ils existaient bel et bien et ils étaient impeccablement conçus. Simplement, il les dissimulait parce qu'il voulait garder la liberté de s'en servir à sa guise, sur le plateau, au montage et pendant le doublage.

Les séquences du film diffèrent par endroits du scénario existant mais, globalement, on y retrouve l'essentiel des indications. Pourtant, Pinelli soutient que la paternité de *Huit et demi* revient au seul Fellini. Sur ce point, Flaiano n'est pas d'accord. Ce dernier vivait mal que Fellini se complaise à le laisser croire, parce qu'il avait lui le sentiment d'avoir beaucoup œuvré à la carrière du cinéaste, que ce soit pour *Les Vitelloni*, *La Dolce Vita* ou *Huit et demi*. Une dispute explosera à ce sujet.

Un des réalisateurs débutants de la société de production Federiz évoquée précédemment devait être Vittorio De Seta, lequel, lors d'une de ces réunions où l'on ne décidait de rien, dit à Fellini qu'il consultait un grand psychanalyste appelé Ernst Bernhard. Il lui note son numéro sur un bout de papier. Fellini racontera, sans que l'on sache s'il dit la vérité ou s'il la déforme, l'avoir d'abord égaré puis, l'ayant retrouvé, un jour, il avait appelé Bernhard.

La version de Fellini donne à peu près ceci : « Quand j'ai trouvé ce numéro dans une de mes poches, j'ai cru qu'il s'agissait de celui d'une femme qui s'appelait Maria. » Cette dernière lui avait tellement tourné la tête qu'il lui avait demandé son numéro. Mais au bout du fil, ce n'est pas Maria mais Bernhard Cette méprise est un signe pour Fellini.

Il décide de se rendre au 12 via Gregoriana, où a toujours habité cet adepte de Jung, de son arrivée à Rome en 1936 jusqu'à sa mort. Ils se voient. D'abord de façon informelle, la plupart du temps dans une pizzeria située au rez-de-chaussée du cabinet. Ces rencontres se révèlent capitales pour que Fellini parvienne à bâtir son film autour de son personnage dépressif pour les raisons que l'on sait. Ses entrevues avec Bernhard restent pour le moins secrètes. Fellini a cette manie d'occulter certains épisodes cruciaux de sa vie, conquêtes féminines comprises – en particulier avec l'une d'entre elles avec qui il menait une double vie. Parmi tous les gens qu'il fréquentait, ou qui le raccompagnaient parfois en voiture, l'un d'eux m'a raconté l'avoir souvent déposé « par là », c'est-à-dire aux alentours d'une résidence située dans le quartier des Parioli, et n'avoir appris qu'après sa mort pourquoi il se faisait déposer « par là ». Quant à ses rendez-vous secrets avec le psychothérapeute, c'était une manière de masquer ses propres faiblesses vis-à-vis de son entourage mais pas seulement, il avait bien saisi que tout cela lui donnait matière à renouveler son art. Et il croyait bon que personne ne le sache.

« Tout me plaisait chez Bernhard, la rue où il habitait, l'ascenseur, aussi grand qu'une chambre qui montait lentement comme une montgolfière, son vaste cabinet rempli de livres et ses fenêtres grandes ouvertes donnant sur la piazza di Spagna et sa brume rose lilas qui effleurait tous les clochers de Rome. Il écoutait mes pitoyables confessions, mes rêves, mes mensonges, avec un gentil petit sourire plein d'une ironie bienveillante. »

Bernhard est un passeur vers les travaux de Jung qui donneront du corps à ses visions oniriques. Il demande à Fellini d'écrire ou de dessiner ses rêves et ce dernier prend l'habitude de les consigner pour son *Livre de mes rêves*[44], lors de l'intervalle entre *La Dolce Vita* et *Huit et demi*. À partir de ce moment-là, son cinéma change, et il changera de plus en plus. Flaiano dira par la suite qu'il avait alors arrêté de travailler avec Fellini parce que celui-ci s'était « converti à la magie ». Ajoutant : « Domaine dans lequel je suis incompétent. »

Fellini en conviendra bien plus tard en faisant mine de minimiser cette période (pas ses rapports avec Bernhard, mais plutôt le fait d'avoir, grâce à lui, appris à mieux se connaître). Il répétera qu'il n'était pas certain que Bernhard ait influencé son cinéma à compter de *Huit et demi.* Façon de dire qu'il l'a influencé, et pas qu'un peu. Guido correspond tout à fait à la description que Bernhard fait de Fellini : un mâle puéril victime de l'emprise de LA mère méditerranéenne sur son fils, lequel se retrouve incapable d'assumer la moindre responsabilité tout en désirant ardemment être aimé de toutes.

Le film dont Fellini aurait sans doute dû accoucher après sa rencontre décisive avec la psychanalyse est *Le Voyage de Mastorna*, une œuvre devenue mythique pour la simple et bonne raison que Fellini ne l'a jamais tournée bien qu'il s'y soit essayé à plusieurs reprises. *Huit et demi* aurait d'ailleurs parfaitement pu connaître le même sort : c'est une idée qu'il avait en tête depuis longtemps et sur laquelle il ne s'est vraiment focalisé qu'au moment où Bernhard et Jung ont pris une place importante dans sa vie. Le film suivant, *Juliette des esprits*, illustre typiquement le pragmatisme tel que défini par Jung. Mais c'est *Huit et demi* qui redonne à Fellini cette fraîcheur vivifiante et lui confère aussi un peu de la candeur du débutant. *La Tentation du docteur Antoine* ayant été le premier film onirique de Fellini, ce genre sera dorénavant le sien

Fellini fréquenta Bernhard de 1961 à 1965, année de la mort de celui-ci. Le cinéaste raconte avoir fait ce rêve : il arrive via Gregoriana où un jeune inconnu vêtu de noir, pâle, lui ouvre la porte du cabinet et lui montre la dépouille de Bernhard. Quand Fellini s'approche, le défunt lui attrape les poignets.

Le jour du décès de son psychanalyste, Fellini quitte immédiatement le plateau de *Juliette des esprits* pour se rendre via Gregoriana. L'homme qui lui ouvre la porte ressemble à s'y méprendre à celui de son rêve. Il s'agit du journaliste Antonio Gambino. Ne nous attardons pas ici à tenter de dénouer le vrai du faux. Par la suite, et pour redire l'importance de leur rencontre, on trouve toujours une petite photo de Bernhard accrochée quelque part dans les divers studios où Fellini travaille. Autre curiosité, l'appartement de Bernhard sera ensuite habité par Dante Ferretti, un des scénaristes préférés de Fellini.

Il n'était pas le seul à le consulter. Adriano Olivetti, Bobi Bazlen, Cristina Campo, Giorgio Manganelli allaient tous chez Ernst Bernhard. Et même Natalia Ginzburg, pour en revenir à nos étranges coïncidences, dont un livre a provoqué chez moi l'écriture de celui-ci. Natalia, bien que sceptique, a fait un très beau portrait du « docteur B. », comme elle l'appelle (dans une nouvelle du recueil *Ne me demande jamais*[45]), dont elle attendait qu'il adoucisse sa peine après le décès de son mari, Leone Ginzburg (c'était à une époque bien antérieure à celle de Fellini, donc). Elle y raconte que l'idée de devoir payer les séances l'ennuyait terriblement parce qu'elle avait l'impression d'acheter l'attention qu'elle recevait mais aussi que le docteur B. savait à l'avance tout ce qu'elle lui racontait « à l'emporte-pièce ». Cela l'irritait en même temps que cela la soulageait, parce que, avec lui, elle se sentait moins seule. « Un jour, je lui dis que je n'arrivais jamais à plier les couvertures tout à fait au carré et que cela générait en moi un sentiment d'infériorité. Il sortit un instant du studio et revint avec une couverture. Il se mit à la plier en la coinçant sous son menton et il voulut que j'essaie à mon tour. Je m'exécutai et, par politesse, je lui dis qu'il m'avait appris quelque chose, ce qui était faux car je n'arrive toujours pas à plier une couverture en un rectangle parfait. »

Elle raconte également avoir un autre jour terriblement vexé Bernhard, ce qu'elle trouva comique. Natalia avait croisé une amie qui lui avait déconseillé de faire une analyse parce que, si cela pouvait l'aider dans sa vie personnelle, cela risquait de lui faire perdre, en tant qu'écrivaine, son talent créatif. Lors de la séance suivante, Ginzburg en fait part au docteur B. qui, dans un accès de colère, frappe d'une main sur la table en hurlant que c'était totalement inexact et que cette fille était une idiote. Certes, cela pouvait arriver avec un psychanalyste freudien mais en aucun cas avec un jungien et, bien au contraire, si elle parvenait à mieux se connaître, ses livres n'en seraient que meilleurs. « Il se répandait en explications sur la différence entre Jung et Freud. Je perdais le fil de son raisonnement mais il m'amusait. Encore aujourd'hui je ne saurais précisément dire quelle est la différence entre Jung et Freud. »

Bernhard avait raison et la démonstration en fut faite avec *Huit et demi*. En parvenant à mieux se connaître, Fellini faisait de meilleurs films : cette remarque vaut pour lui comme pour le personnage central de son film, Guido, mais c'est précisément là une des grandes qualités de cette œuvre. Et en réalisant un des films les plus importants de l'histoire du cinéma, Fellini répondait à l'amie de Natalia Ginzburg.

La Conscience de Zeno[46] d'Italo Svevo est un roman qui, en vérité, est un travail de réflexion destiné à un psychanalyste (freudien, cette fois). En première page, le psychanalyste[47] écrit dans l'introduction du journal intime de Zeno qu'il a décidé de le faire publier en disant : « Nous verrons bien ce qu'il en pense. » Et tout comme Bernhard a joué son rôle chez Fellini, l'influence du psy dans *La Conscience de Zeno* est primordiale pour que les mémoires de Zeno Cosini se retrouvent imprimés dans un livre. Les similitudes entre *Huit et demi* et *La Conscience de Zeno* sont parfois déconcertantes, notamment dans ce chapitre où Zeno entend avouer à sa femme qu'il a une maîtresse, de façon totalement incompréhensible, juste au moment de se mettre à table : « Elle n'avait rien compris et pourtant je le lui avais bien dit. » Voilà ce qu'il avait trouvé pour résoudre son problème avec ses mensonges et ses scrupules.

Comme pour Zeno, fumer une cigarette tout en répétant que ce sera la dernière est une façon d'admettre les incohérences et la vanité de la vie car, de dernière en dernière, le temps passe et la vie de Zeno poursuit son cours. Même chose pour Guido qui, comme il le confesse à Claudia Cardinale en voiture, dit vouloir arrêter d'être ce qu'il est tout en se demandant s'il est capable d'y arriver, ce qui ne l'empêchera aucunement de continuer à mener sa vie. *Huit et demi* nous donne à voir ces moments de l'existence.

Une phrase de Svevo résume *Huit et demi*, soit la capacité de Fellini (et de quiconque) à réaliser une véritable autobiographie, ce qui implique de s'exposer et de se remettre en cause : « Il semblait tellement intrigué par lui-même. » C'est-à-dire que si Zeno ne sait pas ce qu'il cherche et qu'il le découvre en écrivant, Guido le découvre, lui, en (ne) faisant (pas) son film, tout en continuant de tourner dans le film que Fellini fait sur lui.

L'aspect le plus fascinant pour qui étudie les œuvres du passé est d'apprendre que ceux qui les ont créées ou réalisées n'avaient pas forcément conscience sur le moment qu'elles deviendraient des chefs-d'œuvre. Quand bien même il s'agirait de celle de Fellini ou de Visconti, qui venaient juste de sortir déjà deux œuvres magistrales (même décriées et censurées), il est impossible de pressentir la grandeur d'une œuvre en train de se faire.

Et pourtant, ce fut le cas pour *Huit et demi* et *Le Guépard*.

Et c'est heureux. Si l'artiste conçoit ce qu'il est en train de faire comme un chef-d'œuvre, c'est qu'il pressent qu'il le deviendra. Ces deux films seront et resteront deux chefs-d'œuvre.

Ne pas être conscient d'être face à des chefs-d'œuvre vaut également pour tous ceux qui les reçoivent à leur sortie ; les contemporains : critiques, spectateurs, collègues. Un quidam sortant d'une salle de cinéma qui s'écrirait : « Ah ! mais quel chef-d'œuvre ! », ne prendrait pas la mesure du temps, car rappelons que tous les films ne résistent pas à cette épreuve et que ce n'est certainement pas la première fois qu'il donnerait un tel avis sur un film.

J'y ai songé en écoutant un débat à la radio de 1963 entre Fellini et Giulio Cesare Castello, un professeur de cinéma qui attaquait plutôt violemment tant Fellini que *Huit et demi*, en s'appuyant sur les outils et les certitudes de son époque, et réussit même à lui faire perdre son calme. Castello, au début, apprend à Fellini être retourné voir son film et en avoir tiré les mêmes conclusions que la première fois : *Huit et demi* est un film démesuré par rapport à la petitesse de son message.

Cela m'a marqué et m'a fait penser que nous sommes tous un peu désarmés face à un chef-d'œuvre promis à la postérité. La question n'est pas que l'œuvre n'ait pas plu, comme cela arrive souvent, mais que Castello ait pu la rabaisser.

« Si tu considères comme démesurée mon invitation très sincère à accepter la vie telle qu'elle est, je ne vois pas ce que tu considères comme mesuré », lui répond Fellini. Castello réplique immédiatement en essayant de démontrer que même l'invitation à accepter la vie telle qu'elle est ne tient pas debout. « Tu comprends bien que, de la part d'un grand réalisateur frappé par un éclair de génie qui, de plus, se moque du monde, s'entendre dire que “la vie est une fête” est une conclusion d'une part un peu banale et de l'autre assez peu satisfaisante. » Castello concentre son attaque sur le fait que l'effectivité de la prise de conscience de son personnage intervient à un moment de sa vie que Fellini a choisi de façon arbitraire et qu'elle pourrait tout aussi bien avoir lieu avant ou après, cela n'y changerait rien pour lui. On voit clairement ici la difficulté, surtout venant d'un universitaire, à accepter un plan narratif qui défie toute logique. Il lui reprochera de surcroît la scène finale du film, « pleine d'allégresse », son *happy end.* Obtus,

Castello utilise donc des outils critiques que *Huit et demi* a d'évidence déjà fait valdinguer.

Le débat est légitime mais la distance qui nous en sépare, son historicisation, lui donne une dimension déconcertante. Dans la façon qu'il a de se défendre, Fellini trahit lui-même son ignorance : il ne peut, à ce moment-là, être sûr de son fait, il ne peut pas encore se rendre compte de la grâce de son film et il s'agace, contre-attaque, exemples à l'appui, il essaie de justifier telle scène ou sa séquence finale, comme s'il ne parlait pas de *Huit et demi*.

C'est une réaction assez fréquente – et sans doute inévitable – bien que surprenante. J'y ai pensé à chaque instant pendant que j'étudiais les documents et les livres consacrés aux deux films en cours d'élaboration, en décortiquant leurs préparatifs, les différents plans, et même leur sortie en salles, jusqu'à m'intéresser à ceux qui les ont vus à l'époque : jamais personne, c'est une évidence, ne peut avoir une perception réaliste de la grandeur d'une œuvre d'art quand elle se donne à voir au temps présent. Je le répète, même ceux qui les ont défendus n'avaient qu'une vague présomption et ne pouvaient prévoir quelle place occuperaient vraiment dans l'histoire du cinéma *Huit et demi* et *Le Guépard*.

J'y ai pensé de nouveau en feuilletant un livre dirigé par Vittorio Spinazzola, *Film 1964* (il en sortait un par an, à cette époque), un recueil de critiques de l'année cinématographique à peine écoulée. Il est passionnant de constater le scepticisme et la méfiance avec lesquels les deux cinéastes et leurs deux récents chefs-d'œuvre sont traités, parfois même survolés. Je ne vous parle même pas du scepticisme idéologique qui a servi à dresser des barricades tout autour de Fellini. Quant à celui exprimé sur Visconti, il tient davantage au choix d'un livre considéré de toute manière comme réactionnaire. Il est donc stupéfiant de voir (avec le recul) des films considérés comme des œuvres majeures recevoir un accueil si mesquin et misérable de leurs contemporains, lesquels s'attardent le plus souvent sur des questions insignifiantes. Écrire un livre qui suit jour après jour la réalisation de ces deux films permet aussi d'expliquer et de démontrer en quoi les contemporains sont incapables de donner une perspective historique à une œuvre.

C'est un travers de notre époque que de ne pas pouvoir imaginer qu'un inconnu croisé dans la rue puisse être un génie.

Pour étayer cette idée, prenons un autre film qui sort en salles au même moment : *Le Fanfaron*, de Dino Risi. Quand Antonioni le croise, il lui dit : « Pourquoi t'obstiner à faire des films minables avec le talent que tu as ? »

Le traitement par la critique de ce film est à la hauteur de ce qu'il prétendait être, une comédie commerciale, même si à la fin l'un des protagonistes connaît une fin tragique. Dans l'ouvrage dirigé par Spinazzola, un article s'intéresse au film d'une façon édifiante. Le critique (Giovanni Cesareo), après avoir souligné que la recette du film était mirobolante, se surprend à dénombrer l'ensemble des qualités du film, qu'il relève une à une tout en tenant à dire et répéter que celui-ci est loin d'être un chef-d'œuvre. Même en essayant de le déprécier, il ne peut éviter de dresser la liste de ses multiples qualités. J'insiste, il s'en étonne lui-même et il s'en excuse presque.

Nous comprenons désormais pourquoi. Personne ne saurait se prononcer sur la qualité d'un film, pas plus celui qui l'a réalisé que le spectateur qui le regarde. On ne sait rien quand on le conçoit, ni quand on passe à l'action, pas davantage au clap de fin ou au moment de sa projection en salles ; aucun spectateur ne sait ce qu'il regarde à l'écran. Il nous est tout simplement impossible de prendre de la hauteur, de la distance. Nous ne nous basons que sur notre jugement personnel. C'est assez comparable à un match de football. Ce n'est pas du tout la même chose de le regarder en direct que de se contenter du résumé des meilleures actions du match en connaissant d'avance son résultat. Une fois l'issue connue, quand on voit les joueurs exulter ou s'écrouler après un but, et que l'on sait que cette joie ou cette déception ne vont pas tarder à changer de camp, on saisit bien toute la vacuité du moment. On peut compatir et, sans doute, peut-être aussi comprendre pourquoi la situation va s'inverser. En revanche, si l'on assiste à un match en direct, on ne peut être que dans l'émotion, on ne sait rien de ce qui va se passer ensuite.

Que ce soit pour des raisons financières ou des questions artistiques, ou à cause des tensions que génère la post-production, ces films étaient à leur époque si mystérieux qu'il était impossible de savoir s'ils seraient appelés à devenir des œuvres majeures ou s'ils couraient à l'échec. La question fondamentale est donc bien la façon dont nous percevons, après tant d'années écoulées, une œuvre dans sa phase de création. De notre point de vue, toutes les contingences doivent forcément converger vers un même but, tant il est vrai que les grandes œuvres bénéficient souvent d'heureux concours de circonstances. C'est encore plus vrai dans le cinéma, où les cases à cocher pour réussir sont extrêmement nombreuses. Il se peut néanmoins qu'avec notre position décalée dans le temps nous prenions pour des modèles de virtuosité et de maîtrise ce qui n'était qu'une suite de problèmes à régler et de doutes.

On ne sait pas. On ne sait jamais ce qu'il en sortira. On

ne sait pas, on ne peut pas savoir. C'est la seule vérité que nous pouvons toucher du doigt. Et nous n'en savons pas davantage quand bien même l'œuvre en question serait un film de Fellini ou de Visconti.

J'adore regarder les reportages sur les tournages, ou les photographies de plateau. Délicatement poussée par un assistant, la Saraghina entre dans le champ de la caméra et, après avoir effectué un petit saut imperceptible, elle trouve la démarche qu'on lui a demandé d'adopter. J'aime surtout, quel que soit le degré de conscience qu'ils ont de ce qu'ils font, que la Saraghina comme les autres acteurs ne sachent pas à cet instant précis qu'ils concourent tous à la réalisation d'un chef-d'œuvre, qu'ils font partie intégrante de la plus grande des aventures du cinéma. Y compris Claudia Cardinale, qui prend son mal en patience pour changer de couleur de cheveux. Espérons toutefois que cette pensée ait pu les effleurer. Mais le sublime qui en découle n'appartient pas à cet instant présent, accaparés qu'ils sont par ce qu'ils ont à faire. Pénétrer au fin fond de cet univers permet de voir nettement comment s'imbriquent et cohabitent les événements tels qu'ils se déroulent, les choses et les personnes en action, qui vont donner le résultat grandiose né de cette façon de faire qui est généralement l'ordinaire des gens de cinéma. La magnificence du bal du *Guépard* n'est pas si éloignée du bricolage du harem de *Huit et demi* quant aux problèmes techniques et d'organisation qui se posent durant ces journées, sans compter les chausse-trappes et les coups fourrés.

Et puis tout ce qui constitue nos actions présentes est fonction de contraintes dont on se libérera avec le temps. On oubliera l'influence qu'ont eue les événements extérieurs, le temps qu'il faisait et les tendances de l'époque. Mais aussi ceux qui nous ont soutenus ou nous détestaient, la remarque de trop qui nous a heurtés, notre façon détachée de répondre aux interviews, l'indifférence des uns, la flagornerie des autres. Ou encore les polémiques, les dîners désagréables, les intrigues sentimentales qui créent des inimitiés, les jugements portés sur l'œuvre d'un autre artiste qui en restera marqué à vie. Enfin, tout ce qui fait l'existence telle qu'elle se joue jour après jour, alors que dans le même temps on réalise un film qui sortira en salles, un film que tout le monde attend, assis là, chacun en proie à son humeur du moment, ses préoccupations, ses bonnes ou mauvaises dispositions.

Avec le temps, tout s'efface. Il ne reste qu'un film ; on ne se souvient de son réalisateur qu'à grands traits. Avec le temps, même ses pires travers prennent une nouvelle signification, jusqu'à forger la légende.

Fellini et Guido Anselmi, le réalisateur dans *Huit et demi* interprété par Mastroianni, ont beaucoup de points communs. À commencer par leur indécision. Ou plutôt celle de Fellini qui ne sait pas s'il va parvenir à faire ce film et si, par conséquent, il ne va pas devoir le remettre à plus tard. Sans compter qu'il ne trouve pas les acteurs et les lieux de tournage qui lui conviennent, exactement comme Guido. Voilà qui suffit à donner une idée de l'ambition de ce film.

À quelques semaines du tournage, Fellini fait passer un bout d'essai à Brunello Rondi, scénariste à qui il a confié les grandes lignes du film, pour lui faire interpréter l'écrivain qui s'en prend à Guido (le rôle reviendra finalement à Jean Rougeul, un écrivain français). Quand on regarde attentivement cet essai, on remarque qu'une vingtaine de personnes de l'équipe technique délimitent l'espace scénique. Rondi, en pyjama et peignoir, porte une serviette autour du cou et tient un verre de whisky dans une main. Fellini, lui, joue Guido. Il lui donne la réplique puis demande à Brunello de ne plus tenir compte du scénario. C'est parti, improvisons ! Ils se mettent à discuter du scénario de telle manière que, petit à petit, on ne sait plus si les deux personnages parlent du film de Guido ou si Fellini et son scénariste parlent de *Huit et demi*. Les gens tout autour, directement concernés par l'incertitude qui règne autour du film qui est sans cesse reporté, commencent à s'inquiéter. Ils ne savent plus sur quel pied danser.

À un moment donné, Rondi s'allonge sur un divan et, en ôtant ses lunettes, dit :

« Je ne plaisante pas, ton scénario ne marche vraiment pas. »

Fellini fait une pause théâtrale et, au lieu de répondre à Rondi, sentant la tension monter autour de lui, se tourne vers son équipe technique et déclare :

« OK. Rentrez chez vous. Le film est provisoirement suspendu jusqu'au 8 septembre. »

L'équipe, interloquée, se retient de rire. Cela fait-il partie de l'essai ou parle-t-il sérieusement ? Rondi insiste :

« Si tu veux mon avis, tu devrais prendre plus de temps avant de te lancer dans ce film.

– C'est vrai, répond Fellini, mais qui va l'annoncer à Rizzoli ? »

Là, on ne rigole plus, car le producteur du film que Guido doit réaliser s'appelle Pace et, bien qu'il s'agisse d'un double de Rizzoli, ce dernier est le véritable producteur de *Huit et demi*.

Avant les premières prises du *Guépard*, la Titanus organise une conférence de presse. Installés dans un canapé en cuir, Goffredo Lombardo et Luchino Visconti reçoivent les journalistes. Ils annoncent la date du début du tournage, qui démarrera par la séquence de l'entrée des garibaldiens dans Palerme. Ils précisent que, sur le plateau, on parlera plusieurs langues puisque les acteurs viennent d'un peu partout. Les journalistes en revanche ont du mal à leur soutirer le montant exact du budget. Lombardo parle de milliards de lires, avant de féliciter Visconti : on médisait beaucoup sur le coût exorbitant de ses films mais, précisément, cette fois, on essayait de maîtriser les dépenses autant que possible. En réalité, la déclaration de Lombardo vise à piéger Visconti pour qu'il ne dépasse pas un budget qui n'est déjà plus à l'équilibre.

Fellini et Visconti ont été les deux réalisateurs italiens dont on a régulièrement dénoncé les excès et les exigences aussi irrationnelles que ruineuses. Accusations qui les mettaient en rage et dont ils se défendront toujours.

Concernant le scénario et les libertés que prendra le film par rapport au livre, Visconti répond qu'il ne montrera pas la mort du prince : « Il pressentira son heure arriver dans la scène du bal. Puis il rentrera chez lui à pied. Fin du film. » Pour le reste, le film sera très fidèle au roman, déclare-t-il.

Puis il ajoute une précision qui aura son importance durant le tournage, bien que ce soit une de ses habitudes de travail. « Quand je condense un roman, je rédige un scénario où il demeure des zones de flou, je me réserve toujours une grande marge de liberté. Par exemple, Tomasi di Lampedusa ne fait que suggérer la scène où Tancrède et Angelica se retrouvent seuls dans le palais de Donnafugata, rien n'est arrêté sur la façon dont elle sera filmée. Il m'appartient de l'interpréter et de la déterminer, une fois pour toutes, pour le cinéma. C'est là que réside ma grande latitude d'expression. »

Les journaux du lendemain se feront largement l'écho de cette conférence de presse, mais ils s'intéresseront surtout (les titres en témoignent) au fait qu'il ne sera pas possible de tourner à Palma di Montechiaro parce que les notables de la région, et surtout la mafia, s'y opposent. Visconti, indigné, s'en est ouvert à la presse. Goffredo Lombardo, assis à côté de lui, n'a pas pipé mot mais a manifesté toutefois sa solidarité avec le réalisateur. Des lettres de menaces ont été adressées à la production pour prévenir que toute construction pour les besoins du film serait systématiquement détruite dans la nuit. La Titanus renonça et se mit en quête d'un nouveau lieu de tournage.

Le scandale est tel que le maire de Palma se voit obligé de démissionner alors qu'il avait été le premier, avec ses administrés, à se déclarer humilié par la déclaration de Visconti. Lombardo reçoit d'ailleurs un télégramme de la municipalité qui lui assure que la population dans son ensemble est prête à accueillir le tournage. Visconti et Lombardo, de leur côté, mettent autant l'accent sur le travail de sape qu'aurait orchestré la Démocratie chrétienne locale (Visconti insiste là-dessus) que sur les menaces de la mafia. Le sujet passe dans la rubrique politique, un conseiller régional sicilien émet des doutes sur l'affaire.

On ne découvrira la vérité que des années après.

Pietro Notarianni est le producteur délégué du film. Celui qui, pour être plus précis, en a la responsabilité financière avant toute chose. Si vous tapez son nom sur Google, vous apprendrez notamment qu'il est un des hommes de confiance de Fellini. Notarianni a tenu les comptes des tournages de Visconti, d'Antonioni et de bien d'autres et, plus tard, de Fellini lui-même. Personnage central du cinéma, ses responsabilités sont énormes, d'autant plus quand il s'agit de s'occuper d'un budget aussi hasardeux que celui du *Guépard*.

Des années plus tard, Notarianni confessait qu'il avait effectivement reçu des lettres de menaces de la mafia. Sauf qu'il les avait lui-même rédigées et se les était envoyées, sans doute avec la complicité de Lombardo (ce qui n'est pas sûr). Palma di Montichiaro était un lieu difficile d'accès posant des problèmes de logistique et il fallait enlever de la tête de Visconti cette idée fixe d'y tourner à tout prix. Il ne trouva pas de meilleure solution pour l'en dissuader.

Mastroianni a les cheveux grisonnants, des cernes sous les yeux, la diète l'a mis à plat. Il faut dire qu'il adorait manger et que ce régime lui pesait. Ce Mastroianni vieilli est très différent du Mastroianni de *La Dolce Vita*.

Fellini lui a fait passer trois bouts d'essai pour arriver à un résultat convenable. Comme ils étaient très amis, Federico aimait bien le bousculer. Il appréciait surtout chez Marcello sa faculté à accepter sans discuter de jouer dans un film dont il ne connaissait rien du sujet. « Il ne m'a jamais interrogé ne serait-ce qu'une seule fois sur ce que contenait ce maudit script, de toute façon il ne fait jamais ce qu'on lui demande. » À deux reprises seulement, durant une pause sur le plateau due à une longue mise en place, Fellini s'est un peu épanché et a exprimé les doutes qu'il avait sur son film. Marcello l'a écouté « comme peu de gens savent écouter, avec une grande délicatesse ». Quand quelqu'un demandait à Mastroianni, de manière plus ou moins respectueuse, comment il pouvait jouer en ne sachant pas trop de quoi il retournait, il répondait, à moitié amusé, à moitié sérieux : « Mais n'en va-t-il pas ainsi dans la vie ? Devrais-je savoir le matin au réveil ce qu'il va m'arriver durant la journée ? »

Cela dit, tout ne se passait pas comme sur des roulettes. Les matins où Federico remarquait à son arrivée au studio que Mastroianni avait un peu forci – sans savoir si c'était dû à un arrêt de son régime ou à une contrariété, ce qui pouvait jouer sur son apparence –, cela le mettait en rogne. Fellini s'agaçait encore plus si son acteur s'était couché tard ou s'il lui était arrivé quelque chose de fâcheux. Quand Marcello s'apercevait, lui, que Fellini le regardait de travers, il lui souriait malicieusement et Fellini le haïssait d'autant plus, lui faisant la tête pour le restant de la journée. En outre, Fellini pouvait lui aussi arriver dès le matin de méchante humeur et, dans ces cas-là, il passait ses nerfs sur Mastroianni.

Luchino se mit à la recherche de Don Fabrizio parmi des acteurs siciliens, convaincu que c'était là l'unique solution. Il y renonça rapidement parce qu'il n'en existait pas de célèbres. Visconti n'avait pas non plus sous la main, comme Fellini avec Mastroianni pour Guido, un acteur qui pourrait avec d'autant d'évidence incarner le prince de Salina. Il songea à Laurence Olivier. Mais quand Lombardo apprit que celui-ci avait été hospitalisé après qu'on lui avait diagnostiqué une maladie qui le poursuivrait toute sa vie, il prit l'initiative de proposer le film à Burt Lancaster, sans même lui faire rencontrer Visconti. L'option Lancaster ne souffrait aucune discussion, elle correspondait à cette idée que les Américains financeraient en partie le film et qu'ils assureraient sa distribution. Et puis c'était un immense acteur. Pour Lombardo tous les problèmes étaient ainsi résolus. Sauf un. Lancaster ne plaisait pas à Visconti. « Un cow-boy du Texas ne peut pas jouer le rôle du prince de Salina », disait-il, sans compter qu'il était furieux qu'on ne le lui ait pas fait rencontrer avant. Comme pour le roman au départ, son acteur principal était à l'opposé de ses désirs. Il s'était mis en tête de trouver un Sicilien et il se retrouvait avec un Américain sur les bras, encore jeune et séduisant. Pourtant, il dut l'accepter à contrecœur. Mais à sa manière : il alla voir *Le Prisonnier d'Alcatraz* et affirma que ça lui avait énormément plu. Il avait trouvé Lancaster convaincant, il lui avait paru un peu plus âgé, il pouvait donc l'engager. Disons qu'il se trouvait des arguments pour ce choix qui n'était pas le sien.

Lancaster, de son côté, était séduit par le réalisateur, le roman et son personnage. Arrivé en Italie quelques semaines avant le tournage, il émit le désir de se rendre immédiatement en Sicile avec Visconti pour s'imprégner de l'atmosphère du film, qui ne démarrerait pour lui que quinze jours après le début des premières prises. Las, Visconti fit comprendre à ses collaborateurs qu'il ne voulait sous aucun prétexte l'avoir dans les jambes et décida de partir sur-le-champ en Sicile, abandonnant l'acteur à Rome.

Un soir, des paparazzis photographient Lancaster à la sortie d'un restaurant de la piazza Navona en compagnie d'une jeune actrice, Béatrice Altariba. Paniqué à l'idée de déclencher un scandale, Burt s'en prend à l'un d'entre eux et lui flanque un coup de pied dans le dos qui l'envoie dix jours à l'hôpital. Grâce à l'intervention de la maison de production qui négociera un accord à l'amiable, on parvient à éviter que le photographe dépose plainte. Mais on n'échappe pas à la publication des clichés.

Compte tenu des circonstances, tout le monde s'accorde à dire que la meilleure chose à faire est d'envoyer l'acteur en Sicile, quoi qu'en pense le réalisateur.

Les journaux, les revues et les magazines s'intéressent beaucoup à *Huit et demi* et au *Guépard*. La rivalité entre les deux réalisateurs les captive, et l'excitation est à son comble de les voir tous deux se remettre au travail en même temps. Ainsi l'article paru dans *Teletutto* du 28 avril 1962 alors que les tournages approchent et que les maisons de production sont en pleine effervescence.

Son titre : « GUERRE À COUTEAUX TIRÉS ENTRE FELLINI ET VISCONTI ».

En réalité, l'article porte plutôt sur les difficultés que rencontre Fellini dans la préparation de son film (il prétend à ce moment-là que seul Mastroianni a été engagé). Le journaliste Giuseppe Stratian affirme que jamais deux films n'avaient suscité une telle impatience et une telle curiosité, mais aussi que Fellini menaçait de licencier quiconque de son équipe livrerait des informations à la presse. Au-delà de tous les problèmes qu'il connaît alors, Fellini est en pleine guerre froide avec Visconti.

Depuis le fameux festival de Venise, leur animosité reste vive en dépit des années écoulées, et les journaux en font leurs choux gras. Au centre de la discorde, évidemment, comme l'écrit Stratian dans *Teletutto*, il y a Claudia Cardinale. Fellini voudrait l'enrôler pour *Huit et demi* alors qu'elle doit tourner dans *Le Guépard* avec Visconti. Voilà la raison du conflit et de l'article.

L'hebdomadaire révèle toutefois un autre aspect de ce face-à-face : « La rancune entre les deux grandes figures du cinéma italien est tenace, elle remonte au tournage de *Boccace 70* et va aller s'amplifiant. » C'est une vieille rancune, c'est vrai, mais elle est née beaucoup plus tôt que le mentionne *Teletutto*, qui omet tout un pan de l'historique. L'article rappelle tout de même qu'avant 1954, à l'époque de *La terre tremble*, Visconti avait voulu utiliser une pellicule Kodak dont le rendu en noir et blanc était particulièrement contrasté. La maison Kodak envoya de Paris le matériel nécessaire mais elle dépêcha également un technicien pour conseiller les Italiens durant les premiers jours de tournage. Ce technicien était un photographe français qui s'appelait Paul Ronald. Il était excellent et Visconti fut si ébloui par son travail qu'il parvint à le convaincre de rester en Italie et d'intégrer son équipe. Dorénavant il serait le photographe de plateau officiel de Visconti en plus d'être son photographe personnel attitré. Il sera également directeur de la photographie sur *Bellissima*.

Sur le tournage de *Boccace 70*, Paul Roland devint le photographe officiel du film et pas uniquement du sketch réalisé par Visconti. Il officiait donc sur le plateau de Fellini pendant les prises de *La Tentation du docteur Antoine*. Fellini fut à son tour émerveillé du résultat, au point, selon *Teletutto*, qu'il le piqua à Visconti. Les deux cinéastes ne s'adressèrent plus la parole, avant de faire la paix – une paix précaire. Enfin, ils trouvèrent un nouveau prétexte pour s'affronter en la personne de Claudia Cardinale.

Au moment de *Boccace 70*, leurs rapports connaissaient des hauts et des bas, mais surtout des bas. Premièrement, Fellini et Visconti ne se parlaient plus depuis près de huit ans, pas même un bonjour. L'histoire de Ronald est avérée mais elle est un peu plus compliquée. Fellini savait très bien que le photographe était lié à Visconti et il savait aussi parfaitement que Visconti était au beau milieu des préparatifs de son nouveau film. Mais il s'en moquait totalement et fit tout son possible pour que Ronald accepte d'être son propre photographe de plateau.

Ce dernier n'y est pas pour grand-chose. Soyons clair : Fellini était Fellini. Il était charmeur et jovial. De surcroît il venait juste de sortir un des films les plus importants de l'histoire du cinéma. Ronald s'était installé en Italie grâce à Visconti, cela faisait des années qu'ils travaillaient ensemble. Possible de trouver là un motif suffisant, une forme de lassitude, peut-être, entre le photographe et le réalisateur. À ceci près que Ronald repoussa plusieurs fois la proposition de Fellini à cause, justement, du *Guépard*. Là-dessus se greffe un épisode qui implique Claudia Cardinale, comme pour souligner encore l'histoire entrelacée des deux films. Ronald fait une séance photo avec Claudia et certains clichés sont publiés dans *Epoca*. Visconti, qui pouvait être autoritaire, pique une colère parce qu'il n'avait pas donné son autorisation. Il se comportait en patron vis-à-vis de Ronald, comme auprès de Claudia Cardinale qu'il surveillait comme le lait sur le feu depuis qu'il l'avait engagée pour jouer Angelica. Cela pour dire à quel point Fellini le mit hors de lui en cherchant à recruter le photographe pour son film. Visconti fut tellement ulcéré par le reportage photo qu'il coupa les ponts avec Ronald. Pour autant, cela ne poussa pas Ronald à courir annoncer à Fellini qu'il était enfin libre. Il s'en voulait mais il lui semblait qu'il était désormais trop tard. Il racontera qu'ensuite Nello Meniconi, le directeur de production de Fellini, l'avait appelé : « Attends, je te passe Federico. » Et Fellini, hâbleur, de lui dire : « Qu'est-ce que tu veux que je fasse ? Que je t'apporte les Oscars chez toi pour que tu acceptes de travailler avec moi ? »

Selon toute vraisemblance, le cinéaste savait que le courant ne passait plus entre Visconti et Ronald, c'était l'un des sujets des conversations que Ronald avait eues avec Fellini.

Les choses étant ce qu'elles étaient, Ronald n'eut qu'à dire : « J'arrive. » Il officia comme photographe de plateau de *Huit et demi*, du premier au dernier jour, et ne travailla plus jamais pour Visconti.

Cependant, la véritable héroïne de l'article de *Teletutto*, et de cette nouvelle dispute, c'est Claudia Cardinale. La « guerre » entre les deux réalisateurs, comme l'indique le titre, est illustrée en pied de page par une photo de l'actrice au téléphone, vêtue d'un peignoir, allongée sur un étrange petit divan. En légende : « Ces jours derniers, le téléphone de Claudia a sonné beaucoup plus souvent que d'habitude. Luchino Visconti et Federico Fellini l'appellent sans cesse [ils apparaissent en photo à gauche et à droite du titre]. Les deux cinéastes veulent la voir jouer chacun dans leur film en cours de préparation. »

Le cas Claudia Cardinale n'a rien d'anecdotique. Il faut préciser ici que Fellini a presque toujours eu l'initiative dans la bataille avec Visconti – que ce soit pour se disputer le photographe ou l'actrice. Dans cette dernière affaire, Fellini a créé un personnage pour Claudia qui s'appelle Claudia. Il s'agit d'un petit rôle mais qui a son importance. Dès qu'il eut l'assurance qu'il pourrait la faire tourner dans son film, il modifia la trame du scénario pour y inclure un chapitre à part : Cardinale doit interpréter une jeune femme qui, faisant irruption dans la station thermale et dans la vie de Guido, lui donne l'idée d'intégrer à son film le rôle d'une femme qui s'appellera Claudia, c'est-à-dire faire jouer Claudia Cardinale dans le rôle de Claudia Cardinale. Par conséquent, dans le film de Fellini, son personnage sera double, rendant encore plus complexe et fascinant le petit théâtre de poupées russes.

Dans l'article, la décision n'est pas présentée comme étant du ressort de l'actrice mais de Franco Cristaldi, qui y est défini comme « le jeune producteur qui tient Cardinale sous sa coupe ». Cette phrase est d'autant plus forte et ambiguë que Cristaldi et Cardinale vivent une relation compliquée. Cristaldi l'a sortie du pétrin en adoptant son fils caché, il la conseille et oriente sa carrière. À Paris, Claudia m'en avait parlé de manière détachée, évasive. Je ne sais pas si elle avait voulu me dire qu'elle ne l'avait jamais aimé ou si elle s'interdisait de me confier qu'ils avaient eu une liaison – ou peut-être se fichait-elle bien de me dire quoi que ce soit. Elle a pourtant raconté, dans ses livres ou ailleurs, la nature de sa relation avec Cristaldi, dont voici quelques extraits :

« Avec lui, j'étais pratiquement son employée, une subalterne qui recevait un salaire mensuel pour les quatre films dans lesquels je devais tourner dans l'année. Je ne l'appelais même pas par son prénom mais par son nom de famille. Je me sentais prise en otage, ce qui rendait mes parents complètement dingues. »

À propos de leur mariage qui fut pourtant célébré :

« Il avait tout organisé en secret, sans m'en parler, j'ai demandé le divorce parce que je ne l'aimais pas, c'est lui qui était amoureux de moi. Cristaldi était certainement un grand producteur mais sur le plan privé… mieux vaut ne pas épiloguer. »

N'empêche que Cristaldi est le seul à pouvoir trouver un arrangement entre les deux réalisateurs, poursuit le journaliste, car Visconti ne tournera pas avec elle avant le début du mois d'août, mais, rien que pour nuire à Fellini, il se dit prêt à faire signer à l'actrice un contrat à temps plein de quatre mois « quel que soit le montant faramineux du cachet ». Au moment où l'article sort, la balle est dans le camp de Claudia Cardinale, qui ne reçoit rien de moins que six appels téléphoniques par jour, trois de Visconti, trois de Fellini ! Toutefois, il est écrit que si elle devait renoncer au rôle de *Huit et demi*, Fellini avait prévu de recourir à Edy Vessel.

Tout cela semble totalement fantaisiste, mais donne une idée de la façon dont la presse entend suivre la guerre entre les deux réalisateurs, quitte à employer des méthodes peu reluisantes. Et il est vrai que Claudia Cardinale ne participait pas aux premières scènes du film, ce dont la presse avait sans doute eu vent. Il est tout à fait plausible que Visconti ait bien essayé d'empêcher Fellini de l'engager.

Mais Claudia Cardinale a très envie de participer à *Huit et demi*, ce qui met fin à la guerre froide. Le 10 mai, elle fait la couverture en maillot de bain de l'hebdomadaire *Le Ore* : « Claudia Cardinale va tourner dans le film *8* de Federico Fellini avec Mastroianni ». Vous avez bien lu : « *8* ».

En juillet, le supplément du week-end *La Domenica del Corriere* titre : « Claudia Cardinale fait coup double ».

Il faudrait aussi reprendre ce que dévoile l'article de *Teletutto* sur la trame de *Huit et demi*. Ce même article qui affirme que, si quelqu'un laisse filtrer une information, il sera licencié sur-le-champ, ajoute que personne n'a la moindre idée du sujet du film. Sartrian y met tout ce qu'il en sait mais aussi ce qu'il ne sait pas. Il écrit que le personnage de Mastroianni quittera sa femme pour Carla, le regrettera ensuite et finalement retournera auprès de son épouse en se réfugiant dans le travail. Autres informations : Mastroianni suit un régime, et la chanteuse lyrique Marcella Pobbe devrait interpréter le rôle principal féminin mais réclame trop d'argent et, si elle ne cède pas, Sandra Milo prendra le rôle (Pobbe a vraiment été pressentie pour le rôle de Carla). Comme dans beaucoup d'articles sur le film de Fellini, on parle aussi de Sylva Koscina, dont on ne sait si elle a été approchée pour un rôle mais qu'on retrouvera ensuite dans *Juliette des esprits*. « La seule présence de Claudia Cardinale dans ce film nous dira si oui ou non la guerre continue », conclut l'article.

Le studio où l'on tourne *Huit et demi* est un bunker. On a posté à l'entrée un type très content de lui qui répète qu'il interdit à quiconque d'entrer, même Dieu le père. L'assistant-réalisateur Guidarino Guidi a accroché cette pancarte : « LE PLATEAU EST FERMÉ ». Pour la petite histoire, on raconte qu'il cache sous son tricot de peau une copie du scénario. Il est le seul à en posséder une.

Camilla Cederna est une des victimes de ce blocus. Elle a l'accord de Fellini pour tenir la chronique du tournage qui paraîtra dans le livre inspiré du film. Ils se sont déjà rencontrés à plusieurs reprises, elle l'a aidé lors des séances de casting à Milan pour le rôle de Carla. Elle est une des très rares personnes à avoir lu le scénario mais elle n'a pas le droit d'entrer. Puisque même Dieu le père ne le pourrait pas. Finalement, elle parvient à faire savoir à Fellini qu'elle attend dehors.

Fellini veut que personne ne sache quel film il veut faire. Avec *La Dolce Vita* il y avait eu trop de malentendus et, cette fois-ci, ses raisons sont plus concrètes qu'on ne le croit. Comment décrire *Huit et demi* ? À la fin d'une journée de mise en place, Deena Boyer, recrutée comme attachée de presse[48], raccompagne Fellini chez lui et ils se retrouvent bloqués dans un embouteillage sur les berges du Tibre. À bout de forces, sans défense, Fellini lui révèle ce qu'il compte faire. « C'est un film dans lequel des tranches de vie passée ou des événements imaginaires se superposent au présent. Il suffit de prendre quelques passages précis de la vie d'un homme, un jour, une heure, un moment unique, un mot, et de montrer comment il les vit sur ces trois différents niveaux… »

Fellini se rend compte de son dérapage et cela l'effraie, d'autant plus qu'il a souvent pensé tout laisser tomber. Il sait aussi pertinemment que s'il disait la même chose en public, on le prendrait pour un dingue. Il ignore ce que donnera ce film. Il se confie à Camilla Cederna : « Entre nous, je peux te dire que je suis sur le fil du rasoir, ce film risque d'être une catastrophe, je n'exclus pas que le public tourne mon personnage en dérision, ça pourrait mal finir. » Mais quel que soit le résultat, il faudra bien que quelqu'un le voie. Et grâce à *La Dolce Vita*, il peut se le permettre.

Il faudrait ici ajouter que les films doivent pouvoir se raconter. Comme pour les romans, d'ordinaire il est possible d'en résumer l'histoire, dans une certaine mesure.

Puis, on a créé des œuvres filmiques irracontables, dont on ne comprend ce qu'elles signifient qu'une fois achevées. J'aime à penser – il me plaît même de croire que j'aie raison – que *Huit et demi* est la première œuvre cinématographique impossible à raconter. L'importance de *Huit et demi* réside sans doute dans ce récit impossible. Il est peut-être le premier film dont on ne peut parler avant de l'avoir vu, il faut le voir pour comprendre ce dont il parle.

La première journée du tournage du *Guépard* est grandiose, éreintante et improductive. On a reconstruit une porte de Palerme dans le quartier de la Kalsa. Le champ de bataille, superbe, laisse pantois. Les soldats du film sont à Palerme depuis trois jours car Visconti voulait qu'ils marchent pendant des heures pour user leurs bottes. Mais les figurants arrivent en retard ; on perd du temps à retrouver les ceintures des soldats ; les cartouches présentent un danger et il faut les remplacer. Même les sacs à provisions arrivent en retard. Visconti, en colère, s'en prend à Notarianni. Et voilà que des nuages noircissent le ciel ; quelques gouttes de pluie se mettent à tomber.

On convoque les femmes pour répéter la scène dans laquelle elles s'interposent face aux soldats. La majorité des figurantes sont expérimentées, elles viennent de tourner une scène similaire dans le film de Francesco Rosi, *Salvatore Giuliano*. Elles se prennent tellement au jeu qu'elles en deviennent agressives, et les affrontements physiques provoquent de vives réactions de la part d'un autre figurant. Les femmes ne cessent pas pour autant et on a du mal à faire revenir le calme.

Le soleil ne réapparaît qu'en début de soirée. Visconti et Gioacchino Lanza Tomasi, le fils adoptif de l'écrivain, qui est là en tant que consultant, sabrent une bouteille contre une caméra et on trinque. Les claps sont rares et tout est reporté au lendemain.

Le premier jour de prises sur *Huit et demi* est à peine plus concluant. Mais dès le départ, on est dans le vif du sujet, dans cette incroyable construction de poupées gigognes qu'est *le film*. De fait, le personnel de Cinecittà se retrouve face à trois Carla, trois Saraghina, et d'autres personnes encore qui interprètent les membres de l'équipe. Parmi les trois Carla, pas de Sandra Milo ; ceci explique cela : on tourne en réalité les essais que fait passer Guido pour son film, soit le film que *Huit et demi* en définitive raconte. Ce sera la seule fois où nous verrons quelque chose du film de Guido. Ces plans sont tournés en premier pour pouvoir ensuite les projeter dans une autre scène, celle où le producteur, Pace, tente de convaincre Guido de choisir ses acteurs pour commencer enfin à tourner son film.

L'équipe sur place assiste en réalité au tournage d'un plan à l'intérieur d'une séquence qu'ils ont déjà réellement vécue. Lors de la préparation de *Huit et demi*, Fellini avait fait passer des bouts d'essai à des Carla et des Saraghina pour finalement arrêter son choix sur Sandra Milo et Eddra Gale. Or, dans le film, Sandra Milo devient Carla, et Guido, souhaitant faire un film sur sa vie (on le découvre), fait passer des auditions dans le but de trouver une Carla, une Saraghina et le personnage de sa femme. Il paraît évident que Fellini, comme Guido, a longtemps tergiversé avant de faire son choix. De la même façon que Rizzoli, comme Pace, le pressait de se décider. Au reste, Fellini tient enfin ce qu'il veut raconter dans son film, soit son incapacité à réaliser un nouveau film après le succès du précédent.

Soudain, juste avant la pause, alors que les scènes sont presque terminées, Giulietta Masina fait son entrée dans le studio. Toute l'équipe s'empresse d'aller la saluer. Sur ce, arrive à son tour, venu d'un studio voisin, Valerio Zurlini qui vient d'en terminer avec le montage de *Journal intime.* Il a amené une bouteille pour son ami Federico, qui trinque avec Giulietta, Marcello et les autres. Il sabre la bouteille contre la caméra.

Puis tout le monde part déjeuner. Fellini et Mastroianni font une sorte de concours à qui mangera le plus léger, ce qui les amène à s'empiffrer. Dans l'après-midi, on trouve le courage de tourner pendant un peu moins de deux heures.

Le lendemain, des soucis d'éclairage font perdre beaucoup de temps. À midi, il y a un cocktail en présence du producteur pour fêter le début du tournage. Puis Rizzoli emmène tout le monde déjeuner en prétendant que le plan de table se fera « démocratiquement ». Et, quand Fellini s'impatiente de retourner sur le plateau, il le convainc de tous les amener voir l'état d'avancement du décor de la station thermale dans le parc de l'Eur.

Les premiers jours de tournage sont souvent les moins productifs, ils servent à prendre ses repères.

J'imagine que chacun a bien conscience qu'il n'existe aucun lien entre la planification du travail sur un tournage et la chronologie des séquences du film, sauf exceptionnellement, quand cela s'impose et dans un but précis. Certes, parvenir à tourner un film de la première à la dernière scène, séquence après séquence et dans l'ordre, serait un moyen formidable pour les acteurs de suivre au mieux l'évolution des sentiments des personnages et de saisir parfaitement leurs états d'âme successifs, et c'est bien pour cette raison qu'il existe des exceptions, quand cela est possible.

Dans la plupart des cas, on procède autrement. On regroupe généralement les scènes d'ambiance, les scènes en extérieur, les scènes en intérieur. Si par exemple la première et la dernière scène d'un film se passent dans une chambre à coucher, on tournera les deux scènes à la suite. Il est du devoir du réalisateur et des acteurs de se souvenir des émotions auxquelles on doit faire appel quand on passe d'une scène à l'autre. Voilà la façon dont on tourne. Si l'on fait construire une station thermale dans le parc de l'Eur ou si l'on trouve un petit village sicilien qui évoque Donnafugata, on y tourne toutes les scènes utiles dès que la scénographie est en place, puis tout est démonté et disparaît. Cela fait partie de la logique des tournages, dans un souci d'économie, dans un art où les coûts journaliers sont particulièrement élevés. De plus, il faut faire avec la disponibilité des acteurs et beaucoup d'autres paramètres encore, ce qui rend la planification de toutes les prises très compliquée.

Les journées de tournage du *Guépard* comme de *Huit et demi* s'étalent de mai à octobre, selon un planning qui ne correspond en rien à la chronologie des scènes telles que rédigées dans le scénario.

Burt Lancaster déambule dans les rues de Palerme. Il se rend de temps à autre sur le plateau pour assister au tournage des scènes de bataille. Il est frappé par la capacité de Visconti à composer en temps réel une scène telle qu'il la souhaite, ou de la modifier en cours de route. Il explique qu'à Hollywood, cela serait impossible. Une fois sur le plateau, on suit à la lettre les indications prévues au scénario. Sa réaction est somme toute celle du touriste américain qui contemple la façon dont les Italiens vivent. Cela le fascine autant que cela l'inquiète. Sa remarque laisse entendre qu'il n'a jamais tourné un film ainsi.

Pour tenter d'approcher la personnalité de Don Fabrizio, il s'immerge totalement dans le sujet. Il étudie tout ce dont il dispose sur Tomasi di Lampedusa, et Gioacchino Lanza lui procure même un enregistrement de la voix de son oncle. Il fait la connaissance d'aristocrates palermitains, étudie leurs manières. Il se promène en ville, fréquente le Caffè Mazzara, s'assoit à la même table et sur la même chaise que celles où avait l'habitude de s'installer Tomasi pour travailler et bavarder. Burt est un homme intelligent. Il a parfaitement compris que Visconti ne l'apprécie guère, qu'il le tient pour l'instant à l'écart et qu'il ne semble pas trop se préoccuper de la façon dont il interprétera Don Fabrizio.

Le matin, Sandra Milo se présente au studio sans aucune trace de maquillage sur le visage et coiffée d'un foulard. « Sandrina », comme l'appelle Fellini, est très appréciée par l'équipe parce qu'elle est gaie, calme, impliquée, et aimable avec chacun. Le travail du maquilleur, Otello Fava, est de la transformer en Carla. Il lui redessine les sourcils, lui fait une bouche en cœur, lui couvre la tête d'une perruque blonde et efface tous les petits boutons sur son visage dus à son régime alimentaire.

En effet, si Mastroianni a été obligé de maigrir, Sandra a dû quant à elle prendre du poids. À midi, elle avale d'énormes plats de pâtes et s'assoit parfois près de la caméra pour ingurgiter allègrement une part de gâteau. Elle a grossi de six kilos et demi et on s'étonne de la facilité avec laquelle elle a pris autant de poids en si peu de temps.

Sandra répond que cela n'est pas dû qu'à son régime. Elle est enceinte. Elle le sait depuis quelques semaines.

Ce jour-là, elle n'aura pas besoin de manger de gâteau, car elle doit passer à table durant la scène qu'elle s'apprête à jouer. Elle interprète Carla, la maîtresse de Guido, qui descend du train, plantureuse, exubérante, heureuse. Elle est persuadée que Guido va l'emmener à la station thermale, alors qu'en fait il la dirige vers un petit hôtel voisin de la gare. Il lui dit que c'est charmant, que ça s'appelle l'auberge du Chemin de fer.

La scène se passe dans cet hôtel de troisième zone, pendant le déjeuner. Carla doit parler, lui faire part des soucis de son mari, demander à Guido comment il pourrait l'aider, tout en déchiquetant, vorace, une cuisse de poulet accompagnée de pommes de terre frites. Guido l'écoute distraitement, il lit le journal, il a visiblement la tête ailleurs. Elle parle, elle parle, tout en mangeant. Il faut qu'elle mange, Fellini y tient. Ils font un essai et, après chaque prise, Sandra doit mordre dans un morceau de poulet que l'on remplace par un nouveau après chaque clap. À un moment donné, quelqu'un ose faire remarquer qu'elle en est à sa quinzième cuisse de poulet. Sur ce, Sandra fait un signe de la main sans arriver à articuler le moindre mot. Elle se lève, titube, parvient dignement à rejoindre l'endroit indiqué et disparaît dans les toilettes. Elle en sort peu après, pâle mais souriante, et se déclare prête à continuer. Mais pour Fellini, ça ira. Il a même le toupet de l'inviter à dîner, mais Sandra Milo, qui ne demanderait pas mieux, n'est pas en état.

Leur liaison amoureuse débute sur le tournage de *Huit et demi*, elle durera des années. Encore une histoire à tiroirs où la vie et le cinéma se confondent.

Le personnage de Carla est directement inspiré, quoique caricaturalement, par une femme que Fellini a rencontrée des années auparavant et qui n'avait aucune idée de qui il était. Il entretint avec elle une relation plus que secrète pendant très longtemps, durant toute sa vie en fait. Elle s'appelait Anna Giovannini, avait une fille, était pharmacienne, et Federico vivait très souvent chez elle. De très rares amis de Fellini étaient au courant de sa double vie, il leur arrivait d'aller dîner chez elle avec lui.

Cette histoire fut aussi longue que compliquée. Jusqu'à la mort de Fellini et de Giulietta Masina, peu de gens en avaient eu vent. Giulietta, en revanche, l'avait appris pour avoir fait suivre Federico par un détective privé, et elle fut même tentée d'aller faire un esclandre chez cette femme qu'elle qualifia de salope, mais elle y renonça. Elle gifla une fois Federico sous un porche, d'où elle avait aperçu Anna. Marina Ceratto, fille de Caterina Boratto, actrice que Fellini voulait engager dans *Huit et demi*, raconte dans un livre qu'un soir, dans un restaurant de Fregene, avec quelques amis, Federico arriva au dîner en retard. Giulietta était si furieuse qu'elle se mit à hurler devant tout le monde qu'il ne lui disait jamais où il passait son temps, qu'il était capable de se mettre à table pour dîner alors qu'elle savait pertinemment qu'il avait déjà mangé. Mais aussi qu'il n'avait rien dans le pantalon parce qu'il ne la touchait plus depuis huit ans. Guido Alberti, très gêné comme tous les convives – tandis que Federico se taisait, faisant mine de rien –, se leva de table pour leur asséner qu'ils devaient se ressaisir : au nom des chefs-d'œuvre qu'ils avaient créés ensemble, ils devaient rester soudés. C'est effectivement ce qui se passera. Au début, Giulietta, enragée, râla, puis elle se tut. Elle eut une liaison de son côté mais ils restèrent ensemble jusqu'à la fin, comme nous l'avons vu, liés par des sentiments très profonds. Tous ceux qui connaissaient Anna gardèrent son secret bien caché, jusqu'aux photographes qui se faisaient complices de Fellini quand il l'invitait à dîner dans les restaurants où ils avaient leurs habitudes. Anna se serait effondrée le jour où elle entendit à la télévision Fellini prononcer sa célèbre phrase lors de la cérémonie des Oscars où il reçut un prix pour l'ensemble de sa carrière : « *And Giulietta please stop crying*[49]. » On eût dit qu'après avoir vécu des dizaines d'années dans l'ombre, Anna espérait un signe, un repentir, bref, quelque chose. C'était totalement irrationnel et Anna l'admit elle-même. Comment Fellini aurait-il pu dire quoi que ce soit en public après toutes ces années ? Anna était une femme lucide et comprenait bien cela. Ça n'atténua pas sa peine, et elle se détacha de lui, ce qui rendit Fellini extrêmement malheureux. Déjà malade, il mourut peu après.

Je me suis toujours demandé si elle était là le jour où j'étais allé à Cinecittà rendre un dernier hommage à Fellini. Probablement pas, mais qui sait ?

Voilà pour le personnage que devait interpréter Sandra Milo, celui qui a inspiré Carla, à condition de prendre garde à ne pas confondre le modèle avec le personnage en question.

Fellini voit en Sandra Milo et l'actrice et l'incarnation de la beauté parfaite. À ceci près que Sandra entamera elle aussi une relation charnelle et amoureuse avec Fellini qui durera de longues années. Elle renoncera à jouer la Gradisca dans *Amarcord* parce que son mari la sommera de choisir. Dans les années qui suivront elle écrira un livre, *Cher Federico*, dans lequel une actrice répondant au nom de Selena raconte tout, jusqu'aux détails les plus intimes de leur relation. Pour Fellini, le coup est dur.

Sandra Milo interprète donc le rôle qui deviendra le sien dans la vie réelle. Beaucoup pensèrent, par la suite, que Carla était une projection de Sandra Milo, tandis qu'en réalité Carla est un personnage inspiré par la maîtresse de Fellini avant que Sandra Milo devienne à son tour la maîtresse cachée du cinéaste pendant des années. Dans son film suivant, *Juliette des esprits*, en revanche, il s'agira bien d'une projection d'elle-même où elle interprétera la maîtresse du mari de Giulietta. Cet enchevêtrement de rôles et de relations est particulièrement complexe bien que véridique : dans la vie, Sandra et Giulietta étaient des amies proches ; Sandra allait chez les Fellini et elle n'a jamais su si Giulietta était au courant de leur liaison ou pas.

Anna Giovannini dira de Sandra Milo : « Physiquement, elle ne me ressemble pas et, en plus, elle est très différente de moi. Moi, je ne me permettrais pas de clamer que je suis la maîtresse de Fellini, elle, au contraire, ne s'en prive pas. » Fellini avait vu en Anna Giovannini ce corps voluptueux qu'il a toujours recherché, qui n'est autre que celui de la Saraghina, et ce corps est devenu celui du cinéma de Fellini. Il est difficile de dire cependant si Giovannini a flatté son attirance pour les femmes rondes avec de superbes culs. Il a eu un coup de foudre pour Giovannini parce qu'il se retrouvait face à l'idée qu'il se faisait de la femme.

Le premier jour de tournage de Burt Lancaster s'annonce délicat. On tourne la scène du rosaire dans la Villa Boscogrande. Il fait une chaleur infernale, on se croirait en août alors que nous sommes fin mai. Les acteurs portent des vêtements épais, des bustiers, et la transpiration fait couler leur maquillage. Lancaster est encore dans sa cabine et tout le monde l'attend, il a demandé qu'on ne le dérange pas. On a dépassé l'horaire fixé pour tourner les premiers plans, on prend du retard, ce qui arrive souvent mais en l'occurrence l'intégralité de l'équipe est en place. Il y a là Rina Morelli qui interprète l'épouse de Don Fabrizio, ses enfants avec Ottavia Piccolo, Pierre Clémenti, le plus jeune, et Lucilla Morlacchi qui joue Concetta, la fille aînée. Cette dernière, apprenant que Visconti l'avait choisie pour le rôle, est sortie bouleversée de l'atelier de couture de Piero Tosi où elle se trouvait et fut renversée par une voiture alors qu'elle traversait la rue en courant. On voulut l'emmener aux urgences mais elle assura qu'elle n'avait rien, rien du tout, elle préférait rentrer chez elle pour attendre le coup de fil de Visconti, être absolument certaine que ce qu'on lui avait dit était vrai.

Visconti a l'air calme. Constatant qu'il ne se passe rien, il se lève et congédie tout le monde, anticipant la pause déjeuner.

Le problème, dont personne ne se doute, est que Lancaster a fait venir des États-Unis son propre maquilleur, qui s'appelle Schiffer, alors que le maquilleur du film est Alberto De Rossi. Lancaster prétend que seul Schiffer peut le toucher.

À l'évidence, il n'a pas encore tout à fait compris à qui il avait affaire. Visconti, en effet, qui n'a aucunement l'intention de s'occuper de ce genre de question personnellement, s'en remet comme d'habitude à Notarianni et lui dit posément : « Ou Lancaster se fait maquiller par De Rossi ou je quitte le tournage. » Ce qui oblige Notarianni à aller lui-même faire passer le message, il n'a pas vraiment le choix, il y va.

Après une longue négociation, un arrangement semble trouvé. Lancaster accepte de se faire maquiller par De Rossi, mais il impose que Schiffer reste avec lui sur le plateau, car bien sûr, Visconti avait demandé qu'on le rapatrie sur-le-champ. C'est un bon compromis. Visconti s'y plie de mauvaise grâce.

On commence enfin à tourner, mais durant les premiers jours Visconti et Lancaster ont des rapports de travail très tendus, ils sont chacun dans leur monde. Lancaster est accompagné de sa secrétaire et d'un assistant-réalisateur américain. Tout se passe comme s'il y avait deux dispositifs. L'acteur réclame des instructions précises sur tout ; gestes, façons de parler, dispositions psychologiques du prince dans telle ou telle scène. Mais Visconti est avare d'informations.

Vient le jour de la scène qui réunit Don Fabrizio et son neveu Tancrède, joué par Alain Delon. Tancrède s'apprête à partir sur le front (c'est la fameuse scène où il dit : « Il faut que tout change pour que rien ne change ») et Don Fabrizio lui dit au revoir. Visconti n'est pas satisfait de la tension émotive qu'exprime Lancaster et il ordonne à un assistant d'aller chercher le livre. Il l'ouvre à la page indiquée et lit le passage à l'acteur : « Le pauvre Salina avait le cœur serré. » Puis il lève les yeux sur lui et lui demande s'il lui est possible de faire transparaître exactement cela. Lancaster répond immédiatement à la sollicitation du réalisateur, il se sent devenir Don Fabrizio, sent qu'il pourrait perdre pour toujours ce neveu qu'il aime plus que son fils, son émotion est perceptible. « Stop ! » crie Visconti. Qui conclut d'un simple : « Parfait. »

C'est ce qu'il manquait à Burt Lancaster : que le réalisateur l'aide à saisir Fabrizio Salina. Il avait eu beau le chercher parmi les aristocrates palermitains, dans leurs demeures, dans les cafés, pour trouver ce détail infime qui définirait son rôle, il n'avait pas vraiment reconnu en eux Don Fabrizio. Il s'était appliqué, n'était pas obtus, bien au contraire, il posait encore beaucoup de questions au réalisateur, qui lui répondait toujours de façon vague et distante, alors qu'il avait suffi d'une bribe d'indication piochée dans le roman pour que, cette fois-là, Visconti dise « parfait ».

Cela changea tout. D'un seul coup, Lancaster comprit. Il sut qui était le prince Salina et entra dans le rôle.

Comme je l'ai déjà écrit, le critique casse-pieds de *Huit et demi* est interprété par l'écrivain français Jean Rougeul, qui est du genre taciturne, il fait table à part chez Otello alla Concordia et attend patiemment qu'on lui donne son emploi du temps. Mais sur le plateau, Fellini l'agace.

« On nous donne les répliques une demi-heure avant de tourner, ce qui est à peine suffisant pour les apprendre. En outre, il travaille surtout les apparences, sa direction d'acteur ne sert qu'à définir le personnage ou ses actions vues de l'extérieur. Certes, il arrive que certains fassent à leur manière mais, et c'est assez logique, d'autres auront tendance à vouloir en savoir plus sur l'intériorité de leur personnage, et il ne dit rien. Il dispose aussi ces bouts de bois par terre pour me guider, je ne sais jamais où je suis et je défie quiconque de ne pas donner l'impression d'y prêter attention. Si je m'arrête un centimètre avant ou après la prise entière est fichue. »

Durant cette même journée où il se lamente, il y a plus grave : des nuages s'amoncellent dans le ciel. Même si nous sommes en mai, l'équipe prend froid en attendant des heures que le soleil revienne. L'orchestre joue un twist pour patienter tandis que le décorateur, Gherardi, dépose une balle de ping-pong en équilibre au sommet du jet d'eau de la fontaine. C'est admirable, cela fait passer le temps.

Dans le film, Rougeul est l'ennemi juré de Guido. Il a été convoqué pour reprendre ce scénario qu'il trouve totalement superficiel. Quand Guido lui dit qu'il veut tout quitter, tout arrêter, il répond : « C'est bien la seule chose que tu puisses faire. » Pour dessiner les contours du personnage à ses scénaristes, Fellini disait qu'il pourrait bien être un Moravia, un Calvino, un Forini, mais on pensait plus généralement qu'il dressait le portrait de Guido Aristarco, le critique qui dès le début de sa carrière a dénigré son travail. Dans le film, il sera finalement pendu, du moins en rêve, selon la mise en scène imaginée par Guido. Mais qui sait, il aurait pu tout aussi bien être un écrivain, dans le style de ceux que l'on invite à participer à un film et qui restent insensibles, sceptiques, critiques, et qui plutôt que de jouer le jeu s'évertuent à expliquer en quoi il vaudrait mieux tout arrêter parce que rien ne va. Ils sont nombreux dans cette veine et Fellini a eu affaire à la plupart d'entre eux.

Début juillet, Mastroianni tombe malade. Il a une forte grippe. On tourne des scènes dans lesquelles il n'apparaît pas, mais il se remet vite et revient. Dans les studios, on traverse une passe délicate. On peut poursuivre le tournage des scènes à l'hôtel, qui ont pris du retard, mais dans ce cas on ne peut se rendre à Filacciano pour les scènes avec Claudia Cardinale. Seulement voilà, dans cinq jours, la jeune femme doit être à pied d'œuvre à Palerme pour *Le Guépard*. Il est prévu qu'elle revienne encore quelques fois mais, passé une certaine date, il ne sera peut-être plus possible de tourner à Filacciano. Pour que tout soit raccord, il faudrait terminer toutes les prises de vue de l'hôtel ce jour même et filer à Filacciano. Sinon, tout le système électrique de l'hôtel sera à refaire à leur retour, ce qui fera perdre du temps et de l'argent. Et ils sont en retard.

Mastroianni, bien que convalescent et de mauvais poil, accepte de tourner jusque tard dans la soirée. Personne n'a l'intention de sauter le dîner, ce qui fait que le tournage reprend tard. Le texte de Rougeul est celui-ci : « Pardonne-moi de te dire les choses ainsi mais si tu veux vraiment t'en prendre à la culture catholique italienne, tu dois élever ton propre niveau culturel. »

Cette histoire de « niveau culturel » n'est pas sans importance pour Fellini. J'y reviendrai.

Fellini fait répéter Rougeul, lui fait repasser sans fin son texte. Il dit que Rougeul lui fait penser à un Français qui serait la caricature d'un Français. Il se met en colère, ça le stimule. Quand l'ambiance tourne au vinaigre, on stresse. D'habitude, Fellini est plutôt un séducteur et, par conséquent, un menteur, disant plutôt : « Très bien, bravo, mais on va la refaire encore une fois, c'est la dernière. » Ou alors : « C'est la dernière, la toute dernière, vraiment, ensuite on va tous à la soupe. »

À presque 1 heure du matin, après s'être fait des tartines de confiture en attendant des éclairages, il cadre une dernière fois Mastroianni et déclare : « Terminé. Comme ça, tout le monde est content, demain les camions peuvent partir à Filacciano. »

Dans le petit village de Filacciano, la première journée et la soirée sont consacrées aux répétitions. Les habitants sont tous dehors, ils montrent du doigt Claudia Cardinale, trouvent que Mastroianni est vieux, ils le croyaient plus jeune, et les membres de l'équipe se sentent obligés d'expliquer que c'est pour les besoins du film. Puis, dans la rue comme aux fenêtres des maisons, les gens décident d'aller se coucher, déçus et contrariés que rien n'ait été tourné.

Le lendemain soir, le tournage reprend enfin. Au moment où Claudia se dirige vers la salle de maquillage, un groupe de jeunes gens la voient et hurlent d'une seule voix : « Hé ! Bonasse ! » Selon Deena Boyer, qui est avec elle, cette façon de l'interpeller dénote simplement qu'ils ont repéré une très jolie fille mais, et c'est incroyable, ils ne l'ont pas reconnue.

Le réalisateur s'assoit à la place de Marcello et pose quelques questions à Claudia, auxquelles elle répond en improvisant. Cardinale et Mastroianni le suivent pas à pas ; ce soir-là, Fellini est dans un de ses moments de grâce, inspiré par cette scène qui sera l'une des plus importantes du film, mais comme bien souvent, sur le moment, personne ne le réalise, personne n'y songe, encore moins le réalisateur.

Pourtant, il y a un signe : un gros chien paresseux s'étire devant l'objectif de la caméra. Les villageois essaient de le faire déguerpir mais ils affirment qu'il est têtu et méchant. Il est impossible de tourner tant que l'animal se trouve dans le champ. Fellini s'approche et lui demande gentiment de partir. Le chien le regarde un instant, se lève et s'éloigne.

Dès lors, tout est prêt. Claudia est au volant d'une Porsche (qui appartient à Mastroianni), et quand elle démarre brusquement, Fellini craint le pire et crie à l'équipe : « Tout le monde sur le trottoir ! »

Dans son travail Visconti était pour sa part sans pitié, exactement comme il pouvait l'être au théâtre. Quand il savait ce qu'il voulait, peu lui importaient les moyens pour l'obtenir. Prenons la scène avec Cardinale et Lucilla Morlacchi qui tient le rôle de Concetta, la fille de Don Fabrizio qui est amoureuse de son cousin Tancrède jusqu'à ce qu'Angelica apparaisse (ou plutôt jusqu'à *l'apparition* d'Angelica dans le film), moment absolument merveilleux, une scène dans laquelle l'expression du visage de Concetta va changer à jamais, s'évanouir pour toujours, car jusque-là elle croit encore qu'elle va se marier avec lui.

La scène se déroule devant un miroir. Angelica, la poitrine oppressée, peine à respirer ; elle s'assoit près de Concetta. Claudia Cardinale est resplendissante, c'est ce que dit Morlacchi elle-même quand elle raconte cet épisode. Visconti demande à tout le monde de sortir ; il y a trop de gens et surtout trop de figurants. Il reste seul avec l'opérateur et Peppino Rotunno, le directeur de la photo, et les deux actrices. Au début, cela ressemble à une répétition mais Visconti a demandé qu'on filme. Il donne ses instructions à Claudia ; se mordre les lèvres pour qu'elles rougissent. Il la suit, lui demande de se regarder dans la glace, puis lui donne le signal pour qu'elle place sa réplique. Jusqu'ici, il n'a fait aucun cas de Lucilla Morlacchi, qui est pourtant là, juste à côté, coiffée avec des anglaises qui l'enlaidissent. En effet, Visconti lui dit : « Regarde-toi dans la glace, ma pauvre, et maintenant, regarde Claudia, tu ressembles à un cocker. »

Morlacchi s'observe dans le miroir et constate d'elle-même qu'elle ressemble à un cocker, elle baisse la tête et s'assombrit. La réaction de Concetta confrontée à la présence toute proche d'Angelica est impeccable.

Le moment le plus terrible entre Angelica et Concetta a lieu après qu'Angelica a fait son entrée dans la maison. Au dîner, Tancrède se montre vulgaire. Il raconte une histoire de soldats qui s'en prennent à des bonnes sœurs dans un couvent, en faisant des allusions sexuelles que Concetta, outrée, juge complètement déplacées.

Au contraire, Angelica rit. Elle rit à gorge déployée et Claudia Cardinale dira elle-même de cet éclat de rire qu'il était celui « d'une jeune fille pleine de désir, excitée par le stupre, le pouvoir des hommes sur les femmes mais aussi par celui qu'elle-même exerce sur eux ».

Visconti est toujours très doux avec Claudia (avec Angelica). Mais il veut que son rire soit plus aigu, ce qui n'est pas facile pour Claudia qui a une voix rauque. Les claps se succèdent. Visconti fait un effort pour rester calme et Cardinale persévère, elle s'applique, elle a parfaitement conscience de l'importance que revêt ce rôle pour sa carrière. Finalement, elle parvient à monter d'un ton. Ce rire est resté gravé dans la mémoire de tous ceux qui ont vu le film. Ce jour-là, Visconti décide que Claudia sera doublée, comme, du reste, elle le sera dans tous ses films.

Le premier à conserver la voix de l'actrice sera Fellini dans *Huit et demi.*

Le plus étonnant concernant le tournage de *Huit et demi* est qu'une grève a éclaté dans tous les laboratoires de développement et d'impression du pays. La situation est particulièrement grave, car si la pellicule n'est pas développée d'un jour sur l'autre, il est impossible d'avoir les tirages de positifs (c'est-à-dire qu'il n'est pas possible de voir le travail en cours). Faute de quoi, il faut travailler à l'aveugle, en supposant avoir tout réussi et en essayant de se souvenir de ce qui a été fait. Rizzoli, le producteur, se résout à stopper le tournage. Fracassi, le directeur de production, refuse catégoriquement d'aller plus loin, ne serait-ce qu'un seul jour, s'il n'y a plus moyen de vérifier la qualité des rushs. Mais Fellini s'obstine à vouloir continuer. Il caractérise même la situation d'« idéale ». Manière pour lui de réaliser le film qu'il voulait faire sans plus se fier à celui qu'il était effectivement en train de faire. Les bobines de rushs comportent ceci d'effrayant qu'elles témoignent précisément du travail accompli jusque-là et qu'il faut valider. Inévitablement, ce que l'on voit d'un film en cours de tournage n'est pas (ou ne peut être exactement) le film que l'on s'imaginait faire. Surtout, à mesure que l'on s'en rend compte de façon plus ou moins nette, il devient encore plus difficile pour le réalisateur d'abandonner l'idée première de son film tout en se projetant vers celle qu'il faut pourtant continuer de filmer. Pour Fellini ce décalage n'existait plus. N'ayant plus de bobines à regarder (ce qui peut avoir des conséquences concrètes désastreuses), il a continué, imperturbable, à tourner le film qu'il avait en tête.

Fellini a dit un jour que ce fameux film que l'on désire faire disparaît une fois que les plans ont été tournés, il est « décoloré ». Cette fois, le film ne disparaîtrait pas.

Il n'est pas à exclure, et c'est plus que probable, que *Huit et demi* est *Huit et demi* pour cette raison.

Fellini avait peut-être eu ce pressentiment qu'il pourrait tourner un film librement en espérant que tout se passerait bien, sans garde-fou. De là à dire que ces conditions de tournage soient idéales pour n'importe quel film… En tout cas pour *Huit et demi*, elles l'étaient.

Plus tard, le 13 août, Fellini tourne la séquence des enfants dans la ferme, un souvenir d'enfance de Guido. Il s'agit de cette scène où ils se mettent au lit et dans laquelle ils prononcent le mot « Asanisimasa » dans le langage qu'ils ont inventé. Elle doit être bouclée en une journée parce que, ensuite, il y a trois jours fériés pour l'Assomption. En plus, il a prévu de faire une tournée d'inspection à Fiumicino pour choisir les lumières qui serviront à la visite de l'aéronef.

Fellini se rend à l'évidence : comme cela lui arrive souvent, il ne pourra pas tout faire. Il terminera la scène après le 15 août. Il renvoie tout le monde dans ses foyers, ce qui lui permet d'aller à Fiumicino. C'est à ce moment précis qu'on apprend que l'Institut Luce où sont conservés les négatifs du film est en flammes.

Fellini part, la production a donné l'ordre qu'on ne l'informe pas, c'est seulement le lendemain, après que l'incendie aura été maîtrisé, qu'on saura si les négatifs sont intacts ou s'ils ont brûlé.

Dans ce cas, il faudra reprendre le film à zéro.

Le lendemain, la nouvelle tombe : les négatifs sont indemnes. *Huit et demi* a frôlé la catastrophe.

Alors que toute l'équipe du film est logée à la Villa Igeia et au Grand Hôtel et des Palmes, Visconti a de son côté loué pour une somme exorbitante un peu mieux qu'une villa puisqu'on l'appelle « le château ». Il l'a fait réaménager, a fait venir tout son personnel de maison, son cuisinier, et même des meubles de sa maison romaine. Il a prévu des chambres pour les amis qui passeraient le voir. Quand Goffredo Lombardo apprend la nouvelle, il en a des sueurs froides. Mais on le rassure tout de suite : Luchino paiera ses factures. Tous les soirs, on organise au château un dîner pour une dizaine de convives et, à la fin de leur journée de travail, les membres de l'équipe sur le plateau en ont témoigné, la question est de savoir qui sera invité. Ils passent leur temps à espérer en être et sont déçus quand ils n'en sont pas. Les soirées au château de Visconti sont sélectes et agréables, on y mange très bien et on y discute jusque tard dans la nuit, souvent en présence d'invités étonnants. Paolo Stoppa et Rina Morelli sont des habitués. Tous trois sont très proches pour avoir travaillé ensemble au théâtre pendant des années. Les autres sont invités sur un coup de tête ou selon l'humeur du moment.

L'un d'entre eux espère au contraire ne pas être invité, ou se débrouille souvent pour décliner. Luchino prend un malin plaisir à oublier Alain Delon et, quand il l'invite, est encore plus vexé qu'il ne vienne pas. Alain a trouvé l'excuse parfaite. Luchino l'a obligé à prendre des leçons de mazurka tous les soirs. En réalité, selon la gazette mondaine, il sort souvent dans les soirées palermitaines où il danse plus volontiers le twist dans des fêtes enfiévrées.

Les rapports entre les deux hommes sont difficiles. Visconti est chagriné par les sentiments qu'il éprouve pour son cher Delon. Toutefois, il le protège, il adore sa compagne Romy Schneider et ils ont même monté un spectacle ensemble à Paris. Mais avec le temps, leur relation s'est distendue douloureusement, Alain a pris ses distances et Luchino est amer. Leurs brouilles sont fréquentes, agressives, violentes. Sur le plateau, Visconti est particulièrement dur avec l'acteur. Il n'est pas satisfait des prises où Tancrède doit poursuivre Angelica jusque dans les chambres sous les combles du palais de Donnafugata, alors il passe ses nerfs sur Delon. Claudia Cardinale raconte qu'elle était assise à côté de lui sur un canapé pendant que Visconti l'humiliait devant toute l'équipe, et que Delon, s'interdisant de répondre, lui serrait la main si fort qu'il lui faisait mal. Après quoi, restés seuls dans la pièce tous les deux, Delon s'était mis à pleurer.

Voilà pourquoi Delon évite autant que possible les dîners de Visconti. Il évite également les cours de mazurka parce qu'il préfère aller s'amuser. Il se perd dans la nuit palermitaine, il va danser et bien souvent des femmes rencontrées dans une discothèque finissent la nuit dans son lit.

À Palerme, Alberto Lattuada tourne *Mafioso* (autre film tourné en concomitance avec *Le Guépard* et *Huit et demi*). Sa troupe d'acteurs s'installe Villa Igeia. Alberto Sordi se lie tout de suite d'amitié avec Burt Lancaster, il fait le guignol, lui parle de la prestance naturelle des Italiens, ce qui fait rire l'Américain, puis ils se découvrent une passion commune pour la fiscalité. Sordi est de bonne humeur parce qu'il vient juste d'entamer une folle liaison avec la vedette du film, Norma Bengell, dont on s'accorde à dire qu'elle est la Brigitte Bardot brésilienne. Ses deux films précédents l'ont rendue assez célèbre, l'un a remporté la Palme d'or à Cannes, tandis qu'elle apparaît nue dans l'autre, dans une longue scène qui est vite devenue culte. Elle est belle, séduisante, Sordi en est raide dingue. Ils logent dans le même hôtel qu'Alain Delon. À peine ce dernier l'a-t-il repérée qu'il se montre direct avec elle, ce qui rend Sordi nerveux. Après deux soirées où ils se croisent au bar, Delon se décide à suivre Bengell au moment où elle monte se coucher, et entre dans sa chambre.

Sordi ne tarde pas à comprendre, à moins qu'on l'ait prévenu. Il frappe à la porte de Norma. Elle ne répond pas. Il l'appelle, se met à tambouriner. Norma tente de lui faire croire qu'elle voudrait dormir mais Sordi insiste. Il ne reste plus à Delon qu'à faire comme dans les (mauvais) films : il s'échappe par le balcon et saute sur celui d'à côté, et ainsi de suite d'un balcon à l'autre, jusqu'à disparaître. Sordi entre dans la chambre, se met à la fouiller et ne tarde pas à trouver une paire de bottines d'homme cachées sous le lit. Il demande des explications. Norma lui répond, vaguement, Sordi la gifle et s'en va.

À partir de cette nuit-là, les choses vont se compliquer. Norma ne répudie pas Sordi mais ses rencontres avec Alain sont de plus en plus fréquentes et, les deux hommes se cachent et s'épient. Sordi fait mine de ne pas savoir. Dans son autobiographie qui paraîtra à un âge fort avancé, Norma dira : « Delon et moi étions très semblables, beaux, libres, légers, désinvoltes et jeunes. »

Mais la rumeur de la liaison de Delon et Bengell se propage jusqu'à Paris. Romy Schneider, jalouse et suspicieuse, se met à harceler Delon au téléphone à toute heure. Alain nie tout en bloc mais Romy décide de se rendre à Palerme. Entre-temps le tournage de *Mafioso* se termine et l'équipe doit plier bagage. Le lendemain matin, une voiture attend Bengell pour l'amener à l'aéroport. Ils sortent tous les trois sur le perron de l'hôtel, Norma, Alain et Alberto. Alain porte la valise de Bengell sur sa tête. Sordi confiera qu'il s'y est refusé : « Moi, on ne me verra jamais avec une valise sur la tête. »

Quand Romy Schneider arrive à Palerme, Alain est tout joyeux, il décide de quitter la Villa Igeia pour s'installer dans un château près de Bargheria. Alain et Romy s'affichent ensemble, déclarent aux journaux qu'ils ont l'intention de se marier d'ici la fin de l'année. Ils dînent souvent chez Luchino, qui apprécie beaucoup Romy. Il dit à l'envi qu'ils forment un couple émouvant et qu'Alain devrait se montrer plus attentionné avec « Romina ».

Quelques semaines plus tard, Norma Bergell est hospitalisée au Lido di Venezia pour avoir avalé trop de tranquillisants. On ne saura jamais la vérité, mais de l'avis de tous elle était amoureuse d'Alain Delon et a fait une tentative de suicide.

Sordi s'est donc fait piquer sa fiancée par Delon. Comme le dira Mastroianni des années plus tard après que Catherine Deneuve l'aura quitté pour plus jeune, plus riche ou plus aristo, je ne me souviens plus : « Que pouvais-je faire ? J'étais perdant sur toute la ligne… »

En attendant, Marcello est au sommet de sa gloire en tant qu'acteur et brille de tout son charme, même si Fellini le fait paraître plus vieux. Il raconte qu'un jour, alors qu'il se rend au studio, il croise un taxi chargé d'une énorme valise sur le toit, dont la passagère, splendide, se retourne pour lui adresser un sourire. Elle va à l'aéroport de Ciampino, comprend-il, du coup il fonce vers Cinecittà pour tout raconter à Fellini qui lui dit : « Ben, vas-y alors, mais ne traîne pas trop. » Mastroianni remonte dans sa voiture et file vers Ciampino. Fellini était comme ça, conclut Mastroianni avant d'ajouter : « Si l'on prend l'autre, Visconti, eh bien, Visconti était un homme impressionnant, dur, à qui je n'aurais jamais pu dire une chose pareille. » Et de comparer les deux hommes : « Visconti est le maître d'école que nous rêvions tous d'avoir tandis que Fellini était plutôt le bon copain qui fichait la pagaille. »

C'est donc un acteur à son zénith qui s'apprête à entrer dans cette fermette où vivent toutes les femmes de sa vie, ses ex, ses nouvelles conquêtes, celles qu'il a à peine entrevues ou celles sur lesquelles il fantasme. Il pénètre dans le harem de *Huit et demi*, séquence emblématique du film qui a convaincu Fellini d'écarter Laurence Olivier du casting et tout autre acteur d'ailleurs, puisqu'il sait très bien que seul Marcello pouvait jouer cette scène sous les traits d'un Guido crédible, voire susciter une forme de sympathie.

Durant les préparatifs, les actrices arrivent une à une sur le plateau de ce que l'on appelle « la séquence des femmes dans la ferme ». On montre à Fellini les costumes tandis qu'il étudie les différents cadrages. Il délaisse la caméra pour les examiner un à un.

Elles défilent. Barbara Steele, une actrice inconnue, jouera la *show girl* ; Sandra Milo en chemise de nuit semi-transparente ; puis Caterina Boratto habillée d'un drap blanc qu'elle portait lors des scènes où elle interprète la femme mystérieuse de l'hôtel des thermes. La plupart d'entre elles sont vêtues des tenues qu'elles avaient déjà dans d'autres scènes, comme autant d'images fixes dans la mémoire de Guido. Il y a aussi la Saraghina, ses nourrices. Enfin entre une femme noire d'une extrême beauté que personne n'a encore jamais vue. Plus un bruit sur le plateau. Elle sera offerte à Guido en guise de cadeau par ses autres femmes, qui lui demandent de venir la chercher. Mais le rôle le plus extravagant est celui de l'hôtesse de l'air d'un vol pour Copenhague, qui a tellement fait fantasmer Guido qu'il a été inséré dans la séquence. Sa partie consistera à répéter cette annonce : « Grâce à un problème technique inespéré, nous nous réjouissons d'inviter les passagers à bien vouloir passer la nuit à Copenhague, tous les frais d'hébergement seront pris en charge par la compagnie. Passez une belle nuit. »

Fin juillet, un dîner à base de couscous avait été organisé en l'honneur de Claudia Cardinale pour fêter son départ. À la mi-août, on tourne la séquence du harem.

N'est-il pas absolument insensé que Claudia ne figure pas dans cette séquence ?

Son personnage est le symbole du désir de harem. Mais Claudia est à Palerme. Elle tourne les plans extrêmement éprouvants du bal du *Guépard*, il n'y a aucun espoir de la faire revenir. Ce serait une exigence extravagante de la part de Fellini et, pour Visconti, irrecevable.

C'est ainsi que se tourne un film. En particulier chez Fellini et encore davantage quand il s'agit de *Huit et demi*. Fellini improvise beaucoup, il reprend des scènes, fait réapparaître un personnage qui lui a plu dans les plans précédents. Ce qui signifie qu'avec lui, se référer à plan de travail est compliqué parce qu'il est totalement éphémère. Quand Claudia a eu fini de tourner en fonction des accords passés prévoyant qu'ensuite elle ne quitterait plus la Sicile (où au même moment les scènes du bal sont autrement plus strictement définies), il est évident que le plan de travail ne fait apparaître aucune scène la concernant. Elle a déjà joué dans la scène du wagon-restaurant (j'y reviendrai) qui était pressentie pour être la fin du film. Mais le fait que personne n'ait pensé à l'intégrer dans la séquence du harem est tout à fait stupéfiant.

Deena Boyer, qui tient le journal du film, l'évoque le jour même des prises. Elle note l'absence de Claudia Cardinale (alors qu'elle est partie il y a plus de deux semaines, soit après le repas en son honneur) et écrit que Barbara Steele est convoquée (elle joue la jeune fiancée du vieil ami de Guido) pour la remplacer (et parce que la présence de son personnage est plus que justifiée).

Il n'y aura donc pas de Claudia Cardinale dans la séquence du harem, c'est ainsi.

Cela dit, la séquence est une telle réussite qu'on en arrive même à l'oublier.

Tel est le film que nous regardons, nous l'acceptons comme on accepterait n'importe quel choix artistique. Mais si vous dites à un spectateur que Claudia Cardinale n'est pas dans la séquence du harem, il ne vous croira pas. En effet, ce n'est pas logique sur le plan du récit. Sauf que (et voilà comment tout est justifié) il s'agit d'un rêve. Comme chacun sait, les rêves n'ont aucune logique. Claudia Cardinale tourne dans *Le Guépard*, un point c'est tout. Et Fellini ne peut rien y faire.

Ce n'est pas la seule séquence dans laquelle on peut noter l'absence incongrue de Claudia. Mais dans l'autre, dont je parlerai plus loin et qui a sa part de mystère, l'affaire est différente. Il s'agit d'une scène improvisée et filmée durant les derniers jours, ou plutôt créée en même temps que se tournent les derniers plans du film, alors que celle du harem est écrite, centrale, elle existe depuis la lettre que Fellini a envoyée à Rondi.

Cette capacité d'adaptation face à l'imprévu, Fellini en a fait une théorie : « Tout fait partie d'un film. Et j'irai même plus loin : on ne réalise jamais un film dans des conditions idéales et, mieux, les conditions sont en fait toujours idéales, parce qu'en définitive ce sont elles qui t'ont permis de faire ton film tel qu'il est. Un acteur malade doit être remplacé, un producteur cabochard veut te piéger, un accident du travail interrompt le tournage, tous ces événements ne sont pas des obstacles car, en les intégrant, petit à petit, ils deviennent des éléments constitutifs de ton film. Ce qui arrive finit toujours par prendre le dessus, se substitue à ce qui aurait pu ou dû être. Les imprévus non seulement font partie du voyage, mais ils sont le voyage même. »

Pendant ce temps, Claudia tourne de nuit dans la chaleur asphyxiante du mois d'août à Palerme. Elle tournera trente-six nuits d'affilée pour la séquence du bal. À trois heures de l'après-midi, elle doit passer à la séance de coiffure. Celle-ci dure au moins une heure et demie et la consigne est de ne lui laver les cheveux qu'avec l'autorisation du réalisateur car, à l'époque du récit, on ne se les lavait pas souvent. Claudia Cardinale a raconté que la coiffeuse, épuisée nerveusement à la fin du tournage, en abandonna le cinéma. Puis arrive la séance de maquillage, durant laquelle Visconti vient vérifier les cernes (qu'il veut marqués), la pose des faux cils, les yeux fortement maquillés.

Enfin, le moment le plus pénible se profile : passer la sublime robe de Piero Tosi, confectionnée dans un tissu bleu azur – et non rose comme dans le roman. Le jupon, doublé de crin, est maintenu par des cercles en acier d'un mètre et demi de diamètre. Le tout est très sophistiqué et, une fois Claudia habillée, il lui est impossible de s'asseoir. Visconti lui a fait construire un tabouret surélevé en bois lui permettant de se reposer quelques instants sans froisser son habit quand elle est fatiguée. Tous les accessoires sont d'époque : le parfum, le mouchoir, les bas. Le corset a appartenu à une jeune femme plus petite, plus fine, et chaque fois qu'elle l'enfile Claudia souffre le martyr. Les répétitions commencent en fin d'après-midi et le travail se poursuit toute la nuit.

Au terme des différentes scènes, quand elle se déshabille, Claudia a autour de la taille une plaie circulaire sanguinolente.

Une photographie du plateau de *Huit et demi* restée célèbre montre Fellini en manches de chemise et cravate sauter en l'air en brandissant un fouet. D'autres clichés, pris par Tazio Secchiaroli, sont encore plus expressifs, notamment celui-ci : Fellini fait face à l'objectif, fouet en main, le regard méchant. Mastroianni est derrière lui, même fouet, même regard méchant. Federico adorait prendre le temps de montrer à l'acteur ce qu'il voulait qu'il fasse. Il le faisait d'ailleurs avec une telle précision que Mastroianni apprenait sa partie en l'imitant.

La scène du fouet, dont Guido s'empare pour éteindre la révolte des femmes dans le harem, n'est au départ pas terrible. Marcello ne sait pas s'en servir, il n'est pas convaincant, n'a pas l'air très sûr de lui. On appelle un électricien qui dit savoir le manier. Le coup part, sec et fort. Tout le monde recule d'un bond. Alors, non seulement Mastroianni se met à imiter l'électricien, mais Fellini aussi. Quand ils réussissent enfin à faire claquer le fouet correctement, ils se placent l'un en face de l'autre pour se provoquer, se défier, à la plus grande joie de l'assistance. Puis Federico commence à montrer à Mastroianni ce que doit faire Guido, et Marcello suit.

Quand ils sont prêts à tourner, pratiquement toutes les femmes du harem portent un tablier par-dessus leurs vêtements. Guido entre pour s'abriter de la tempête de neige et distribue à chacune un cadeau qui les réjouit. Elles font la chaîne pour remplir la cuve de seaux d'eau dans laquelle Guido va prendre son bain.

En réalité, le clap retentit légèrement en retard. Fellini reproduit en totalité la scène qui figurait au scénario, il est heureux mais tendu, et continue à effectuer des modifications. On comprend alors que les journées consacrées à la séquence du harem ne font que commencer.

Lors de l'une de ces journées où l'on tourne dans le harem, Giulietta Masina, en compagnie de la sœur de Fellini, observe le spectacle. Elle regarde du haut d'une tourelle toutes ces femmes autour de Guido, y compris celle qui joue sa femme. Elle regarde les lumières suspendues au toit se balancer, Guido enveloppé dans des serviettes de bain, les femmes, effrayées, courir d'avant en arrière quand la Saraghina se met à rugir. Fellini s'amuse beaucoup, il est en forme, il foisonne d'idées qu'il soumet aux actrices juste avant le clap. Ces journées sont l'occasion pour lui de vivre comme il l'entend le rêve qu'il voudrait voir devenir réalité (et qu'il parvient d'une certaine manière à vivre, au prix de beaucoup d'efforts). Un jour (pas celui où sa femme est sur le plateau), durant une pause un peu plus longue que d'habitude, Fellini se jette sur un lit et, l'une après l'autre, les actrices viennent s'allonger près de lui pour bavarder et rigoler en attendant de reprendre. À ce moment précis, son rêve se réalise et la correspondance entre le film, le film de Guido, la vie réelle et la vie sur le plateau se fait pour ne devenir qu'un.

Quand Sergio Zavoli reçoit Giulietta Masina après la sortie du film dans une émission qui lui est consacrée, il lui demande si elle s'est reconnue dans le personnage de l'épouse dans *Huit et demi* : « Ce sont plutôt les autres qui m'ont reconnue, et comme le film a beaucoup plu, il semblerait que cela plairait à n'importe quelle femme, après des années de mariage, de recevoir une déclaration d'amour telle que le personnage central de *Huit et demi* adresse à sa femme, et même si je ne me suis pas du tout reconnue en elle, le film m'a tellement enthousiasmée que je me suis dit : "Allons ! Au fond, ça me va." »

Nous avançons là sur un terrain glissant, soit l'interaction aussi passionnante que périlleuse entre la fiction et la réalité, que, pour la première fois, *Huit et demi* pousse au-delà de toutes limites. Mais au fond, au moment où je raconte ce qui se passe sur les tournages comme autour de ces deux films, de leur naissance à leur fabrication, tous les tabous sont déjà tombés et, comme l'autobiographie est une des questions fondamentales de ce livre, je n'ai pas vocation à l'éluder.

Sa vie durant, quand il tourne, Fellini passe un nombre incalculable de coups de fil à Giulietta. Ils sont généralement brefs ; il demande de ses nouvelles, pose des questions, cherche à se rassurer. Surtout, il a besoin de savoir s'il peut compter sur sa femme.

En revanche, la présence de Giulietta sur les plateaux se fait de plus en plus rare.

Un épisode dit bien sur quoi repose le rapport complexe, et pour beaucoup énigmatique, qu'ils entretiennent, ou mieux, l'essentiel de ce que représente Giulietta pour Fellini, plus que l'inverse.

Elle débarque sur le tournage du *Satyricon*, précisément le jour où l'on a prévu de travailler sur une des scènes les plus compliquées : l'effondrement de l'insula Felicles. Cette scène est digne d'un péplum, impliquant bâtisses, humains et animaux, à tourner en une seule prise sans quoi il faut tout reconstruire. Les ouvriers se mettent en place, prêts à faire tomber d'un seul mouvement les poutres qui soutiennent la bâtisse, laquelle devrait s'écrouler puis s'écraser au milieu de figurants courant dans tous les sens en hurlant de peur. Évidemment, comme toujours au cinéma, le décor est en carton-pâte, jusqu'aux gravats qui vont débouler. La nervosité ambiante est due à de possibles imprévus, un accident est vite arrivé, et surtout au fait qu'il faut que les choses se déroulent selon des calculs préétablis, sans quoi le décor sera détruit et il faudra recommencer.

Il n'est pas rare au cinéma qu'une scène entière soit tournée en un seul plan, mais ce n'est pas banal non plus. La tension durant cette journée est à son maximum. C'est dans cette ambiance qu'arrive Giulietta. Elle dit bonjour, prend une chaise, la pose non loin de l'endroit où se tient Fellini, près de la caméra, puis sort de la laine et des aiguilles, et se met à tricoter.

Pendant ce temps, la fin du monde approche. Fellini crie : « Action ! » Au début, en dépit du fait qu'on a bien fait sauter les poutres toutes ensemble, il ne se passe rien. Puis deux gros morceaux de carton-pâte se mettent à rouler et ce n'est qu'ensuite, alors que tout le monde est dans l'expectative, que tout s'écroule. Pendant ce temps, Giulietta tricote, levant parfois le nez pour jeter un coup d'œil.

Un épouvantable nuage de poussière s'élève, tandis que le décor finit de s'affaisser dans un vacarme assourdissant. Les figurants s'enfuient en criant, c'est ce qu'on leur a demandé, cependant que les chevaux, dans cette scène monumentale, ne peuvent savoir qu'il s'agit d'une fiction. Ils prennent peur, tombent, piaffent, partent au galop, y compris en direction de la caméra.

Fellini a une peur bleue des chevaux. Normalement, dans un cas pareil, il aurait déjà déguerpi. Il se serait mis à l'abri par précaution, avant même de dire : « Action ! » Pas aujourd'hui. Alors que la poussière envahit tout, que les figurants chutent et que les chevaux galopent, il reste impassible derrière la caméra, Giulietta, tout aussi impassible, assise près de lui. S'est-elle arrêtée de tricoter un instant ? On ne sait pas. Mais voilà l'effet que Giulietta produit sur Fellini.

En octobre 1961, Fellini retranscrit un rêve, comme le lui avait demandé Bernhard. Il y était prisonnier dans un château habité par des prostituées habillées en geishas. Elles sont affamées de sexe, cruelles, sadiques, elles mordent et il est difficile de savoir si elles plaisantent ou pas. Leopoldo Trieste[50], particulièrement effrayé, apparaît dans ce songe et lui dit : « Va-t'en, elles vont te manger tout cru ! » Mais il reste là, convaincu que cela n'est qu'un jeu, jusqu'au moment où il comprend qu'il est en danger. Pour s'échapper avec Leopoldo, il utilise un fouet, il frappe les dos nus et les grosses fesses de ces femmes avant de tout détruire, les lampes, les meubles, tout. Il est assez clair qu'une grande partie de la séquence du harem provient de là.

Dans le film, au départ, le rêve du harem est une fable sur le désir. Guido est au café sur la place avec sa femme et Rossella. Quelques tables plus loin, Carla est assise seule. L'épouse de Guido est hors d'elle, il repousse ses accusations, va jusqu'à prétendre ignorer ce que cette autre femme fabrique là. Puis il imagine que son épouse se lève pour aller gentiment embrasser Carla, se mettre à discuter avec elle. Il veut que s'aiment toutes les femmes qu'il aime.

Tout part d'un rêve encore plus fou, un rêve assez commun : vivre au milieu des personnes que l'on aime, que l'on a aimées et même celles que l'on a envisagé d'aimer.

Les hommes sont intimement séduits et perturbés par *Huit et demi* et le personnage de Guido. Leur nature est mise à nu, ils sentent qu'on dévoile là leurs fantasmes les plus enfouis et les plus prévisibles. Et ils sont jaloux de n'avoir pas été capables de les avouer eux-mêmes. Au-delà d'être un réalisateur qui ne sait plus quel film il veut faire, Guido cherche surtout à vivre sa vie. *Huit et demi* est aussi un film sur les hommes confrontés aux femmes. Dans le film, il ne s'agit pas que de Guido, tous les personnages masculins font des efforts de séduction désespérés, et celui qui en souffre le plus est Mario, l'ami de Guido, rencontré par hasard dans la station thermale en compagnie d'une belle Anglaise beaucoup plus jeune que lui. Cet homme a quitté sa femme après trente ans de mariage et aujourd'hui il se traîne, transpire et halète pour danser jusque tard dans la nuit. Il se sent obligé d'être joyeux, heureux, mais son désir le plus profond serait de s'abandonner à la vieillesse, même s'il s'obstine à ne pas vouloir l'admettre.

L'épouse de Guido fait chauffer l'eau de son bain dans cette immense maison de campagne vide (celle de ses souvenirs d'enfance), toutes les autres femmes de la vie de son mari sont autour d'elle. Toutes vivent avec lui, sereines, entretiennent d'excellentes relations et l'attendent. Guido arrive avec des petits présents pour chacune. Sa femme et Carla ne sont pas seules puisqu'il y a aussi la Saraghina, première figure érotique de son enfance, les nourrices et les domestiques qui lui donnaient son bain, la cliente snob et mystérieuse de l'hôtel (à qui il n'a jamais adressé un mot), l'actrice française capricieuse et désespérée parce que Guido ne lui dit rien de son film (dans le harem, elle est au contraire joyeuse et tendre), l'amie de sa femme, qui le déteste mais qui ici dit : « Maintenant, nous allons te préparer un bon bain. » Bien sûr, la jeune fiancée de son ami est là, car le désir masculin lui fait penser : je la veux ; ou pire : elle m'aime moi, et pas lui, c'est sûr. Ses anciennes maîtresses sont là aussi, une fille noire que les autres viennent juste de lui offrir – « Tu ne t'en souviens pas ? Tu nous en parlais tout le temps ! » Il y a encore l'hôtesse de l'air avec sa voix merveilleuse. On parle le romagnol, le français, l'anglais. Il y a également la danseuse d'un cabaret de Bologne qui fait des manières parce qu'elle ne veut pas monter à l'étage où sont reléguées les femmes les plus âgées qui vivent ainsi dans une espèce de pension, loin des yeux, mais restent tout de même là sans avoir nullement l'intention de s'en aller. Toutes ensemble, elles vont sonner la révolte, pour s'opposer à la dictature de Guido qui, à l'aide d'un fouet, les tient en respect. Mais c'est un jeu, un scénario qui se répète évidemment tous les soirs pour rendre la cohabitation plus émoustillante. Elles se disent toutes heureuses d'être là, de lui préparer son bain, de s'occuper de lui, d'habiter ensemble et de s'aimer.

La séquence du harem de *Huit et demi* est le point le plus extrême d'un récit au masculin, elle montre le désir le plus intime et basique du mâle, dans lequel, lui, ne voit aucune contradiction, et qui pourrait même le définir.

Cette séquence inénarrable est aussi puissante que déchirante car elle réussit l'amalgame entre perversité et poésie. Elle montre la monstrueuse capacité des individus à se soumettre, leur volonté de revendiquer pleinement leur totale liberté vis-à-vis des autres, mais aussi leurs vaines tentatives de rendre leur vie cohérente, en conciliant le passé avec le présent, les grandes histoires d'amour avec le regard d'une passante, comme le chante Fabrizio De André[51]. La séquence renferme une tentative des plus audacieuses en termes de sincérité et d'autocritique, mais dans sa conception même, elle est typiquement masculine. Fellini se donne l'absolution tout en cherchant à nous convaincre que souffrir n'est pas si grave que ça, mais, par-dessus tout, il a ce désir de remonter le temps pour retourner à la supériorité de l'homme (l'épouse, dans le harem, est une sorte de bonne à tout faire alors que, dans la réalité, la sienne est une femme raffinée, libre, attristée par la distance qui les sépare désormais). La séquence du harem montre indéniablement le contraire : qu'il est impossible de vivre dans un monde harmonieux ; impossible de ne pas être comptable des torts que l'on cause. Quand finalement la *soubrette* de cabaret se laisse mener à l'étage et que toutes s'assoient autour de la table, quelle tristesse dans les regards ! (Une tristesse qui semble supportable parce qu'elle est quotidienne, à l'heure où elle s'invite immanquablement dans chaque cuisine ou salle à manger de chaque foyer au moment de dîner, à la lumière du plafonnier.) Même là, cela nous tombe dessus, dans une situation idéale, alors que nous nous sentons si heureux ? Guido dit qu'il croyait cette vie-là plus juste, avant d'ajouter : « Le bonheur consiste à dire la vérité sans blesser personne. »

Voilà le point cardinal de l'impuissance de Guido. Ce n'est pas de vivre avec toutes les femmes qu'il a aimées ou désirées mais de parvenir à ce qu'aucune n'en souffre. Arriver à ce que la vérité, l'indicible vérité, soit dicible, et avancer sans égratigner personne. Guido voudrait être égoïste, narcissique, avoir tout pour lui, le passé, le présent, l'avenir, mais ne pas en payer le prix, ne surtout pas en payer le prix.

Voilà. *Huit et demi* est probablement l'œuvre qui cherche à écarter les conséquences de tout acte, des pensées les plus éhontées, des comportements les plus discutables. Il y parvient en partie, si l'on regarde la scène finale dans laquelle les personnages du film et de la vie de Guido (et de celle de Fellini, pourrait-on dire) défilent joyeusement sur une marche de Nino Rota. Fellini essaie d'annuler les conséquences de ses erreurs et de ses errements. L'essentiel, pour lui, est de mettre l'accent avant tout sur sa compréhension de l'humanité, à l'intention des bouffons, des mystificateurs, des embrouilleurs. Et c'est exactement la façon dont les hommes, même avec du talent, finissent toujours par s'en sortir : ils ont cette capacité à orienter leurs actions pour s'attirer un jugement favorable ou bienveillant. C'est un instinct aussi profond que basique. Il faut s'en tirer, quoi qu'il arrive, toujours, pareillement, obligatoirement, envers et contre tout. Il faut s'en tirer.

À la fin du tournage de la séquence du harem, Caterina Boratto, le voyant épuisé et triste, dit aux actrices : « Voilà maintenant qu'il a des remords. »

« Mouais, je pensais que ce serait la séquence la plus drôle du film, eh bien, au contraire, elle est terriblement triste », conclut pour sa part Fellini.

Un soir, Leonardo Sciascia s'invite à l'une des soirées de Visconti dans son château palermitain. Ce dernier en est très flatté. La visite n'est pas anodine vu que l'écrivain est à l'origine de toutes les controverses sur le roman, lequel est, aujourd'hui, entre les mains de Visconti.

Ce soir-là, Sandro Bolchi fait partie des convives. Il réalisait pour la télévision de grands feuilletons dans les années où l'on produisait encore des adaptations de romans classiques (notamment de Manzoni, Tolstoï et Dostoïevski). Les autres sont des habitués, dont Burt Lancaster qui est devenu le complice de Visconti après avoir subi son hostilité et qui, avec le temps, est un des plus assidus à la table du cinéaste. On discute et on spécule sur la possibilité, après *Le Guépard*, d'adapter *Les Vice-Rois*, de Federico De Roberto. Visconti a fait parvenir à Lancaster une traduction en anglais et l'acteur, enthousiaste, aimerait produire le film. On s'amuse à distribuer les rôles à Stoppa, Morelli, Valli, mais aussi à Claudia Cardinale et Alain Delon, comme si la distribution pouvait être reconduite d'une œuvre à l'autre, comme dans la compagnie de théâtre de Visconti.

Arrive donc lors de cette soirée Leonardo Sciascia. Encore une coïncidence étonnante : Sciascia n'a pas seulement été critique envers le roman de Tomasi di Lampedusa, comme d'autres, il citait justement en contre-exemple *Les Vice-Rois* (le débat est d'ailleurs loin d'être clos à propos de ces deux textes). Sciascia tient en haute estime le roman de De Robero, il n'y a guère selon lui que *Les Fiancés* de Manzoni qui le détrône. Il entre donc volontiers dans la conversation. On imagine bien que, respectueux des convenances, il ne se rendait pas chez son hôte en plein tournage dire ce qu'il pensait du roman de Tomasi di Lampedusa, d'autant que Visconti connaissait sa position. Mais sa visite était un signe. Sciascia, à l'évidence, espérait de Visconti qu'il bifurque et réoriente les problématiques de fond du roman d'une façon plus acceptable. Mais il fut déçu, à en juger par ce qu'il écrivit à la sortie du film. Il ajouta aux critiques du roman ses réserves quant au film. Comme un fait exprès, il ne put s'empêcher de citer *Les Vice-Rois* en notant qu'il n'avait pas bien compris pourquoi Visconti avait tenu à faire *Le Guépard* : « Sans aller jusqu'à dire que *Les Vice-Rois* de De Roberto était un livre à l'évidence plus proche de ses idées, même s'il correspondait moins à sa personnalité. »

La position immuable de Sciascia a deux motifs. Le premier est qu'il était à prévoir que le livre et le film, comme je l'ai déjà dit, très vite allaient se fondre. Le second motif découle du premier. Visconti n'a finalement pas opéré ce pas de côté que beaucoup auraient souhaité. C'est pour cette raison que Sciascia sous-entend que *Le Guépard* ne colle pas vraiment aux idées de Visconti. Pour cette raison, Sciascia, Aristarco et d'autres virent leurs espoirs déçus. L'écrivain s'attaque même spécifiquement à une scène du film, celle où Don Fabrizio rêve du père Pirrone. Visconti s'est repassé la scène au ralenti après la sortie en salles et la fit supprimer du montage final pour la présentation à Cannes.

La vérité est que *Le Guépard*, qu'il ait été proche des idées de Visconti, ou contraire à celles-ci, représentait plus que cela. Il renvoyait Visconti à un sentiment profond qu'il éprouvait sur le tournage et qui lui servait de boussole.

Alors que le pays tout entier le sommait de s'expliquer par rapport au roman et de se montrer cohérent avec ses idéaux politiques, il a petit à petit saisi que, s'il avait des explications à donner, il se les devait à lui-même.

Venons-en au jour des répétitions du bal avec Burt Lancaster et Claudia Cardinale. Ce sera le passage le plus important du film.

Hélas, Lancaster a depuis quelques jours un genou gonflé, un épanchement de synovie. Jusqu'ici, il a souffert en silence sans que personne s'en aperçoive. Mais danser, c'est une autre paire de manches. Les répétitions commencent. Tout le monde a pris des leçons de valse en prévision des longues semaines de tournage de la grande scène finale.

Burt et Claudia entament leur valse. Luchino donne quelques consignes mais assez vite il demande d'arrêter. Les pas de Lancaster sont mal assurés, il boite, il ne suit pas la mesure. Visconti prend son actrice par le bras et dit : « Allons-nous-en, Claudina, quand M. Lancaster sera prêt, il nous le fera savoir. » Tel quel, devant tout le monde.

Et il quitte la salle avec une Cardinale extrêmement gênée.

Il demande à Notarianni de trouver un autre plan pour ne pas perdre de temps. Mais quand on annonce à Lancaster que les répétitions sont annulées, celui-ci se dirige à grandes enjambées vers la pièce où se trouve Visconti et se plante devant lui, furieux, en lui disant qu'il a un problème au genou. La dispute prend immédiatement mauvaise tournure. Visconti lui reproche de s'obstiner à faire de la gymnastique dans le seul but de rester jeune, le traite de malotru. Mais Lancaster ne cède pas et veut reprendre.

Notarianni soutient que Visconti a également proféré devant toute l'équipe que Lancaster n'était pas un prince mais un simple cow-boy du Texas. C'est ce qu'il avait voulu lui dire la première fois qu'il l'avait eu en face de lui à son arrivée en Italie. Comme bien souvent, cette altercation aura servi à crever l'abcès.

En réalité, leurs différends sont déjà aplanis. Lancaster fait un merveilleux Don Fabrizio et son professionnalisme le pousse même à ne pas faire cas de sa douleur au genou. Visconti est très content de la façon dont les choses ont tourné avec le désormais ex-cow-boy texan.

De fait, c'est à partir de ce moment-là que les rapports entre les deux ont changé. Ils se rapprochent enfin et Visconti l'invite à dîner. Bien des années après, leurs liens seront si forts que Lancaster se libérera pour tourner dans un autre film de Visconti, malade. Encore une fois, il interprétera un personnage autobiographique, transposé cette fois dans *Violence et Passion*[52]. En outre, Lancaster promettait à Visconti que, s'il lui arrivait quelque chose durant le tournage, il terminerait le film à sa place.

Au journal du soir, la nouvelle tombe : Marcello Mastroianni a eu un accident de voiture. On est très inquiet, on essaie de le joindre au téléphone chez lui, mais personne ne répond. La journée s'achève mais à la sortie du studio le personnel du film est soucieux.

Le lendemain matin, Mastroianni se pointe sur le plateau un bandage autour du crâne. L'équipe est blême. Marcello doit tourner avec Claudia Cardinale la scène dans laquelle ils sortent du cinéma avant de s'engouffrer dans une voiture. Problème : c'est (ou ce devait être) le dernier jour de tournage de Claudia. Demain, elle sera à Palerme.

Surtout, vu l'état de Mastroianni, personne ne sait dans

combien de temps il pourra revenir sur le tournage. Le premier réflexe est de n'en rien dire au réalisateur (c'est souvent le cas au cinéma, comme si cela pouvait résoudre les problèmes). Sauf que personne ne peut empêcher Mastroianni d'aller trouver Fellini, celui-là n'ayant pas du tout l'intention de cacher quoi que ce soit à celui-ci. Dès qu'il le voit, Fellini s'inquiète : mais qu'est-ce qu'il t'est arrivé ? Devant son ami désespéré, Mastroianni arrache les bandelettes. C'était une blague. Tout le monde a mordu à l'hameçon.

L'homme victime de l'accident s'appelait Marcello Mastroianni, un homonyme. Marcello n'avait pas répondu au téléphone de toute la nuit, imaginant déjà son canular.

Cette histoire fait bien marrer Fellini, devant une tablée improvisée sur le plateau durant une pause. Un membre de l'équipe, né en Tunisie comme Claudia, a commandé du couscous, on a organisé une petite fête, c'est leur façon de dire au revoir à l'actrice. Fellini se sert copieusement. Mastroianni s'assoit à côté de lui et lui affirme qu'il n'a pas faim. Quelques jours auparavant, ils étaient allés dîner ensemble dans un restaurant où on servait des *rigatoni* et Fellini n'avait pas cessé de lui demander : « Qu'est-ce que t'en penses, ils sont bons, non ? » À quoi Mastroianni répondait, lugubre : « Je ne sais pas, je n'y ai pas touché. – Pas un ? – Non, pas un seul. »

Anouk Aimée est de la partie, mais elle ne peut rester longtemps parce qu'elle a laissé sa fille dans sa chambre et n'aime pas la savoir seule. Trois minutes plus tard, l'enfant est à table avec l'équipe, on est parti la chercher. On mange sur le plateau, il fait nuit, on n'y voit pas grand-chose. Il suffit d'un instant pour que les phares d'une voiture illuminent l'assemblée. Ainsi va la vie sur un tournage, on devance toujours les souhaits et les désirs du réalisateur.

Quand, soudain, Lancaster comprit.

Il le dit un jour à Piero Tosi. Il demandait sans cesse à Luchino de l'aider à s'approprier son personnage, il le cherchait partout, par tous les moyens, jusque sous les traits des aristocrates siciliens, « alors qu'il était juste devant moi ». Visconti et Don Fabrizio ne font qu'un.

À partir de là, Lancaster se met à observer le réalisateur et comprend qu'il présente toutes les caractéristiques de l'aristocrate confronté à un monde en pleine mutation. Il se met à imiter jusqu'à sa façon de marcher. Tout à coup, le personnage de Don Fabrizio se précise. Lancaster n'est plus cet acteur qui interprète Salina, il devient le prince de Salina.

Ce n'est pas tout. L'intuition de Lancaster va au-delà de son travail sur le personnage, il sent qu'il se passe quelque chose d'essentiel. Ce n'est pas tant qu'il voit Don Fabrizio comme le double de Visconti, mais il perçoit que ce dernier éprouve toujours davantage, jour après jour, la sensation d'être le reflet de Don Fabrizio. Il se rend compte que le monde que Visconti filme est le sien, il filme sa vie, ses intérieurs, ses tableaux, ses tapis, ses luminaires, ses manières et les réceptions qu'organisait sa famille. On fabrique un film qui parle de lui. Peu à peu, à mesure que le tournage avance, avec la longue séquence du bal en apothéose, Lancaster sent que Visconti se désintéresse de sa mission politique et qu'il rejoint l'univers proustien du milieu dont il vient, celui de son enfance quand, durant les longues soirées de fête, il regardait par le trou de la serrure les couples danser sur le parquet défraîchi.

Il ne va pas renier sa mission politique mais plutôt la mettre à distance, la placer en arrière-champ, parce qu'il se révèle à lui-même.

C'est là que Burt Lancaster l'attend.

Le cow-boy qui avait tout compris en l'observant, empruntant ses airs mélancoliques d'aristocrate, imitant son imposante démarche, se sent petit à petit plus à son aise dans ce monde qui lui est tellement étranger. Pour sa part, Visconti, scrutant son acteur au beau milieu de ce monde reconstitué qu'il avait connu enfant, peut s'abandonner à son film exactement comme, sans doute, Tomasi s'était laissé aller à raconter l'histoire de son aïeul en s'identifiant à Don Fabrizio.

Ainsi, la grandeur du *Guépard* (et non sa majesté qui était prévisible) se matérialise d'autant plus et mieux que Visconti se déleste de sa charge politique en allant à sa propre rencontre.

Tout cela saute aux yeux dans la longue séquence du bal. Or, avant celle-ci, d'autres exemples du travail de Visconti trahissent son identification en cours avec le prince de Salina. Presque toujours, sans avoir besoin de toucher au scénario, juste en opérant au cœur d'une séquence, comme cette fois où il tourne dans l'observatoire astronomique du palais des Salina, où il va ajouter une scène qui n'est empruntée au livre que pour moitié. Il s'agit pour le père

Pirrone d'inciter Don Fabrizio, qui renâcle, à se confesser, étant donné qu'il fréquente une prostituée. (Précisons qu'il a fallu pour construire l'observatoire une structure extérieure à la villa dans laquelle on tournait, et meubler entièrement la pièce fabriquée expressément pour cette scène.)

Autre exemple encore plus évident, mais aussi paradoxal et impressionnant, celui de la scène la plus explicitement politique, dans laquelle le chevalier Chevalley demande à Don Fabrizio s'il accepterait de siéger au Parlement de l'Italie unifiée. Visconti et Lancaster prêtent au prince une mélancolie naturelle, une manière d'être hors du monde (et de la politique), une sincérité qui ne peut être que celle d'un homme et d'une période qui approchent de leur fin.

Le dialogue est politique, comme dans le livre. Mais, comme dans le livre, il exprime une affliction toute personnelle. Don Fabrizio ne s'adresse pas à Chevalley mais à lui-même.

Chevalley a été mandaté pour demander en toute confidentialité si la proposition siérait au prince, lequel l'écoute, absorbé par ses pensées, réfléchissant davantage qu'il ne prête attention à la question qu'on vient de lui poser. Lancaster est parfait. On le dirait presque somnolent tandis que le Piémontais s'agite. Le prince lui demande en quoi consiste, au juste, la fonction d'un sénateur, comme s'il n'en savait rien. Le dialogue est très similaire à celui du livre. Chevalley lui dit qu'il pourra faire entendre la voix de son beau pays.

Don Fabrizio refuse. Par dignité mais aussi par cohérence. Il s'explique : « J'ai parlé d'*adhésion*, je n'ai pas parlé de *participation*. [...] Je ne me fais absolument aucune illusion, qu'est-ce que le Sénat ferait de quelqu'un comme moi ? » Il se dit le représentant de l'ancienne classe dominante mais il se sent surtout intimement peu concerné par la suite des événements. Il a délégué cet avenir à son neveu et à Angelica, c'est bien suffisant. L'homme, en tant que membre de la noblesse, se sent étranger à tout cela. Son discours est éminemment personnel, et Lancaster et Visconti lui confèrent un ton sévère, désenchanté. Dans le livre comme dans la prestation de l'acteur et dans la mise en scène, l'accent est mis à la fois sur la question posée et sur le détachement dont il fait preuve vis-à-vis de celle-ci, ce qui rend Don Fabrizio d'autant plus solitaire et décadent. Il prend son temps pour répondre, pensif. Il se lève, va à la fenêtre, son regard se perd sur la route au loin, il réfléchit. Il n'est ni pour ni contre. Il est cet homme qui se dirige lentement vers la mort. De plus, il fait une description impitoyable, amère et malgré tout enflammée de sa terre natale.

« Nous sommes vieux, Chevalley. » Il fait allusion à la Sicile et à lui-même. « Nous sommes fatigués et vidés, épuisés. »

Visconti, par le truchement de Lancaster, affirme subtilement que son appartenance à cette ancienne classe, épuisée, a désormais autant d'importance que son engagement politique. Il est lui-même un aristocrate, il est surtout cela, et ce film lui sert de révélateur. Il parle de son rapport à la société, non de ce qu'il en laisse transparaître mais plutôt en termes d'héritage ancestral. Visconti donne l'impression que son engagement politique faiblissait à mesure que la nostalgie l'envahissait. En lisant de cours passages du roman sur le plateau, comme il le faisait souvent, puis relevant la tête pour contempler le monde tel qu'il l'avait recréé, il semblait happé par ses souvenirs. De surcroît, son acteur, non content d'interpréter un prince, lui renvoie sa propre image sans aucun scrupule. Le sens des dialogues prend de l'épaisseur, ils revêtent une signification plus personnelle. « Chez nous, chaque manifestation, même la plus violente, est une aspiration à l'oubli [...] nos coups de fusils ou de couteaux sont des désirs de mort. Notre paresse, la saveur sucrée de nos sorbets, un désir de voluptueuse immobilité, c'est-à-dire, encore une fois, de mort. »

Don Fabrizio ne s'adresse pas à Chevalley, il fait essentiellement entendre sa voix intérieure. À cet instant, le Fabrizio de Visconti et le Guido de Fellini n'ont jamais été si proches. L'exigence politique du film se mélange sans cesse avec son angoisse existentielle. Don Fabrizio est seul, perdu, vieux ; il se parle à lui-même et s'adresse au pays. Il se distingue également des gens de sa classe, de sa ville : il ne se sent pas chez lui, y compris au milieu des nobles siciliens, comme cela se voit lors du bal. Dans *Le Guépard*, il est possible que Visconti mêle à la désillusion de Don Fabrizio vis-à-vis de l'Italie unifiée sa propre désillusion vis-à-vis de son engagement politique.

Les bouts d'essai par lesquels le tournage du film avait démarré, auditions de celles et ceux qui auraient dû jouer dans le film de Guido les personnages de sa vie (des personnages de la vie de Fellini interprétés par des acteurs qui jouent des personnages dans le film de Fellini, à commencer par Guido que Mastroianni interprète), joueront en fait un rôle dans le film de Fellini. Par la suite, il serait question d'un réalisateur qui veut mettre en scène un film sans y arriver (exactement ce que tente de faire Fellini en nous montrant Guido se débattant avec un film qu'il n'arrive pas à faire), et voilà que ces mêmes bouts d'essai sont projetés, durant une scène du film, dans un cinéma où sont invités à les visionner Guido, son producteur, d'autres membres de l'équipe, mais aussi l'épouse de Guido, son amie Rossella et d'autres proches encore.

La femme de Guido, interprétée par Anouk Aimée,

regarde donc les auditions qu'il a fait passer à des actrices qui – dans le film ! – doivent interpréter sa femme. Exactement comme Giulietta Masina a vu Anouk Aimée interpréter la femme de Guido, alter ego de Fellini, dans le film de son mari. D'ailleurs, Luisa en est bouleversée, elle est mal à l'aise en écoutant les dialogues de ces auditions, gênée d'assister aux essais de celles qui auraient dû interpréter Carla car, pour elle, Carla est un personnage de sa vie (inventée par Fellini pour le film) et la maîtresse de Guido, son mari. Et voilà qu'à l'écran, des actrices auditionnent pour interpréter les personnages de la vie de Guido, sa femme et Carla, qui à leur tour deviennent des personnages de la vie de Fellini qui, à travers *Huit et demi,* essaie, se permet, libéré des règles artistiques de la fiction, de se mettre en scène personnellement.

Par conséquent, comme pour les personnages filmés dans la salle de cinéma qui se reconnaissent à l'écran à travers les acteurs passant des auditions, il va de soi que des personnes bien réelles puissent se reconnaître dans les personnages fictifs de *Huit et demi.*

Prenons la Saraghina. N'importe quel membre de l'équipe ayant participé au travail préparatoire du film, par exemple l'assistante-réalisatrice qui n'est autre que la future réalisatrice Lina Wertmüller, a assisté aux auditions de Fellini pour l'attribution du rôle de la Saraghina. Comme ont été visionnées les prises de vue des tout premiers jours de *Huit et demi* qui consistaient à filmer des auditions destinées à être utilisées dans une séquence ultérieure. Ce qui fait qu'on auditionnait des actrices pour le rôle de la Saraghina. Or, maintenant, dans la salle de cinéma, ces bouts d'essai sont à nouveau projetés durant les premiers jours du tournage du film de Guido à l'intérieur du film de Fellini, pour qu'il choisisse enfin qui interprétera la

Saraghina, personnage inventé par Fellini pour le film de Guido et joué par l'actrice américaine Eddra Gale (qui, avant ce film, était en réalité une mezzo-soprano), à partir de la figure de la Saraghina que Fellini a véritablement connue durant son adolescence à Rimini.

Le Guépard et *Huit et demi* sont tous deux autobiographiques.

Ce véritable apparentement qui se vérifiera tout à la fin n'en était pas un, au début. Il est tout à fait fascinant de constater que leur point commun se situe à leur point d'arrivée, car il semblerait que les deux films soient la négation l'un de l'autre, tandis qu'au contraire ce sont les films les plus intimistes des deux réalisateurs. Et si, dans *Huit et demi*, l'autobiographie est plus débridée, dans *Le Guépard* la conclusion est plus surprenante car elle débouche sur une révélation.

Il en va de même pour Mastroianni et Lancaster, deux acteurs totalement différents, engagés pour des raisons tout aussi différentes, Mastroianni parce que Fellini ne peut s'identifier qu'à lui et Lancaster parce que Visconti n'a pas le choix. L'un est le double de Fellini, l'autre de Visconti.

Huit et demi est un film autobiographique alambiqué, radical et complexe. La séquence des bouts d'essai, nodale, en est la preuve formelle par l'exemple. La séquence du harem n'en est que l'aspect le plus trivial qui s'impose à tous crûment, mais sa force réside dans le courage qu'il a fallu pour la réaliser, la rendre possible, mais encore fallait-il la rendre recevable. Dans cette séquence, Fellini fait coexister une projection de lui-même et de ses proches, ses désirs les plus indicibles et sa propension à l'autodérision et à se trouver des excuses.

Mais le film autobiographique le plus étonnant est *Le Guépard*.

Du scénario tel qu'il est arrivé sur le plateau de Visconti à la version finale présentée à Cannes après sa sortie, le film a connu des coupes et des modifications qui ont transformé son propos politique initial en œuvre plus personnelle, Visconti et ses scénaristes ayant changé de direction en cours de route. Cette évolution, au fond, a été effectuée pas à pas par Visconti durant le tournage. Que s'est-il passé ? En regardant le film, sa scénographie, en s'y immergeant, en examinant les costumes, le mode de vie et le monde qu'il décrit, Visconti s'est petit à petit rendu compte que cet univers lui était familier. Il y a vu l'histoire de sa famille et, bien sûr, la sienne.

Quand Burt Lancaster comprend qu'il doit prendre modèle sur Visconti pour trouver comment interpréter Don Fabrizio, il saisit avant même Visconti la nature profonde du film ; c'est-à-dire qu'il devine dans quelle direction le film doit aller. C'est fort intéressant parce que cela inverse les relations de frustration conflictuelles qui étaient celles de Lancaster et Visconti, lesquels vont ensuite se lier d'amitié. Tout laisse penser dans cette histoire que Visconti aurait été tenté de refouler une chose que personne n'a vue venir : Visconti voyait en Lancaster un cow-boy texan mais, bien évidemment, il avait aussi pressenti que ce grand acteur constituait un danger si jamais il parvenait à percer à jour des questions plus intimes et dévastatrices.

Visconti se reconnaissant peut-être dans la figure de Don Fabrizio (mais aussi dans le portrait de famille qu'il dépeignait dans tout le film) commence lui aussi à comprendre qu'il y a un fond plus personnel et intime, beaucoup plus important que l'opération littéraire, historique et politique à laquelle il doit se livrer. Une opération qui ne consiste pas à retrancher quoi que ce soit à l'histoire mais à la transformer. C'est-à-dire qu'au fil du temps, cette opération l'intéresse bien moins que le déclin de l'aristocratie ou la mélancolie que génère un monde en pleine mutation, ainsi que la personnalité de Don Fabrizio qui, par ailleurs, était réellement le grand-oncle de Tomasi, auquel ce dernier s'identifiait totalement. C'est même pour cette raison que Tomasi di Lampedusa écrivit ce roman historique, en avançant masqué derrière Don Fabrizio et son ancêtre pour mieux se raconter lui-même. Ce que finira par faire Visconti à son tour en dressant le portrait de ce Don Fabrizio, lequel est donc un portrait de Tomasi, en y mêlant sa propre histoire au point de réorienter tout le film vers sa personne.

Il se passe donc exactement le même phénomène que dans la séquence de la projection des auditions dans *Huit et demi*.

Il en résulte que toutes les requêtes que lui avaient plus ou moins clairement adressées, avant même qu'il ne réalise *Le Guépard*, ses amis marxistes, en premier lieu Antonello Trombadori, et avec lui le Parti communiste, Togliatti ou Aristarco, ne sont pas satisfaites ou sont mises de côté, même si tous, Visconti le premier, tenteront ensuite par tous les moyens de les réintégrer. Mais ce n'est pas ce qui intéresse vraiment Visconti. Son vœu est de réaliser une autobiographie extrêmement personnelle exécutée à travers un grand roman et un grand film, tout en feignant de faire l'inverse. Fellini fait le contraire : son autobiographie ne souffre aucune ambiguïté et révèle totalement sa personnalité, sans aucune pudeur.

Ces deux autobiographies nous disent que vie et littérature sont indissociables. Exactement comme on ne peut séparer ce qui se passe sur un tournage de ce qui se passe en dehors. C'est pour cela que ce qui arrive sur un plateau ou dans la vie doit être raconté comme un tout qui fait sens (c'est particulièrement évident dans *Huit et demi*). Le voudrait-on qu'on ne pourrait séparer la fiction du réel. *Le Guépard* démontre également la validité de cette théorie. Voilà ce que semble nous dire Visconti : j'accepte de tourner un film qui théoriquement s'inspire d'un roman dont je me sens très éloigné mais je m'y engage uniquement pour des raisons politiques. Je m'en saisis mais, toujours pour des raisons politiques parce qu'il y aurait comme un vice de forme idéologique dans ce livre, je vais me concentrer sur cette anomalie pour essayer de l'expliciter. Petit à petit, sournoisement, des profondeurs du *Guépard*, tout ce qui me constitue, me ressemble, me remonte à la figure, dont cet aristocrate décadent et confus qui observe autour de lui un monde en plein bouleversement et se sent donc lui-même obligé de changer.

On comprend mieux pourquoi l'enthousiasme de la gauche avant le tournage a fait place à un malaise, jusqu'à réduire certains au silence, une fois le film achevé.

Cette fois encore, la réaction de Guido Aristarco est emblématique (il est important ici de rappeler qu'il a inspiré le personnage du critique de cinéma de *Huit et demi*). Il se déclare, avant et pendant le tournage, convaincu de la grandeur du film sur le point d'être réalisé. Il dit que Visconti lui donnera une vision historique très différente de celle du roman, qu'il rejettera son conservatisme. Il affirme même qu'on trouvera dans le film « une plus large dimension historique qui en vérité fait défaut au roman ».

Il faudra longtemps avant qu'Aristarco déclare quoi que ce soit après la sortie du film. Visconti a trahi ses attentes (heureusement), il a modifié son film au cours du tournage.

Les scénaristes qui l'entourent sont ses complices ainsi que le producteur qui, au fond, tenait plutôt à ce que le film respecte l'œuvre littéraire.

Lentement, Visconti s'est attaché au roman, même sur le plateau. Un exemplaire figurait en permanence dans ses mains ou celles de ses assistants, manière on ne peut plus claire de signifier combien la partie la plus personnelle du film, ainsi que le portrait du personnage principal, avait pris le dessus sur toute autre considération.

Fellini a vraiment su ce qu'il faisait uniquement en tournant son film, c'est patent. Il n'avait pas achevé de le bâtir, le film lui échappait, il ne savait pas trop comment l'aborder, et puis, chemin faisant, il lui est apparu de plus en plus clairement.

Certains acteurs ou techniciens de l'équipe ont raconté la mélancolie toute particulière qui s'emparait de Visconti quand il soignait les détails d'une scène, d'un costume, d'une situation. Il semblait être revenu chez lui, avoir retrouvé le temps de son enfance (même si pour ce qui est du film il s'agissait de l'aristocratie sicilienne du XIXe siècle). On eût dit que le cinéma et tout ce qu'il avait pu faire depuis qu'il avait quitté la maison familiale avaient disparu avec elle et qu'il la redécouvrait. Dans le regard de l'enfant qu'il avait été, Don Fabrizio pouvait tout aussi bien ressembler à son père qu'à lui-même, mais cela n'a peut-être pas vraiment d'importance. Il retrouvait l'atmosphère dans laquelle il était né, avait grandi et qu'il avait fuie, mais où, juste une fois, il lui avait été donné de revenir. Ce que l'on a reproché au départ à Fellini, d'avoir accouché d'un film intimiste, autobiographique, sans tenir compte des problèmes sociaux et politiques qu'il posait (c'est d'ailleurs exactement et clairement ce que Fellini voulait faire), est également ce qui arrive chemin faisant à Visconti. On peut affirmer que Visconti s'est plus identifié à Don Fabrizio (ou s'est senti comme son fils, ce qui revient au même) que Tomasi di Lampedusa lui-même ne l'a fait. On peut se demander si c'est ou non paradoxal, mais ce qui est sûr, c'est qu'en dépit de toutes les motivations politiques qui ont présidé au choix du *Guépard*, puis aux versions successives du scénario, Visconti a tempéré ou abandonné en route son militantisme communiste pour se confronter à l'invitation (voire à la nostalgie) que pouvait représenter l'aristocratie.

Dorénavant, à partir de ces deux films, Visconti comme Fellini ne parleront plus que d'eux-mêmes, suivant le modèle qu'ils viennent d'inaugurer. Visconti par l'intermédiaire de personnages pris dans un cadre aristocratique (*Ludwig*, *Mort à Venise*, *Violence et Passion*...) et Fellini en abandonnant l'autobiographie utopique basée sur des histoires vraies, comme dans *Les Vitelloni* ou *La Strada*, pour aller creuser davantage dans son inconscient. Cependant, dans leur aspect autobiographique, ces deux films sont les plus aboutis et les plus impressionnants de par leur construction, et les deux réalisateurs ne cesseront par la suite de faire du cinéma selon l'idée très personnelle qu'ils en ont. Visconti est à la recherche de ses origines, il ne regarde donc plus devant lui mais en arrière, tandis que Fellini donne corps à chacun de ses troubles intérieurs mais aussi à son inconscient, y compris dans des films tirés d'œuvres écrites par d'autres. Comme si le cinéma devenait une nouvelle façon de s'exprimer à la première personne. Pratiquement tous ses films suivants traiteront de ses obsessions personnelles.

Cela dit, l'inconscient ne travaille pas que Fellini. Il est assez clair qu'il remonte à la surface, par touches, quand

Visconti, sur un plateau, se sent en accord avec ce qu'il met en scène. Passer son temps à reconstruire le monde aristocratique le met dans des dispositions hors du commun, comme quelqu'un qui retrouverait soudain la mémoire. Plus il le reconstruit, plus il le cherche. Ainsi de Visconti et de Don Fabrizio qui, se rejoignant, partagent un même destin, de la même manière que le livre et le film se confondent. Pour un film qui n'avait au départ aucune ambition autobiographique, le résultat est vraiment stupéfiant. Et n'aurait pas été le même sans l'entremise d'un acteur qui a décidé d'observer et d'imiter Visconti. Peu importe lequel des deux a initié ce prodige mais il ne fait aucun doute qu'ils se sont inspirés l'un l'autre, semaine après semaine, jusqu'à atteindre ce sommet de perfection qu'est la séquence du bal. C'est encore plus sidérant quand on repense au scepticisme (mais c'était davantage que du scepticisme) de Visconti à l'égard de Burt Lancaster fraîchement débarqué à Rome. Le romancier américain Gore Vidal résuma la chose ainsi : « Burt était habitué à prononcer des phrases du genre "Les mains en l'air, que je les voie bien" ou "Jette ton revolver devant toi" », avant que l'acteur et le réalisateur ne deviennent le miroir l'un de l'autre. Je voudrais ajouter un élément particulièrement étonnant. Visconti et Burt Lancaster ont découvert à la fin du tournage qu'ils étaient nés à la même date. Ce jour de novembre, ils s'échangèrent des cadeaux, eux aussi très similaires. Visconti offrit à Lancaster une toile de Guttuso et Lancaster offrit à Visconti une toile de Guttuso.

Au fond, le destin unique de l'acteur et du réalisateur rejoint celui de Fellini avec Guido. Il se manifeste dès la conception du film, bien avant que Fellini veuille faire de Guido un cinéaste.

Un même titre aurait parfaitement convenu aux deux films : *À la recherche du temps perdu.*

L'étape décisive, celle qui a fait de *Huit et demi* ce qu'il est, qui donne au film tout son sens, a été franchie seulement quelques semaines avant le tournage, quand Fellini a fait de son personnage principal un réalisateur. Mais il n'y a pas que ça. Comme dans ce que l'on appelle l'« autofiction », une relation étroite entre le personnage mis en scène et l'auteur véritable est indispensable pour démultiplier la puissance du signifié. Un film avec Guido mais sans Fellini à la barre perdrait une grande part de sa force expressive. Réunir Fellini et Guido implique que ce que Fellini raconte à Guido *est vrai*, au sens d'authentique. Tout ne s'est pas passé exactement comme dans le film mais Guido est l'expression d'une profonde vérité. Quand on voit le film, si on ne prête pas à Guido la quête de vérité transmise par Fellini, le propos perd une bonne partie de sa force. *Huit et demi* n'est pas ce qu'il est uniquement pour ce qu'il raconte, mais aussi pour celui qui le raconte et dans la façon dont les deux se rejoignent.

En cela, c'est une œuvre sur le dédoublement. Fellini ne sait pas quel film faire, alors il fait un film sur un réalisateur qui ne sait pas quel film faire. Ce qui implique que Fellini comme Guido sont obnubilés par la même chose. Fellini fournit à Guido quantité d'informations sur ce qu'il a de plus intime : son narcissisme, son indécision, sa vie chaotique, ses obsessions sexuelles et religieuses, mais surtout cette espérance vaine (et merveilleuse) de voir tous ses problèmes résolus d'un coup d'un seul sans avoir rien à faire. Tout ce que Fellini est, ou craint d'être, voire tout ce qui peut être discutable, est injecté dans le film. Quand il filme l'équipe de tournage et les amis du réalisateur qui assistent à la projection des auditions, un personnage susurre : « Il joue sa vie. » À ce moment précis, plus rien ne sépare Fellini de Guido.

Le 13 novembre 2019, jour où j'ai rencontré Claudia Cardinale, l'atmosphère à Paris était un peu particulière parce que c'était la date anniversaire des attentats du Bataclan.

Pendant que j'écrivais ce livre, celui d'Emmanuel Carrère, *Yoga*[53], sortait en Italie. Il a pour sujet un autre événement tragique contemporain, l'attentat contre *Charlie Hebdo*. Comme cela arrive souvent aux auteurs à succès, quand un énième livre paraît, on entend dire que le texte n'est pas aussi bon que les précédents, que l'auteur a un peu de mal à se renouveler. Fellini et Visconti sont passés par là.

Quand j'ai commencé la lecture de *Yoga*, livre que j'ai trouvé non seulement très bon mais important, j'y ai vu progressivement mais très clairement un lien direct avec *Huit et demi* ; surtout, il parvenait à m'expliquer quelle est la caractéristique la plus saillante de *Huit et demi*. Soit l'énergie vitale qu'il dégage.

Yoga raconte une histoire plus dramatique. Il parle d'une violente dépression, de la tentation du suicide, du mal-être, mais en réalité on y puise une vitalité débordante, une incompréhensible faculté à se relever. Finalement, tout en lisant *Yoga*, je me suis dit que ce n'était pas un livre sur le mal de vivre mais sur notre obstination à vouloir absolument nous sentir bien dans notre peau.

Tout aussi incompréhensiblement, le secret de *Huit et demi* réside dans son exubérante vitalité. Comment est-il possible que l'histoire d'un homme qui ne sait plus où il en est, pour qui rien ne va, qui se défile en permanence, aboutisse à un film dont la caractéristique première est l'énergie qu'il dégage et dont on sort avec une folle envie de s'accrocher à l'existence ? Cet élément fondamental de *Huit et demi* est aussi son mystère le plus obscur. Le film ne fait état d'aucun courage mais d'un manque de courage, il ne parle pas d'énergie vitale mais du manque de vitalité. Tous les personnages, pris un à un, sont angoissés, perdus, tristes, pathétiques. C'est bien là le thème du film : leur confusion désespérée, leur impuissance. Et pourtant il en ressort un film extrêmement stimulant qui vous procure une douce joie de vivre.

« Quarante-trois ans, ce n'est pas un âge précoce pour faire le bilan de sa vie. Ce film, justement, m'a fait beaucoup de bien : je me sens maintenant libéré, j'ai une très grande envie de travailler. C'est un film testament, tu as raison, et pourtant il ne m'a pas vidé. Au contraire, j'en sors enrichi. Si cela ne tenait qu'à moi, j'en referais bien un autre dès demain matin. Vraiment. Je voudrais que cette sensation libératrice puisse se transmettre au spectateur, qu'après l'avoir vu les gens se sentent plus libres, qu'ils se projettent dans quelque chose de joyeux. »

Ce que Fellini désire que les gens éprouvent est effectivement ce que les gens éprouvent. Comment un film qui raconte la vie d'un homme confus, perdu, blasé, qui dégage tant de tristesse, parvient-il à procurer autant de joie de vivre ?

Dans *Le Guépard*, Tomasi fait dire à Don Fabrizio découvrant les sentiments de sa fille : « La princesse est fatiguée. Elle dort et je ne l'ai pas vue. » Il s'agit de la jeune Concetta, qui est amoureuse. « Un homme de quarante-cinq ans peut se croire encore jeune jusqu'à ce qu'il s'aperçoive qu'il a des enfants en âge d'aimer. » Le prince se sentit vieillir d'un coup.

Au fond, *Huit et demi*, quand il s'intéresse à l'amour, est un aveu d'impuissance face à la perte de tout désir.

Il s'agit donc d'un film qui met en scène en permanence le contraire de ce que l'on voit à l'écran. C'est l'histoire d'un quarantenaire, dans la force de l'âge, qui se demande si toute sa vie ne va pas s'écrouler. Du début à la fin, le film est hanté par la réflexion mélancolique d'un homme comblé, qui a déjà obtenu quasiment tout ce qu'il pouvait espérer de la vie, qui est en communion avec le monde tel qu'il est mais pressent malgré tout qu'il va lui échapper. Le film décrit combien l'on peut se sentir perdu dans ce monde. Et pourtant (et pourtant !), il y a bien une solution. Elle consiste à demander l'absolution. En nous prenant à témoin, Fellini nous supplie de croire avec lui que tout cela ne porte pas à conséquence, et c'est ainsi que le film parvient à dégager une énergie si impudiquement vitale, au point de nous attendrir. Peut-être que, tout simplement, cette joyeuse force vitale provient de cette requête. Car si nos gestes, actions ou propos étaient sans conséquence, si les conséquences de tout notre passé n'existaient plus, alors, la mort n'existerait plus non plus.

Dans un documentaire, Fellini utilise cette formule : « La vitale confusion de la vie. » Une autre fois, à Georges Simenon qui l'interviewe, il dit : « En fin de compte, vous et moi, nous n'avons raconté que des échecs. Mais je crois que c'est la fonction de l'art que de transformer un échec en victoire, la tristesse en bonheur. »

Voilà, c'est tout à fait ça, « la vitale confusion de la vie ». *Huit et demi* opère le miracle de la vitalité. Et *Yoga* donne une explication à cet instinct de vie, même s'il parle de quelqu'un qui va vraiment très mal. C'est un livre sur ce qui nous pousse à nous accrocher à la vie, à tout prix.

Cette volonté farouche de se sentir bien est très forte quand on regarde *Huit et demi* comme quand on lit *Yoga*. En ce qui me concerne, je possède cette force vitale. En effet, *Huit et demi* est le film de ma vie, mais d'une façon bien plus inconsciente que ce que j'aurais cru, justement : il est en rapport avec mon obstination à vouloir me sentir bien. Et *Yoga* est parvenu à me le faire comprendre, en éclairant ma pensée d'adulte. Car je n'étais qu'un enfant lorsque je me suis agrippé à *Huit et demi.* Pour moi, ce n'était qu'une histoire de volonté, de créativité, j'ai toujours pensé que ce film serait essentiel pour définir mon rapport à la créativité et, effectivement, par la suite, j'ai écrit des livres épousant ce mode de pensée et de structure.

Sinon, à part cette énergie vitale, qu'y aurait-il d'autre derrière cette idée que tout doit changer pour que rien ne change ? Le dynamisme du nouveau pouvoir que représente la petite bourgeoisie, sa volonté de bâtir un nouvel État, la sensualité d'Angelica, le faste des demeures, des bijoux, et la sueur des danseurs au cours d'un bal pour mieux résister à la vie qui change.

« La vie est une fête », dit Guido.

Huit et demi m'a amené à faire de la littérature.

Le Guépard m'a amené à faire du cinéma.

Tous les livres que j'ai écrits relèvent de l'autobiographie ou de l'autofiction ou, disons, empruntent à cette façon de faire. Je ne manque pas de maîtres en littérature mais je peux affirmer sans hésitation que *Huit et demi* a plus que déterminé l'idée que je me fais de la littérature. Le film m'a influencé jusque dans les thèmes qu'il aborde, voire dans ma recherche têtue de son énergie vitale. Peu importe ici ce que valent mes livres ou que cette énergie y soit vraiment perceptible. Peu importe également de savoir jusqu'à quel point je m'en sois rendu compte. Mais à partir de *Huit et demi* et des innombrables visionnages que je m'en suis fait quand j'étais enfant à l'époque où mon frère m'appelait « Fellini », j'ai eu l'envie ou le désir de m'exprimer.

Quand ensuite j'ai commencé à écrire pour le cinéma, les deux méthodes d'écriture – littérature et cinéma – se sont immédiatement imposées à moi, elles ont coexisté selon des cycles d'une durée variable, une année, une semaine ou un jour (le matin j'écris et l'après-midi j'assiste aux réunions où l'on discute des scènes d'un film ; ou vice versa). La principale différence entre les deux est qu'en littérature on écrit seul et au cinéma à plusieurs. Mais le point de départ, soit le point de collusion entre les deux modes d'écriture, repose aussi sur leur différence. Quand j'écris mes livres, je parle de moi, autant que l'on puisse parler de soi, rien n'est tout à fait vrai ou faux mais, globalement, pour l'essentiel, on écrit ce que l'on a vraiment envie de dire. Quand j'écris pour le cinéma, j'écris une histoire à partir de personnages pour la plupart imaginaires, lesquels sont souvent le fruit d'une obsession d'autrui, souvent (et de plus en plus, à dire vrai) tirés d'un livre. Il me semble donc que, quand j'écris un livre, je suis le mode opératoire de *Huit et demi*, et celui du *Guépard* quand j'écris un film. Des choses personnelles d'un côté, des choses qui me sont plus étrangères de l'autre.

Ce qui donne tout son sens à l'écriture d'un scénario, c'est de trouver quelque chose qui me parle dans le récit d'un autre, que je vais investir avec mes propres questionnements, en cherchant des points de jonction entre cette histoire et ma vie. Sans quoi, mon apport au scénario serait assez négligeable. Sans quoi, le désir de continuer à faire ce métier de scénariste, que par ailleurs j'adore, m'aurait quitté. En cela, quand j'écris des scénarios, je me sens plus en phase avec *Le Guépard*. Parce qu'en travaillant à l'histoire j'en ai une approche plus personnelle, à moins que cette histoire ne se rapproche de moi. Je me sens concerné. Et si je me sens concerné par l'histoire en question, il m'est impossible de ne pas m'y atteler avec la même énergie et la même volonté que celle que je déploie dans mes livres. En fin de compte, dans leur travail, tous les scénaristes ressentent ce que Visconti a vécu sur le tournage du *Guépard*. Ils comprennent qu'il y a, à l'intérieur de l'œuvre, quelque chose qui les renvoie à leurs existences, prises séparément, mais qu'à la fin le scénario se transforme en autobiographie collective. À tel point qu'ils ont invariablement la sensation que l'œuvre leur appartient. Ce sentiment d'appropriation se mêle au fil du temps à un ensemble d'expériences vécues simultanément, celles qui touchent aux réunions, aux échanges en direct avec le réalisateur, avec les autres scénaristes, puis (un peu plus indirectement) avec les autres intervenants. Ainsi, le film ou la série issus d'un scénario auquel j'ai contribué ne sont plus seulement un film ou une série mais une tranche de vie avec des lieux, des souvenirs, des éclats de rire, des tensions, faits aussi de tous ces moments passés à écrire scène après scène, et d'autres encore où l'on se met à douter sérieusement de soi. On pourrait y ajouter les événements vécus en dehors de ce cadre, les jours où l'on se sent mal, ceux où tout va bien, le jour où ma mère est morte, celui où mon fils est né, celui où j'ai eu un accident de voiture, ou passé une soirée inoubliable.

Le film sur lequel j'ai travaillé n'est donc plus ce film en question mais une période de ma vie. Et quand il m'arrive d'en voir un passage à la télé, c'est toute cette période qui défile sous mes yeux.

Je fais toujours cette lecture autobiographique d'une histoire qui au départ ne m'appartient pas. Ou, quand j'ai de la chance, et cela m'arrive souvent, je vois énormément de choses personnelles dans une histoire qui ne devrait pourtant pas être la mienne, mais qui permettent que je m'en sente proche. Cette expérience d'écriture est donc pour moi assez similaire à la rédaction d'un livre.

Voilà, tout se passe dans ce livre comme s'il s'agissait d'une autobiographie brute comme dans *Huit et demi*, tandis que les deux films, eux, seraient plutôt pour moi une autobiographie par procuration sur le modèle du *Guépard*.

Cela dit, le plus intéressant en ce qui me concerne (car une fois n'est pas coutume, cela vaut pour moi) est que ce livre est plus proche d'un scénario que d'un roman. En outre, il s'intéresse à des personnages appartenant à une période donnée de l'histoire. Avant même de commencer à l'écrire et par la suite en l'écrivant, j'ai clairement trouvé de plus en plus de bonnes raisons et de motifs convaincants pour me persuader que ce livre me concernait personnellement. Bien que très différent de mes autres textes, il est selon moi tout aussi autobiographique. Et s'il en est ainsi, c'est parce qu'il a suivi le même cheminement que *Le Guépard*, il vient de loin mais il est fondé sur des motivations propres qui se sont révélées à moi en cheminant.

Finalement, j'ai la sensation d'avoir donné naissance à un nouvel ouvrage très personnel, après avoir longtemps tergiversé.

Le premier à sortir en salles, en février, c'est *Huit et demi*. C'est la raison pour laquelle la sortie du *Guépard* est légèrement décalée. Ce qui ne veut pas dire qu'ils n'entreront pas en concurrence au box-office (à l'époque, les films restaient en salles pendant des mois, puis ils avaient droit à une deuxième diffusion, voir une troisième), mais l'idée était qu'ils ne s'affrontent pas directement. Ils n'en constituent pas moins les deux événements cinématographiques de l'année et ils ne déçoivent pas.

L'avant-première de *Huit et demi* se déroule au cinéma Fiamma, à Rome, le 13 février 1963, mais le film ne sortira officiellement que le lendemain. *La Dolce Vita* avait été projeté dans cette même salle. Tous les acteurs du film sont présents, ainsi que des amis comme Anna Magnani, Vittorio Gassman, Ugo Tognazzi, Gillo Pontecorvo ou Alessandro Blasetti. Tous sont émerveillés et déconcertés par la beauté et l'originalité du film, et particulièrement par la confession publique à laquelle s'est livré Fellini devant eux.

Pendant ce temps, le dignitaire communiste Antonello Trombadori, ami de Visconti, est envoyé en première ligne pour interviewer longuement le réalisateur, le PCI ayant décidé d'ignorer le virage intimiste que prend le film pour mettre l'accent sur les modifications apportées au roman. Le Parti décide donc de le soutenir. Il ne peut certes pas se permettre de prendre une deuxième fois ses distances avec *Le Guépard*, qui se révèle un film promis au succès. Lors d'une projection privée, Togliatti soutient Visconti et l'exhorte à ne pas écouter ceux qui lui demanderaient de raccourcir la très longue scène du bal.

Le 27 mars 1963, au cinéma Barberini, à Rome, se déroule la soirée de remise des prix du Ruban d'argent[54], et l'occasion se présente de projeter *Le Guépard* en avant-première. On avait essayé de programmer celle-ci à Palerme mais l'occasion est trop belle, Lombardo accepte.

Des projecteurs, disposés devant la fontaine du Triton, sur la place, illuminent l'entrée du cinéma. Parmi les invités, on trouve notamment Giorgio Bassani, mais aussi Guido Alberti et Barbara Steele, deux acteurs ayant joué dans *Huit et demi*. Sans oublier Claudia Cardinale, rayonnante. Burt Lancaster, qui avait annoncé sa venue avec enthousiasme, est bloqué aux États-Unis par une hépatite. Delon n'est pas là non plus, sans que personne sache pourquoi. La remise des prix commence. Sont récompensés ex aequo *La Bataille de Naples* de Nanni Loy, produit par la Titanus, et *Salvatore Giuliano* de Francesco Rosi. Lombardo reçoit en sus un prix en tant que producteur. Lancaster passe un coup de fil à Visconti pour lui souhaiter bonne chance, les lumières s'éteignent, la projection démarre. Par dix fois des applaudissements retentissent dans la salle, le générique de fin défilera devant un public debout pour une ovation que les journaux décriront comme inoubliable. Le film avait déjà été projeté dans l'après-midi pour les critiques, de façon qu'ils puissent écrire leurs articles avant la sortie en salles, prévue deux jours plus tard. Globalement, on parle de « chef-d'œuvre qui passera à la postérité », d'un « film plus beau que le roman » et de « l'extraordinaire prestation de Burt Lancaster ».

Les deux films génèrent d'importantes recettes. *Le Guépard* établira le record d'entrées payantes sur l'année. Dès le premier week-end, il rapporte le double de *Rocco et ses frères*, et trois fois plus que *Huit et demi*. La recette atteindra le milliard de lires uniquement en première diffusion. *Huit et demi* n'égalera certes pas les fabuleuses rentrées de *La Dolce Vita* mais se placera tout de même à la troisième place des films italiens les plus vus de la saison, derrière *Le Fanfaron*. À la quatrième place, on trouve *Mafioso*, le film avec Sordi tourné au même moment que *Le Guépard*.

Considérant la facture très personnelle du film, le score de *Huit et demi* surprend. *Le Guépard*, lui, dépasse toutes les prévisions.

En mai, les deux sont présentés à Cannes. *Huit et demi* ne figure pas dans la sélection officielle, tandis que *Le Guépard* est projeté juste avant la clôture du festival. Le film de Visconti est favori pour la Palme d'or, ne serait-ce que pour l'accueil reçu en Italie et l'enthousiasme qu'il suscite auprès du public comme lors des projections privées à destination de la critique. Il s'impose immédiatement. Visconti, désormais habitué à voir ses espoirs déçus, fera ce commentaire après avoir remporté le prix : « Je ne suis pas deuxième. »

La photo dont tout le monde se souvient, à Cannes, est celle de Visconti, Lancaster et Cardinale avec un guépard en laisse. Lucherini, l'attaché de presse, a eu cette idée à l'improviste. Entendant qu'un cirque se trouvait dans les environs, il loue un léopard, une race proche du guépard, le fait droguer pour l'abrutir afin que Claudia Cardinale puisse le promener sur la Croisette. Avant le festival, Visconti est repassé au montage. Il a fait supprimer une dizaine de minutes (dont la scène qui ne plaisait pas à Sciascia). Il faut dire que le critique Gian Luigi Rondi fait partie du jury : dans un article peu amène, paru dans *Il Tempo*, il avait suggéré d'effectuer quelques coupes. Rondi était décidé à défendre âprement le film mais, quand vient le moment de voter pour la Palme d'or, les jurés sont tellement unanimes que l'affaire est réglée en quelques secondes.

La projection de *Huit et demi*, également en clôture, est triomphale. Un autre film italien est mis à l'honneur dans le palmarès, *Le Lit conjugal*, de Marco Ferreri, qui permet à Marina Vlady de remporter le prix de la meilleure actrice.

Huit et demi sort dans le monde entier et, partout, c'est un immense succès. Aux États-Unis, il bat le record absolu des recettes pour un film étranger malgré le faible nombre de salles dans lesquelles il est projeté. *Le Guépard* est, lui, victime d'une sale histoire. Les Américains ne croient pas en cette grande œuvre décadente et littéraire et conçoivent une affiche où Burt Lancaster ressemble à une vedette de western. Pire, ils touchent au montage, à tel point que Visconti en aura honte. *Le Guépard* se vengera quand, des années après, dans une version intégrale restaurée, il ravira enfin le public américain.

Huit et demi rafle sept récompenses au Ruban d'argent, *Le Guépard*, trois. Et à la Grolla d'oro, Fellini est préféré à Visconti pour le prix du meilleur réalisateur, décerné par la critique italienne.

Un peu plus tard, au festival de Moscou, où *Huit et demi* est en sélection (*Le Guépard* est hors compétition), on craint fort légitimement qu'un film de ce genre n'ait pas tout pour plaire dans un pays communiste. Surprise, sept mille personnes se pressent au Palais des congrès, et prennent la scène d'assaut pour manifester leur enthousiasme. Les Russes peuvent-ils primer un tel film ? Grigori Tchoukhraï, réalisateur et président du jury, cherche une solution. Il suggère qu'on lui décerne le prix spécial du jury, ce qui l'exclurait de fait de la course au Grand Prix. Parmi les jurés, il y a des étrangers dont un Italien, Sergio Amidei (grand scénariste qui a donné son nom à un prix dont j'ai déjà parlé lors de l'altercation entre Giovanna Ralli et Ettore Scola). Il a écrit de très beaux films néoréalistes, a travaillé auprès de Rossellini, de Fellini, et a toujours eu du mal avec ce jeune homme à la personnalité très différente de la sienne. Le passage de Fellini derrière la caméra ne l'avait pas convaincu. Puis, devant *Le Cheik blanc*, il avait compris. Depuis, il se sentait une dette envers ce Fellini qu'il avait sous-estimé et l'occasion de l'apurer se présentait. Il tient *Huit et demi* pour un chef-d'œuvre. Ainsi, quand Tchoukhraï propose de le récompenser par un prix spécial, il se lève et exhorte les autres jurés à quitter la réunion séance tenante. Six d'entre eux lui emboîtent le pas, dont l'Américain Stanley Kramer, le Français Jean Marais et l'Indien Satyajit Ray. Ils refusent que le film dont tout le monde s'accorde à dire qu'il est le meilleur en lice ne soit pas récompensé pour des raisons politiques, ou plutôt pour son contenu profondément humain et individualiste. On les fait revenir dans la pièce et un vote unanime récompense *Huit et demi*. Amidei se rend ensuite à l'hôtel où Federico et Giulietta attendent fébrilement le verdict et tous les trois se tombent dans les bras, très émus.

Enfin, Fellini va recevoir son troisième Oscar, à Santa Monica, en avril 1964. Le présentateur de la soirée est Jack Lemmon. Quand Julie Andrews annonce le vainqueur de la catégorie meilleur film étranger, une ovation salue la grande beauté du film. Pour sa part, Fellini se déclare surtout heureux de pouvoir se remettre à tourner, quoi de plus beau que de remporter un prix aussi prestigieux juste avant de commencer une nouvelle aventure. Il s'apprête à tourner *Juliette des esprits*.

Huit et demi remporte en fait deux Oscars. Là encore, les destins de Fellini et de Visconti se frôlent. En effet, Piero Gherardi pour *Huit et demi* et Piero Tosi pour *Le Guépard* sont nominés pour l'Oscar de la meilleure création de costumes, mais dans des sections différentes. Par le passé, en effet, il existait deux statuettes pour les costumes, une pour les films en noir et blanc et une autre pour les films en couleur. *Huit et demi* l'emporte devant tous les films américains. Dans la catégorie « film en couleur », Tosi n'eut pas le même bonheur. Cette défaite est pour le moins impardonnable quand on songe à la postérité des costumes du *Guépard*. Mais à l'époque, les films en costumes étaient légion, et l'on attribua le prix à *Cléopâtre*[55].

De retour des États-Unis, après avoir fait une étape avec toute l'équipe à Disneyland et rencontré Walt Disney, Fellini reçoit de nouveau son Oscar lors d'une cérémonie officielle chez Rizzoli, qui régale. En effet, celui-ci a organisé une réception avec de nombreux invités pour que le président du Conseil, Aldo Moro, puisse remettre une seconde fois, de façon très officielle et en grande pompe, la statuette à Fellini.

Au bout du compte, pour de multiples raisons, Fellini a toujours eu un petit avantage sur Visconti. Cette année-là, ils triomphent tous deux, festival après festival, et il leur arrive souvent de se croiser. Sachant qu'ils ne se parlaient plus, les photographes guettaient le moindre geste annonciateur d'une réconciliation mais c'était peine perdue.

Précisons à ce stade que *Le Guépard* et *Huit et demi* représentent à eux deux bien plus que de simples films. Il faut se figurer l'intensité de ce moment où deux auteurs majeurs parviennent à réaliser deux immenses films en parallèle. Avant même que les tournages ne débutent, les deux projets avaient déjà suscité l'excitation générale et leurs réalisateurs faisaient l'objet de tout un tas de rumeurs. Les contextes des tournages engendrèrent de nombreuses anecdotes devenues mythiques et, une fois les films en salles, la puissante onde de choc qu'ils provoquèrent fut accompagnée de critiques équivoques et d'interrogations diverses. Voilà ce qu'il faut retenir de ces deux films qui, à mon sens, sont sans doute le point culminant, du moins l'aboutissement de vingt ans de domination italienne sur le septième art. Ils marquent la fin de l'âge d'or du cinéma italien.

De 1943 à 1963, le cinéma italien a été au firmament. Il a inventé et fondé le néoréalisme, qui a formé toute une génération de jeunes cinéastes, lesquels ont progressivement percé à partir de 1950 jusqu'au début des années 1960, pour s'imposer à leur tour dans le monde entier. On songe à Fellini, Visconti et Antonioni, mais il y en avait bien d'autres dans leur sillage. *Le Fanfaron* inaugure ainsi à partir de 1963 un nouveau genre qui parviendra à trouver sa voie alors même que le cinéma italien entre en récession, tant du point de vue économique que de son influence planétaire.

Cette domination et cette espèce de bouquet final se matérialisent surtout par les nombreux prix reçus dans les divers festivals internationaux. Entre 1962 et 1963, les films italiens font une razzia. *Le Guépard* remporte la Palme d'or à Cannes, *Main basse sur la ville*, de Rosi, le Lion d'or à Venise, *Le Diable*, de Gian Luigi Polidoro, l'Ours d'or à Berlin, *Huit et demi* le Grand Prix au festival de Moscou, événement extraordinaire à l'époque du rideau de fer. *Le Fanfaron* est primé à Mar del Plata et *Mafioso* au festival de San Sebastian, sans compter la Nacelle d'argent décernée à un premier film, en l'occurrence *Les Basilischi*, de Lina Wertmüller (qui quelques semaines avant de tourner ce film était l'assistante de Fellini sur *Huit et demi*). Puis arrive l'Oscar de *Huit et demi* en 1964 et celui décerné à Vittorio De Sica en 1965 pour *Hier, aujourd'hui et demain*, sacré meilleur film étranger deux ans après sa sortie en 1963 (la même chose était arrivée à *La Strada*). On pourrait ajouter à cette liste le prix remporté à Cannes par Marina Vlady pour *Le Lit conjugal*.

On a trouvé de nombreuses justifications à la crise du cinéma italien, le débat demeure vivace car on n'a toujours pas fait le tour de toutes les explications possibles. La principale est liée au développement de la télévision, qui a provoqué un désintérêt pour les salles de cinéma, dont le nombre va diminuer, concurrencées par cette nouvelle et bien commode invention. Puis la récession a frappé, qui, après des années de croissance économique, a touché toutes les industries, y compris celle du cinéma. En quelques années seulement, la production se contracte de moitié, puis la fréquentation des salles ne cesse de baisser année après année. En dix ans, à partir de 1963, les ventes accusent une perte de deux cents millions d'entrées payantes. Prenons un exemple plus concret : en 1962, l'Italie est en Europe le pays qui compte le plus d'entrées : 728 millions contre 420 en Allemagne, 380 en Angleterre et 290 en France. Cette année-là, parmi les dix films qui font recette, huit sont italiens. L'année suivante et en 1964, la machine s'enraye, démentant le potentiel de pénétration du marché international dû au prestige du cinéma italien. Le déclin est amorcé. La suite est marquée par son délabrement qui, à défaut d'être brutal, sera progressif et constant.

Huit et demi comme *Le Guépard* sont en eux-mêmes des films décadents mettant en scène des personnages qui soulèvent la question de la fin de l'histoire. *Huit et demi* pose plus précisément celle du deuil de la jeunesse (ou de la peur du déclin), non seulement pour le commun des mortels mais surtout pour un artiste qui n'a plus rien à dire.

Les personnages de ces deux films n'ont pour l'un plus rien à offrir au monde, pour l'autre simplement plus rien à dire.

Tel est le sujet de ces deux œuvres qui marquent la fin de l'âge d'or du cinéma italien et le début de sa chute.

Elles sont néanmoins une riposte au début de la crise économique et à la concurrence de la télévision. Le faste de la mise en scène du *Guépard*, la splendeur de celle, libre et singulière, de *Huit et demi* sont des réponses efficaces et on ne peut plus concrètes à la crise, qui donnent des résultats tangibles tant en termes de prestige que sur le plan commercial. Mais on ne verra plus à l'œuvre une telle débauche de moyens. Déjà, *Le Fanfaron*, création contemporaine, dispose d'un budget volontairement moindre avec pourtant d'excellents résultats.

Pas plus Visconti que Fellini n'obtiendront à l'avenir de tels budgets sans batailler ou faire des concessions, et encore, les sommes ne seront jamais comparables. Les coûts de production considérables de *Sodome et Gomorrhe* et du *Guépard* ont coulé la Titanus, qui, pour remonter la pente, devra s'en remettre à de médiocres comédies musicales ou des films comiques avec Franco Franchi et Ciccio Ingrassia.

C'est donc la fin de l'âge d'or du cinéma italien. La fin d'une époque pour Don Fabrizio et la noblesse. Pour

Guido et son imagination débridée. *Le Guépard* symbolise la réaction du cinéma à la décadence, il s'oppose au changement qui vient avec ses écrans géants, ses couleurs, ses grandes scénographies et ses péplums à l'italienne qui, eux, sont l'emblème du déclin. Lombardo l'exprimera ainsi : « Le film est supérieur à *Autant en emporte le vent*, il est monumental. Fabuleux. Il est extrêmement difficile pour un film de réunir en même temps autant d'ingrédients aussi efficaces. Je crois que *Le Guépard* marquera toute une époque du cinéma italien. Personnellement, quand je pense à ma carrière, il me suffit de penser que j'ai été le producteur du *Guépard.* »

Dernières grandes œuvres d'un cinéma disparu, *Le Guépard* et *Huit et demi* ont été réalisés par deux cinéastes aux conceptions différentes de leur art et qui se sont opposés, comme on l'a vu, pendant près de dix ans.

Visconti a toujours eu des remarques cinglantes sur les films de Fellini. Et inversement. On raconte par exemple qu'à la sortie de *La Dolce Vita*, Luchino fit ce commentaire : « C'est un peu l'idée que se fait mon majordome des aristocrates. » Fellini aurait quant à lui dit de Visconti qu'il faisait des films de pédés.

Mieux encore, Lucherini m'a raconté cette anecdote : alors qu'il était en voiture avec Visconti, ils se garent piazza del Popolo près de chez Canova où Fellini se trouvait déjà. Les apercevant, ce dernier tourne la tête dans leur direction. Alors Visconti s'exclame en hâte : « Remonte la vitre, Fellini risque de nous cracher à la figure. »

Cette histoire fait désormais partie du mythe, à tel point que parfois on peut entendre la version inverse, avec Federico dans la voiture et Visconti sur le point de lui cracher dessus. J'ai là obtenu le témoignage direct de Lucherini, qui au cours de nos discussions s'est d'ailleurs montré très drôle et railleur. Il m'a également raconté la teneur de leurs relations au moment de leur rencontre. Lucherini était alors jaloux d'un acteur italien qui a joué dans *Le Guépard* (il m'a donné tous les indices pour que je comprenne de qui il s'agissait) et, pour savoir si celui-ci avait vraiment une histoire avec Visconti, il avait collé des petits bouts de chewing-gum sur les roues d'une voiture garée à l'entrée de la villa du réalisateur. Voyant arriver ledit acteur le lendemain dans cette même voiture avec ses petits bouts de chewing-gum toujours sur les roues, il avait su que ce dernier y avait passé la nuit.

L'imprécision des souvenirs, le contenu des œuvres, la vie menée ces années-là, les médisances et les souffrances, la vie privée et la vie publique, tout a concouru à créer un mythe autour de la période comme autour des deux cinéastes, de leur personnalité et de leur rivalité. Leurs films nous disent, l'un explicitement, l'autre plus implicitement, que la combinaison de ces facteurs a largement influencé la conception et la réalisation de leurs deux œuvres cinématographiques.

« Lundi dernier avec Fellini on a eu envie de faire un petit tour en hélicoptère. Nous sommes allés à l'aéroport, nous sommes partis pour deux heures en direction de Fregene (comme dans un rêve), nous nous sommes baladés au-dessus de la plage déserte et des baigneurs heureux. Nous avons stationné à l'aplomb d'un groupe de très jolies filles et on a passé une superbe journée. » C'est ce qu'écrit Flaiano dans une lettre adressée à Suso au mois de mai 1961. Ils s'étaient accordé une pause, lui dit-il, et il espérait que ce projet avec Fellini et les autres serait bouclé en septembre. Il est évident qu'ils travaillent alors sur *Huit et demi*. Leur complicité, leur amitié transparaît clairement comme leur inclination à prendre du bon temps ensemble. *Huit et demi* a été écrit avec l'aide de deux autres scénaristes, mais le sujet est signé Fellini et Flaiano.

Selon moi, le déclin du cinéma italien pourrait correspondre à leur divorce, qui se produit au moment où Fellini et son équipe s'envolent vers les États-Unis pour la cérémonie des Oscars.

Angelo Rizzoli, le producteur, a invité quelques acteurs, des personnalités importantes de l'équipe du film accompagnées d'amis. Fellini, Giulietta, Sandra Milo, Guido Alberti sont en première classe tandis que les autres, dont Ennio Flaiano, ont des places réservées en classe économique.

On situe là le point de départ de la dispute entre Flaiano et Fellini. Ce maudit siège de classe éco revient sur la table chaque fois qu'il s'agit d'expliquer comment les deux en sont arrivés à se fâcher et il ne faudrait sûrement pas sous-estimer cette affaire. Les relations entre deux personnes qui s'aiment, ou de simples amis, qu'ils vivent ou qu'ils travaillent ensemble, connaissent généralement des moments de crise, de tension, qui éclatent pour une raison ou pour une autre. Ici, le point de non-retour est atteint parce que Flaiano s'est senti humilié. Flaiano, persuadé d'être l'un des auteurs du film tout autant que le meilleur ami de Fellini, dut se rendre à l'évidence : on ne le considérait pas ainsi, ce qui le blessa énormément.

Pour bien comprendre, il faut revenir un petit peu en arrière, au tout début de leur relation. Fellini a fort bien décrit leur humour complice.

Il raconte qu'à son arrivée à Rome, il travaillait pour la revue satyrique *Marc'Aurelio*, qui cohabitait, sur le même palier ou dans le même appartement, avec un autre journal littéraire et politique célèbre : *L'Omnibus* de Leo Longanesi et Arrigo Benedetti. Y collaboraient également Mario Pannunzio et un autre type qui passait de temps à autre en le saluant d'un clin d'œil sympathique, manière de dire : je suis avec vous. Il s'agissait de Flaiano.

Marc'Aurelio et *L'Omnibus* étaient de farouches concurrents et les rédacteurs des deux revues ne pouvaient pas se sentir. Fellini raconte qu'un jour il avait vu Flaiano entrer dans la rédaction (où il écrivait et dessinait) sans rien dire, avant de se mettre à regarder ses vignettes. Ce qui incita

Fellini à se présenter, il admirait beaucoup son travail, lui dit-il. (C'était absolument faux, il ne le connaissait même pas.) Flaiano lui répondit qu'il l'admirait tout autant. (Ce qui était tout aussi faux.) Ils venaient à peine de se rencontrer que, déjà, ils se charriaient l'un l'autre. Mais ils étaient tous deux enclins, par nature, à se montrer complaisants envers n'importe qui. Fellini soutient qu'ils se retrouvaient sur ce trait de caractère commun, l'envie d'être agréable à tout le monde.

Plus tard, Flaiano écrira à Kezich : « La raison pour laquelle je m'entendais bien avec Fellini était sans doute la grande bienveillance avec laquelle nous regardions les défauts du genre humain. »

Dans la même lettre, Flaiano dit également : « Je n'ai retiré aucun bénéfice de l'univers poétique fellinien, pas même une miette. Un film n'est pas un pique-nique à la fin duquel chacun rentre chez lui avec son panier vide et quelques restes. J'ajouterais que mon principal défaut étant d'être généreux, je fais attention à ce qui m'appartient. Ce que j'admire chez Fellini est sa capacité à emprunter et à se servir des matériaux dont il a besoin un peu n'importe où, peu importe comment. Les voler, le cas échéant, peut ressembler à une tentative de mettre de l'ordre dans son chaos intérieur. »

Voilà qui éclaire plus précisément leurs rapports compliqués.

Quand Fellini a une idée, il a l'habitude d'en parler immédiatement avec Flaiano. Avec Pinelli aussi, bien sûr, mais en amont d'un projet, son premier interlocuteur est Ennio. C'est avec lui qu'il discute durant de longues virées en voiture. Leur relation est privilégiée, pour Fellini, il ne s'agit pas d'une relation de travail, mais plutôt d'une relation amicale dont le travail fait partie. Ils se voient et passent du temps ensemble quand ils sont désœuvrés. Fellini écrit à Flaiano durant la période de Noël 1957 une lettre agrémentée de croquis représentant la nativité et d'une caricature de son ami, un cigare à la bouche, habillé en père Noël avec un sac à dos. « J'ai souvent pensé t'écrire pour te dire que tu es assurément le meilleur des compagnons de voyage et j'espère bien te retrouver en enfer à mes côtés quand je serai mort. Bien. Je te souhaite une belle année dépourvue d'amertume et j'espère avoir les idées un peu plus claires pour que nous puissions à nouveau travailler côte à côte. »

En effet, l'idée d'un film jaillit dès après. Fellini en fait part à Flaiano et tous deux vont la développer. Ce qui se noue ici détermine tout ce qu'ils produiront ensemble par la suite, mais leur relation contient déjà les germes de leur séparation ultérieure.

Deux Italiens débarquent à Rome et vont se mettre à écrire ensemble sur la vie provinciale, la capitale et les vicissitudes de l'existence.

Face à Fellini, Flaiano jouait un double jeu. D'un côté, il aimait montrer qu'il était détaché des choses du cinéma comme de son travail de scénariste : « À la fin, c'est le réalisateur qui devient l'auteur du film. Je me reconnais assez peu personnellement comme l'auteur des films auxquels je contribue en tant que scénariste, cela m'amuse et, quand je les vois en salle, je suis souvent très surpris par le résultat. » Il reconnaît donc là à Fellini son rôle de guide et son autorité sur le produit fini. Mais de l'autre côté sa susceptibilité souffrait qu'il ne soit pas reconnu à sa juste valeur (c'est là le véritable motif de sa vexation d'être en classe économique sur le vol qui les emmène à la cérémonie des Oscars, signe que Fellini n'a pas fait comprendre au producteur l'importance de son rôle). Surtout, il répétera à l'envi que Fellini, telle une sangsue, l'a totalement pompé.

Au fil du temps, les « vols » de Federico, véritables ou

supposés, mais toujours de notoriété publique, se multiplient. Pour ce qui concerne *Huit et demi*, par exemple, les scènes dans le collège des Jésuites ne font pas partie des souvenirs de Fellini mais bien de ceux de Flaiano. Federico n'est jamais allé au collège mais simplement à l'école publique (c'est dit dans *Amarcord*). En revanche, Ennio a bien fréquenté les Jésuites et pas qu'un peu, à Fano. Autre exemple : le mot *vitelloni*, qui évoque immédiatement le romagnol, est en fait un mot issu du dialecte de Pescara où l'on a toujours littéralement traité de « gros veaux » les traîne-savates – mot qui a inspiré le film *Les Vitelloni* sorti en 1953. Comme le terme de *paparazzo* serait un idiome utilisé pour désigner les mollusques.

Après la mort de Flaiano, Fellini a été pris en flagrant délit de vol, c'est choquant mais c'est aussi une dernière preuve d'amour, quoique tardive. En 1987, *Intervista* sort en salles. Dans une scène devenue célèbre, deux peintres en bâtiment peignent un grand ciel bleu dans le Studio 5 de Cinecittà.

> Le premier peintre : « Eh oh ! César ? »
> Le second peintre : « Qu'est-ce tu veux ? »
> Le premier peintre : « Va te faire mettre ! »
> Un silence.
> Le premier peintre : « Eh, César, non, en fait je pensais à un truc. »
> Le second peintre : « À quoi ? »
> Le premier peintre : « Pourquoi t'irais pas te faire mettre ? »
> (Puis il y a un troisième échange, cette fois hors champ.)

Cette scène est une des plus felliniennes qui soient. Pourtant, quinze ans auparavant, Flaiano l'avait écrite à l'identique pour sa dernière pièce de théâtre *La Conversazione continuamente interrotta*.

Dans la sixième partie, le poète entre seul en scène, il écrit une lettre. Il s'agit d'un long monologue entrecoupé de dialogues entre le premier et le second peintre, qui interrompent le cours de l'action avec ces répliques :

> Le premier peintre : « César ! »
> Longue pause.
> Le second peintre : « Qu'est-ce tu veux ? »
> Le premier peintre : « Va te faire mettre ! »
> (Le même dialogue se répète trois fois.)

S'il existe toute une littérature sur Flaiano et Fellini, leur dispute n'y est pas étrangère, mais ces écrits sont aussi dus au fait que les deux hommes ont su concevoir ensemble des films qui ont fait date dans l'histoire du cinéma. Flaiano aimait à dire que quand il s'enrhumait, c'était la faute de Fellini. Juste après sa rupture avec Fellini, un ami l'entendit déclarer, furieux : « Il m'a pris pour une bouteille de Coca-Cola, il a planté une paille et il a tout aspiré. » En effet, leurs amis communs témoignent que quand Fellini allait chez Flaiano, une fois dans son bureau, il ouvrait tous ses petits classeurs et en retirait les papiers sur lesquels Flaiano avait l'habitude de noter ses réflexions. Il lui arrivait de le faire dès que Flaiano s'absentait pour préparer un café ou se rendre aux toilettes.

Maintenant, est-il légitime qu'un réalisateur se prenne pour un aspirateur et pompe tout le travail d'un scénariste ? En tant que scénariste, ma réponse est oui. Je pense non seulement que le réalisateur en a le droit mais aussi qu'il faut que le scénariste produise sans relâche, et s'économise encore moins s'il est un écrivain, quand bien même il croirait (comme Flaiano l'a dit à plusieurs reprises) que cette opération de succion lui pompe de l'énergie et le prive d'autres idées qu'il pourrait potentiellement utiliser dans ses romans. Si l'on connaît la vie de Flaiano, son caractère, ses dispositions à produire de la littérature (à part son premier livre, qui est une œuvre à part dans sa carrière), il est évident que Fellini ne l'a en rien empêché de s'exprimer différemment, à sa manière. De même, ce n'est pas parce qu'il n'a pas écrit de romans intellos que Flaiano n'en est pas moins devenu le grand écrivain que nous connaissons. Et ce ne sont pas non plus les querelles, jalousies et rivalités qui ont empêché un collectif de scénaristes de signer les plus beaux films de Fellini.

Il faut compter avec l'indulgence innée des deux hommes, leur acceptation de la vie pour ce qu'elle est. C'est un aspect qu'il est bon de ne pas négliger car cela a eu beaucoup plus d'importance dans cette affaire que n'importe quoi d'autre.

Leurs malentendus sont liés pour la plupart à leur caractère, à leur vie, à leur comportement et au résultat de leur travail – pas au travail lui-même, au temps passé à écrire un scénario. Ainsi déjà, en 1955, à l'époque d'*Il Bidone*, Flaiano avait écrit une lettre rageuse à Federico qui, d'après lui, devait mettre fin à leur relation.

« *Mon cher Fellini, c'est une erreur que de ne pas nous avoir avertis, moi et Pinelli, que tu allais donner une conférence de presse pour* Il Bidone. *Tu t'es présenté comme seul comptable d'une histoire qui n'est pas encore un film mais juste un scénario, en omettant de préciser que nous avons écrit ce scénario avec Pinelli, que nous l'avons monté point par point en y travaillant pendant cinq mois et que nous nous sommes même fraternellement inquiétés de savoir si tu n'allais pas laisser tomber ce film. Aurais-tu tout oublié ? Bien. À d'autres occasions déjà, toujours au terme de notre travail en commun, ton attitude n'a pas été très loyale vis-à-vis de nous. L'an dernier, dans* Il Mondo[56]*, qui grâce à mon intervention s'était s'intéressé à toi, tu nous as joué la petite musique du poète qui sait manipuler la presse. Cette année, le résumé du film se retrouve dans un grand nombre de journaux qui jamais ne mentionnent ses auteurs. Nous n'aurions rien à faire de ton système de propagande s'il ne nous attristait pas. Je me permets de te dire que ta façon d'agir avec moi et Pinelli n'est pas très maligne. Tu pourrais t'excuser en invoquant ton orgueil, mais si je pense toujours qu'il y a eu entre nous de véritables liens de travail et d'amitié, je ne te trouve plus d'excuse. Nous sommes dans un Rossellini qui manquerait de noblesse. À ce stade, cher Fellini, je dois honnêtement te le dire : continue comme ça, mais ne compte plus sur moi.* »

Et puis, évidemment, tout rentre dans l'ordre. Quand il était sous les projecteurs en tant que réalisateur, Fellini avait pour habitude de mettre de côté le scénario et les scénaristes. Il pouvait être méprisant, même avec un ami comme Flaiano, lequel raconte qu'une fois Fellini lui avait donné rendez-vous le lendemain à 17 heures chez Canova. À 18 heures Flaiano attendait toujours. Il appelle à son bureau et la secrétaire lui apprend que Federico est dans un vol pour les États-Unis. Quelque temps après, Flaiano lui en fait le reproche et Fellini a cette réponse tout bonnement incroyable : « Si pour une raison quelconque je n'avais pu partir, je voulais être sûr d'avoir un ami qui m'attende chez Canova, ça me rassurait. »

Je ne suis pas sûr, en revanche, que Fellini ait vraiment dit dans un documentaire consacré à Flaiano écrivain :

« Le cinématographe, comme n'importe quelle autre forme d'activité, je crois, exige une dévotion totale, en somme, on ne peut être dans le cinéma à moitié. Le cinématographe est un domaine qui t'accapare complètement, on doit l'aimer totalement, en être le serviteur vingt-quatre heures sur vingt-quatre, complètement, l'embrasser sous toutes ses formes au risque de paraître vulgaire, crapule, aventuriste. Être dans le cinéma en attendant de ses collaborateurs qu'ils se soumettent à une telle exigence me semble générer chez eux une forme d'insatisfaction qu'ils compensent par une forme de méfiance. » Si cette citation se révélait exacte, cela constituerait une preuve irréfutable de son ingratitude.

J'ignore si Fellini a vraiment dit cela mais le propos ne semble pas complètement faux, à en juger par certaines déclarations de Flaiano lui-même. Fellini a en tout cas raison sur la façon dont on se donne au cinéma, sur sa nature virale et accaparante, même si l'on est un auteur cultivé, indépendant et particulièrement apprécié (en dépit d'une maigre production littéraire). Cette citation résume parfaitement bien la relation entre un écrivain et un réalisateur, et une certaine idée du cinéma. Pour autant, son propos s'adressait-il à Flaiano en personne ? Difficile à dire. L'affirmer serait lui faire un mauvais procès, si l'on en juge par les films qu'ils ont été capables de produire tous les deux (avec d'autres).

Flaiano n'est pas le seul à formuler des griefs durant leurs années de collaboration. Fellini aussi reprochera à son ami de se montrer circonspect envers ses idées. Selon lui, il traînait des pieds sans cesse, Fellini l'avait d'ailleurs surnommé « le petit sanglier ». Il lui en voulait particulièrement parce que, dans les moments les plus délicats de l'écriture de *La Dolce Vita*, il avait pris le parti du producteur contre lui. Fellini soutenait également qu'il fallait le forcer à écrire, ce qui est peut-être vrai, Suso Cecchi D'Amico le dit aussi, mais s'il n'avait pas le talent de Suso, il avait en revanche des idées à revendre lors de leurs réunions ou de leurs virées au bord de la mer avec Federico au volant.

Enfin, après *Huit et demi*, ils écrivent le scénario de *Juliette des esprits*, toujours avec Pinelli et Rondi. Quelques semaines avant le tournage se profilent les Oscars et le fameux vol vers Los Angeles avec escale à New York.

Flaiano ne fait rien pour cacher sa mauvaise humeur. Un témoin qui faisait la navette entre la première et la classe éco pour bavarder fait état de la contestation de Flaiano à Fellini, qui rétorque que ce n'est pas lui qui a réservé les billets. Tout le monde plaide en faveur de Flaiano. De l'avis général, Rizzoli est un rustre et il a manqué de tact, mais Fellini aurait pu lui faire remarquer son impair et faire valoir que, outre qu'il était un écrivain notoire, Flaiano était tout de même le coauteur du film et qu'on ne pouvait pas le traiter comme un attaché de presse ou un employé lambda de la Cineriz.

À un moment donné, certainement de mauvaise grâce, Fellini se lève et va voir Flaiano.

« Mais qu'est-ce qu'il y a ? lui demande-t-il.

– Comment ça *qu'est-ce qu'il y a* ?

– Eh ! Mais quelle importance ? Laisse tomber ! »

Cette dernière phrase lapidaire ne plaît pas du tout à un Flaiano déjà vexé et à fleur de peau. Ils poursuivent un instant la discussion avant que Fellini ne tourne les talons. Flaiano, furieux, ne dit plus un mot.

Ensuite, on l'imagine aisément, chacun des deux aura sa version de l'histoire. Flaiano soutient que Fellini en les prenant de haut est venu distribuer les noisettes offertes en première classe. Fellini affirme que la susceptibilité de

Flaiano avait, cette fois-ci, dépassé les bornes, en le rendant responsable d'une faute qui incombait aux organisateurs du voyage.

Cependant, l'incident est irréparable. Arrivés à New York, Flaiano disparaît. Personne ne sait où il est et, quand arrive le moment d'embarquer pour Los Angeles, Flaiano n'est pas là.

Comme dans toutes les relations qui durent, et deviennent donc de plus en plus difficiles, chacun campe sur ses positions. Fellini refuse de gâcher ce qui devait être une fête à cause de cet accrochage avec Flaiano.

De retour en Italie, Angelo Rizzoli se fend d'une lettre d'excuse à Flaiano, dans laquelle il assume la responsabilité de ce qu'il qualifie d'accident s'étant produit dans la précipitation, tout en lui demandant de se montrer compréhensif car il lui déplairait qu'« une invitation, qui se voulait une marque de reconnaissance et un geste de sympathie envers les plus efficaces collaborateurs de *Huit et demi*, entache durablement [leurs] cordiaux rapports de travail et d'estime ». Suso raconte que Flaiano lui fit part de ce qui venait de se passer avec une voix tremblant de rage et d'indignation. Elle essaya de dédramatiser la situation mais il ne voulut rien savoir. Flaiano considéra que leurs relations s'arrêtaient là.

Un peu plus tard, quelqu'un assura avoir croisé un jour Federico et Ennio qui marchaient côte à côte à Cinecittà durant le tournage de *Juliette des esprits*. Mais Flaiano avait un air faux et distant. Désormais, c'était bien fini, Flaiano avait été appelé pour régler un détail puis on ne l'y revit plus. Il avait participé dans une certaine mesure à l'écriture du scénario de *Juliette des esprits* que Fellini s'appropria en accouchant encore d'un film très personnel.

Ce n'est donc plus une séparation de façade, elle est définitive. Sergio Zavoli présente une émission spéciale sur la RAI intitulée « Une heure et demie avec le réalisateur de *Huit et demi* ». C'est à cette occasion que survient la réponse embarrassée de Giulietta à la question : « Qu'avez-vous ressenti en regardant le film ? » Il y a également une interview de la mère de Federico qui, alors que Fellini est déjà devenu Fellini (nous sommes en 1964), répète qu'elle aurait souhaité que son fils fasse un autre métier, parce qu'il ne vient jamais à Rimini et que, comme dans un de ses films, il dit regretter d'avoir passé si peu de temps avec son père, eh bien voilà, elle ne voudrait pas qu'il ait à tourner une autre scène dans un nouveau film pour en dire autant de sa mère.

Parmi tous les invités de cet hommage à Fellini et à son film, l'absence de Flaiano ne passe pas inaperçue. Zavoli l'a convié, a insisté, mais Flaiano a fermement refusé. Tant et si bien qu'on le suspectera d'avoir calculé son coup. Dans *L'Espresso* daté du 24 mai 1964, le chroniqueur de télévision Sergio Saviane souligne, caustique, son absence.

Il me faut maintenant reproduire l'extrait de l'article comme les échanges de courriers qui suivirent entre Flaiano et Fellini.

> « [...] l'objectivité, l'intelligence des questions de Zavoli ont d'autant plus fait remarquer l'absence de quelqu'un qui, plus que d'autres, aurait pu apporter un éclairage précis sur le caractère, les défauts, l'originalité de Fellini, en tant qu'homme et réalisateur : Ennio Flaiano. Nous savons que l'écrivain, fréquem-

ment invité à la télévision pour s'exprimer, a cette fois-ci décliné à plusieurs reprises : "Je ne veux pas participer à une fête programmée", s'est-il contenté de dire. Mais la fête attendue n'a pas eu lieu. L'absence de l'auteur de *Tempo di uccidere*[57], le véritable génial inspirateur de Fellini, a été préjudiciable à l'émission même si Zavoli n'en est pas responsable. En effet, si on reconnaît à Fellini toutes les qualités qui sont les siennes, il ne lui aurait pas été possible de faire les films qui l'ont rendu célèbre dans le monde entier sans Flaiano. Et il ne lui aurait pas été possible de les faire sans leurs longues balades en voiture qu'il aime tant, sans lui avoir volé des nuits de sommeil après des coups de fil intempestifs aux heures les plus indues, après des semaines passées, des mois, des années de travail en équipe pour discuter d'une idée, organiser le film, faire en sorte que les scènes fonctionnent. Aujourd'hui, pour la première fois, Fellini est seul, sans Flaiano derrière la caméra ou dans sa voiture quand il se promène la nuit dans les rues de Rome. »

On soupçonne Flaiano d'avoir soufflé cet extrait à Saviane, dont la position reflète un peu trop la pensée du scénariste. L'article fait un tollé et, légitimement, Pinelli et Rondi s'offusquent de se voir exclus du processus de création des films. Mais Flaiano n'a que faire des soupçons et, quelques jours plus tard, il décide d'écrire à Federico.

« 7 juin 1964
Cher Fellini, avec un peu de retard, comme tu vois, je viens de prendre connaissance de l'article de Saviane dans L'Espresso *et des récriminations justifiées de Rondi. Tu me connais suffisamment pour que je puisse te dire que je ne t'écris pas pour t'assurer que je n'ai rien à voir dans cette*

affaire (ça, tu t'en doutes bien) mais que son côté comique ne m'a pas échappé. J'aurais donc personnellement écrit au journal, sauf que je n'étais au courant de rien jusqu'à hier soir, et aujourd'hui, franchement, il ne me semble pas opportun de rouvrir ce dossier, Rondi a été très clair. Pour Pinelli, c'est autre chose, cela m'embête sincèrement qu'il ait pu me croire capable d'être l'instigateur de cet article, je lui écrirai.

Saviane n'a signalé qu'une chose exacte, notre collaboration est terminée. S'il y avait encore des doutes, la lettre de Rondi les balaie définitivement. Je me suis beaucoup amusé à la lire, presque autant qu'à lire les soixante pages qu'il avait écrites pour Juliette des esprits *que nous avons jetées à la poubelle. Il n'y a plus qu'à espérer qu'il écrive de bons dialogues durant la préparation du film. Notre réputation est en jeu.*

Ciao, mon cher Fellini. Les amitiés frivoles se terminent dans la frivolité. Toutefois, en pareil cas, comment dit-on ? Au revoir et bonne chance.

Ennio Flaiano »

« *Rome, le 12 juin 1964*

Cher Flaiano,

Je n'ai jamais eu aucun doute sur la frivolité de ton amitié, mais que faire, tu es ainsi, frivole comme la lettre que tu m'as envoyée. Cela dit, moi, ça m'allait très bien comme ça. Notre collaboration est terminée ? Dommage. J'avais l'impression qu'au fond cela t'amusait de travailler avec nous et tu n'as pas à en rougir comme cela t'arrive avec d'autres réalisateurs. Ennio, mon cher, je te salue et bonne chance à toi aussi. Frivolement,

Federico »

Voilà comment se clôt définitivement une collaboration qui fait date dans l'histoire du cinéma italien.

Il est probable qu'ils soient arrivés au bout de ce qu'ils pouvaient s'apporter mutuellement. À moins que, comme l'affirme également Pinelli, Fellini ait vraiment changé et que le temps où ils travaillaient au scénario sur un pied d'égalité ait été révolu, car, film après film, Federico a travaillé de plus en plus seul. Flaiano sentait qu'il y avait quelque chose relevant du culte de la personnalité chez le réalisateur, il y fit perfidement allusion plus tard dans le scénario du film d'Elio Petri, *La Dixième Victime*, dans lequel il fit figurer un panneau de signalisation sur lequel il était inscrit : « Lungotevere[58] Fellini ». Sans doute, comme dans beaucoup de rapports de travail (et pas seulement), les années passant, ressent-on le besoin de prendre du recul quand, en s'accumulant, les malentendus prennent le pas sur la connivence. Sans doute aussi, et c'est probable, qu'après avoir réalisé avec Fellini deux chefs-d'œuvre, *La Dolce Vita* et *Huit et demi*, Flaiano pouvait se féliciter et se convaincre de les avoir enfantés, ou bien penser qu'il avait perdu trop de temps à écrire pour le cinéma et que le moment était venu de se consacrer davantage à la littérature. Les raisons sont multiples.

Reste que Fellini n'aurait pas été Fellini sans Flaiano. Et que Flaiano sans Fellini n'aurait pas été Flaiano.

Une autre raison, plus personnelle, est à la base de cette séparation. Une raison parmi d'autres, certes, mais ô combien profonde.

Flaiano avait eu une fille avec sa femme Rosetta. Luisa souffrait d'encéphalopathie, comme on le disait alors, c'était une enfant « difficile ». Rosetta devait parfois l'accompagner en Suisse où elle était suivie, et finit par s'y établir avec elle définitivement. Le drame de cette malheureuse fille qu'il aimait tant l'avait profondément marqué, il en avait conçu une incurable tristesse.

La situation mettait Fellini très mal à l'aise. Quand il se rendait chez Flaiano, à Fregene, il ne savait pas comment se comporter. Rosetta, bien des années après, en a parlé sans aménité, racontant que Fellini (pas seulement lui) évitait Luisa. Certains de leurs amis ne prenaient même pas la peine de la saluer, bien au contraire, ils se détournaient pour ne pas la voir. Surtout, Federico avait plus d'une fois eu des mots blessants pour Ennio et Rosetta. Ennio ne le lui a jamais pardonné. Un soir, après un dîner, Fellini raccompagna la jeune femme particulièrement dévouée qui s'occupait de Luisa. Il lui répéta cette phrase qu'il avait déjà dite au sein de leur cercle d'amis : « Pourquoi ne la font-ils pas enfermer ? » Il a tenu des propos plus terribles encore, si l'on en croit d'autres témoignages. La jeune fille rapporta tout dès le lendemain à Rosetta, laquelle devait confesser ensuite que l'attitude de Fellini, et des autres, créa des problèmes dans son couple. Rosetta et Ennio décidèrent de cacher Luisa lorsque dorénavant des hôtes se présenteraient.

Le cynisme de son ami aggravait la peine immense que ressentait Flaiano, qui n'eut jamais le courage de lui en parler. Que ce soit pour d'autres raisons ou simplement pour cela, il décida, à bord de l'avion qui le menait aux États-Unis, de cesser cette relation.

Ce conflit met un point final à l'âge d'or du cinéma italien. Une phrase de Flaiano, ni tout à fait juste ni tout à fait fausse, pourrait lui servir d'épitaphe : « Fellini ne m'intéresse plus parce qu'il fait dans la confection et Visconti non plus parce qu'il fait dans la décoration. »

Si je demande à quelqu'un qui n'a pas vu les deux films depuis longtemps de me dire ce dont il se souvient, les réponses varient peu. Généralement, on cite le bal du *Guépard*, et la scène du harem ou de la ronde dans la partie finale de *Huit et demi*.

Le bal constitue le final du *Guépard*, une fin extrêmement longue puisqu'elle représente un tiers du film. Cette séquence concentre énormément de choses racontées dans le livre et donne l'essentiel de son sens au film.

Pour ce qui est du défilé de *Huit et demi*, il s'agit d'une des plus vivifiantes et des plus belles fins du cinéma (dans le sens où l'on y trouve cette vitalité dont j'ai parlé), et elle a aussi été parmi les plus tourmentées dans sa réalisation, car la fin du film était initialement tout autre.

Dans un film, la fin est un moment capital, c'est évident. Mais dans ces deux œuvres, elles sont tout autant liées à l'anxiété qui a présidé à leur création et à leur réalisation qu'aux valeurs et aux messages qu'elles véhiculent.

La caractéristique commune aux deux films est que le temps se fige. Pour *Huit et demi*, c'est le cas sur toute sa longueur, Guido étant censé débuter un tournage enfermé dans une station thermale où tous les autres ne font que l'attendre. Chacun étant bloqué là, le temps est suspendu, c'est ce qu'il faut à Guido pour décider du film qu'il veut faire en divaguant entre son passé, son imaginaire et ses rêves. Dans *Le Guépard*, l'horloge s'arrête au début du bal. On arrive à Ponteleone, le bal débute et, à partir de cette soirée et de cette nuit, le film n'avance plus. Cette idée du temps suspendu est une caractéristique d'une vivacité et d'une modernité frappante, qui s'oppose à l'accélération qu'on observe chez tant d'autres auteurs.

Les prises du bal commencent le 1er août pour se poursuivre sans interruption durant trente-six jours, plutôt la nuit d'ailleurs. À 14 heures, on passe au maquillage, aussi bien les centaines de figurants que les personnages secondaires qui doivent s'habiller et répéter leurs pas. La majorité d'entre eux a été recrutée à Cinecittà, d'autres ont été rigoureusement choisis parmi l'aristocratie palermitaine (des amis de la veuve de Tomasi ou de Gioacchino Lanza). Ces derniers ont accepté cela pour se distraire, tout en ayant conscience de devoir apporter une touche de réalisme à cette réception. Parmi la troupe de nobles figurants, Visconti introduit quelques acteurs de l'ancienne génération, comme Tina Lattanzi, qui est la voix de Garbo en italien, ou d'autres actrices de Hollywood. Il a confié le rôle de la maîtresse de maison à Lola Braccini, une comédienne de théâtre, qui est surtout l'ex-femme de Paolo Stoppa, qu'il avait quittée pour Rina Morelli. Ce qui créa un malaise qui se révélera fort efficace dans la scène où Stoppa, qui incarne le père d'Angelica, invité pour la première fois dans une fête de l'aristocratie, doit rendre perceptible l'embarras qu'il ressent dans ce milieu qui n'est pas le sien.

En fin d'après-midi, les répétitions de plateau commencent et, le soir, à partir de 20 heures, dès que les uns et les autres sont prêts, on filme jusqu'à l'aube, toutes les nuits, pendant plus d'un mois, à huis clos dans un palais de Palerme, le Palazzo Gangi, dans une chaleur suffocante qui n'épargne personne, ni les acteurs ni les techniciens. Cette chaleur complique les moments de pause entre un clap et le suivant, le maquillage se mélange à la sueur, laquelle laisse des auréoles sur les vêtements, sans compter qu'on manque d'air et que certains sont pris de malaise. Dehors, une ambulance stationne en permanence pour prendre en charge ceux qui ne se sentent pas bien. Visconti, par commodité plus que par charité, fait acheter par la production une trentaine de climatiseurs dernier cri (ce qui veut dire qu'ils sont chers), qui sont placés dans les diverses salles du palais et permettent de maintenir une température acceptable et d'enchaîner plus rapidement les divers plans.

Les anecdotes ne manquent pas autour des prises du bal. Enrico Lucherini en a brodé à loisir, pour alimenter tant la légende d'un Visconti qui dépensait sans compter que celle concernant sa passion excessive pour la philologie. On a longtemps raconté, par exemple, que les gigantesques lustres de la salle de bal avaient été ornés de bougies identiques à celles utilisées au XIXe siècle. Et que, entre deux plans, il fallait les descendre pour rallumer les mèches qui s'éteignaient – sans parler de la cire coulant sur la tête des acteurs. En vérité, seules les rangées extérieures étaient munies de véritables bougies, tandis que le centre de la pièce était éclairé par des projecteurs qu'un effet spécial faisait vaciller pour imiter la lueur des flammes. Autre légende passée à la postérité, celle des milliers de roses fraîches que Visconti faisait venir chaque jour par avion de San Remo. Histoire totalement fausse, visant à créer une ambiance extraordinaire autour du film. Ils n'étaient tout de même pas allés jusque-là, même si les factures restaient salées, d'authentiques objets d'époque figurant sur le plateau.

La méthode de Visconti est à rapprocher du parti pris qu'on retrouve plus tard sur le tournage de *Violence et Passion*, l'un de ses derniers films, avec le même Burt Lancaster. Il exigea que les tiroirs des commodes soient remplis de linge de maison et de vêtements luxueux, même si la caméra ne cadrait que Lancaster sans qu'on aperçoive une once de leur contenu. L'idée de Visconti était que ce n'était pas Lancaster qui ouvrait ces tiroirs mais bien son personnage, lequel personnage devait, lui, y trouver ses affaires.

Je pense que Visconti avait vu juste.

Parvenir à réaliser une aussi longue séquence dans cette chaleur avec des centaines de figurants à gérer n'est pas une mince affaire. Visconti est nerveux, fatigué, mais il est aussi méticuleux et têtu. Il restera concentré jusqu'à la fin de ces trente-six nuits. Après quoi l'équipe quittera Palerme pour aller tourner d'autres scènes à Ariccia, à Rome. Le film terminé, Visconti s'enferme dans la salle de montage avec Mario Serandrei qui, au-delà du montage, jouera un rôle décisif dans cette histoire. Près d'un an auparavant, il avait acheté les droits d'une valse inédite de Verdi, qu'il offre à Visconti pour la scène de la danse avec Don Fabrizio et Angelica. Le premier montage de la seule scène du bal, que l'on appelle aussi le « bout à bout », est une folie, il dure quatre heures. Ce délire permet de se rendre compte de l'ampleur du travail accompli sur le tournage. Puis démarre le montage de la séquence qui, coupe après coupe, sera ramenée à la durée que nous lui connaissons aujourd'hui, soit environ quarante minutes.

Le 12 août, juste avant le pont de l'Ascension, Fellini tourne la scène de la gare, celle dans laquelle Guido attend Carla. Ne la voyant pas descendre du train, son sourire dit son soulagement, il est presque heureux de voir qu'elle n'est pas venue. Mais Carla apparaît toute en beauté sur le quai d'en face. Ce dépôt ferroviaire de la Prenestina où a été reconstituée la petite gare de la station thermale a été mis à disposition pour le film jusqu'à cette date. Il faut donc boucler la scène et en tourner une dernière : celle où Guido quitte l'établissement thermal avec sa femme avant de monter dans le wagon-restaurant. Cela correspond à la fin du film, dont Fellini a déjà tourné l'essentiel des plans un mois plus tôt, sur plusieurs jours.

Fellini perd un peu de temps lors de cette scène avec Carla, il commence à se faire tard et, au bout d'un moment, il laisse tout tomber : « C'est bon, c'est pas grave, j'arrête, de toute façon cette scène ne sert à rien. »

Ce pourrait être là qu'une autre idée fait son chemin dans la tête de Fellini. Ce n'est pas certain, il pourrait tout aussi bien avoir pensé qu'il n'y avait nul besoin de voir Guido et Luisa monter dans le train. Mais, vu ce qui se passe ensuite, puisque la fin du film va changer, il se pourrait qu'une autre option se soit imposée à lui. Fellini a déjà visionné les plans de la fin du film au terme de la grève dans les laboratoires, dont les plans du wagon-restaurant.

Les jours suivants, sur le plateau, la rumeur court que Fellini cherche un cirque. Personne ne comprend trop ce qu'il entend par là. Deena Boyer qui tient le journal du film raconte que l'unique hypothèse est qu'il ait décidé de remplacer la fin dans le wagon-restaurant par une autre.

Dans sa lettre à Brunello et Rondi à propos de l'idée qu'il se faisait de *Huit et demi*, Fellini conclut par : « Et ensuite un cirque avec tous les personnages de sa vie... » Il s'agissait probablement d'une métaphore, à moins qu'il ait eu dès le départ une vague idée qui, au fil de l'écriture du scénario, se soit transformée en wagon-restaurant de type Orient-Express (il s'est vraiment inspiré de ce train de légende) où se retrouveraient tous les personnages de la vie de Guido.

La fin aurait donc dû être celle-ci : Guido et Luisa partent en train et le wagon-restaurant dans lequel ils prennent place s'emplit soudain de tous les personnages du film. Ils voyagent tous ensemble, réconciliés. Que ce soit intentionnel ou pas, cela ressemble à un voyage vers la mort.

La séquence a bel et bien été tournée.

Les machinistes poussent des étais sous les supports de la plateforme sur laquelle a été construit le wagon. Ils s'en servent pour faire bouger le décor : à l'intérieur de la voiture, on se croirait vraiment dans un train en mouvement.

Les parois du wagon-restaurant sont en bois de hêtre. Des lampes à abat-jour et de petits vases garnis de fleurs l'agrémentent, tandis que des miroirs aux deux extrémités le font paraître plus long et comble. Tous les passagers sont vêtus de blanc, même le cardinal, comme les parents de Guido, Carla, la femme mystérieuse de l'hôtel, les filles des thermes, Claudia, le magicien, Rossella Falk, la Saraghina, Guido enfant, absolument tous. Après le clap, personne ne doit cligner des yeux, sourire général. Fellini fait asseoir Caterina Boratto à côté du cardinal, la Saraghina à côté des prêtres du collège puis, d'un plan à l'autre, tous les acteurs doivent changer de siège.

Comme sur le plateau du *Guépard*, il fait terriblement

chaud durant ces différentes scènes dans le wagon, la faute à un éclairage agressif. Entre chaque prise, Fellini et les acteurs sortent de la voiture et s'affalent sur des chaises disposées face à un ventilateur.

Puis ça recommence. Fellini presse Marcello et Anouk en leur disant que tout est fini, leur bonheur est derrière eux, ils ont le cœur brisé. Les deux s'exécutent.

> Anouk : « Continuer comme ça, pourquoi... pour satisfaire ton égoïsme ? »
> Marcello : « Tu crois vraiment qu'un autre mari ou un autre homme t'aurait rendue plus heureuse ? »

Ils reviendront tourner dans le train lors des tout derniers jours du tournage mais Fellini a déjà des doutes. Il terminera cependant l'intégralité de la séquence, il sera toujours temps de se décider plus tard, au montage.

Entre-temps, en septembre, on commence à préparer la séquence que Fellini a décidé de tourner pour le « Prochainement » (en Italie, les bandes-annonces démarraient toujours par « Prochainement... »). Son idée est de faire défiler tous les acteurs du film là où se trouve l'aéronef.

Fellini a raconté avoir eu cette idée de bande-annonce – qu'il voulait joyeuse – pour la simple et bonne raison qu'il lui semblait impossible (et comment !) de résumer le film. Mais comment justifier la débauche de moyens déployés pour une simple bande-annonce ? Huit caméras tournent simultanément, tous les acteurs (ou presque) sont convoqués, les techniciens, toute une organisation à mettre en place, générant un coût énorme et une énergie folle. Admettons que Fellini en s'activant sur le plateau ou en tournant sa bande-annonce ait pressenti que cela pouvait faire une très bonne fin, il ne l'a pas moins conçue comme une bande-annonce et a tout de même tenu à tourner jusqu'au dernier jour la séquence du wagon-restaurant. Ce ne serait donc vraiment qu'ensuite, malgré ce doute qui s'était insinué en lui un peu plus tôt, après avoir visionné les premiers plans du wagon-restaurant, que ses interrogations se seraient dissipées. Doute qui persisterait néanmoins durant toute la durée du montage, ne disparaissant définitivement qu'une fois celui-ci terminé.

Arrêtons-nous un instant sur une énigme, qui doit forcément avoir une explication rationnelle. Il se pourrait même que cette explication réside dans le fait que la séquence pour le « Prochainement… », dont il est dit qu'elle avait été tournée en une seule journée, en a tout de même nécessité deux.

Mais enfin, il y a bien une incongruité dans cette parade finale de *Huit et demi* telle qu'elle nous est parvenue : quand tous les acteurs descendent de l'escalier pour se mettre en cercle, Claudia Cardinale manque à l'appel.

Tous les personnages du film sont là, sauf elle. Encore une fois, comme dans la scène du harem, le film présente cette même et incroyable anomalie. Avant de poursuivre, il faut dire que le mystère ne s'arrête pas là car Claudia Cardinale est pourtant bien présente sur le plateau. Elle apparaît dans deux plans qui précèdent la scène de la parade, mais on ne la voit pas sur la passerelle.

Elle y est cependant, Camilla Cederna en parle dans son livre. Boyle le note dans ses carnets. Enfin et surtout, à un moment donné j'ai regardé une émission sur la RAI réalisée par Antonello Branca qui s'intitule : « Huit minutes sur le plateau de *Huit et demi* ». Elle a été tournée au moment de filmer cette bande-annonce, laquelle se situe chronologiquement vers la fin du tournage de *Huit et demi*. On y voit tous les acteurs vêtus de blanc qui patientent avant de se mettre en mouvement. Au milieu d'eux se trouve Claudia Cardinale, elle aussi vêtue de blanc, qui répond timidement à une interview assise dans un pré.

Tout le monde confirme qu'elle était bien présente ce jour-là et moi le premier, puisque je l'ai vue dans cette émission. Il n'y a donc aucun doute, elle est bel et bien là. Mais pas dans la parade. Et il est impossible qu'elle ait été écartée des dernières scènes pour des raisons ayant trait à l'histoire ou pour un quelconque autre motif.

Quand j'étais chez Claudia Cardinale, à Paris, je lui ai montré le document de la RAI pour lui faire part de mon interrogation. Elle ne se souvenait de rien. Elle a regardé ces images d'un œil amusé et attendri et, quand elle s'est entendue répondre à l'intervieweur, elle ne m'a parlé que de sa voix, Visconti avait préféré la doubler, ce qui l'avait blessée, et elle se sentait reconnaissante envers Fellini d'avoir choisi de la conserver. Il a fallu attendre *Huit et demi* pour entendre la véritable voix de Claudia.

Par conséquent, on en revient à l'unique explication possible : *Le Guépard*. Le jour où se tourne la bande-annonce, le ciel est couvert et il menace de pleuvoir. Les prévisions météo ne sont pas bonnes, on attend, puis Fellini est contraint de renvoyer tout le monde dans ses foyers.

Ce jour-là, pourtant, quelques plans ont été mis en boîte. Dans une des bandes-annonces en italien disponibles sur YouTube figure une scène de trois minutes quarante où l'on voit les clowns de la ronde finale arriver près de l'aéronef sous un ciel chargé. S'enchaînent ensuite quelques plans qui ne sont pas dans le film et, à un moment donné, on voit Guido/Mastroianni crier dans son mégaphone : « Claudia, où est la Cardinale ? Claudia, où es-tu ? » Dans la foule, au bas de l'escalier qui descend de l'aéronef, on voit Claudia qui se retourne, insouciante, vêtue du même habit blanc léger que dans le reportage de la RAI. Peu après, pendant la parade, Guido ordonne à la cantonade de mimer quelque chose et quand passe Claudia, souriante, il lui dit : « Claudia, si mystérieuse… »

De plus, dans les photographies de Gideon Bachmann qui apparaissent dans le documentaire de Mario Sesti, *La Dernière Séquence* – dernier témoignage de l'existence des scènes du wagon-restaurant –, on trouve également des clichés de la parade, et Claudia figure bien sur la passerelle. Le ciel est noir et, autour d'elle, une nuée d'imperméables, car les photos datent du jour des répétitions où Fellini a à peine eu le temps de faire quelques plans.

Mais les journées suivantes, Claudia n'est plus disponible parce qu'elle est déjà sur l'autre plateau. Elle devait probablement être à Ariccia pour des scènes du *Guépard*. Du reste, à ce moment-là, officiellement, concernant le film de Fellini, il ne s'agit encore que de tourner une bande-annonce. L'absence de l'actrice n'est donc pas aussi problématique que dans la séquence du harem.

Deux séquences sont inoubliables dans *Huit et demi*, le harem et la parade, deux séquences dont tout le monde se souvient, pourtant Claudia Cardinale n'y est pas.

Il manque également un autre personnage essentiel du film : la jeune fille de la source, que Claudia Cardinale incarne en plus de son personnage de Claudia l'actrice. Personnage essentiel parce qu'une fois qu'elle sera montée dans la voiture de Guido, c'est à elle que ce dernier va poser la question qui est un peu au cœur du film, celle du rapport entre fiction et réalité, entre les réalisateurs et la vie réelle. C'est donc là un personnage clé qui disparaît dans la scène du harem, même si pour Guido elle ne représente qu'un caprice omniprésent de son imagination. Il est proprement insensé que Claudia ne soit pas dans le harem, tout comme il est insensé qu'elle manque le grand final rassemblant tous les personnages avec lesquels Guido veut se réconcilier en même temps, y compris sa femme, bref, il veut aimer tout le monde. Et il est difficile de croire qu'il n'aime ni la jeune femme de la source ni Claudia, l'actrice.

Claudia Cardinale brille donc par son absence dans ces deux séquences mémorables de *Huit et demi*. Cette absence n'a aucun sens et elle pèse sur le film. Ce qui démontre combien *Le Guépard* a pesé sur *Huit et demi*.

Voilà encore un épisode de la bataille qui s'est livrée à travers ces deux grandes œuvres. Non seulement elles ont été tournées en parallèle mais elles ont toutes deux bénéficié du concours de Claudia Cardinale et de Nino Rota. *Le Guépard* a donc nui à *Huit et demi* parce qu'il a la primauté sur Claudia Cardinale, laquelle n'a pu concéder à Fellini que les quelques jours où elle ne travaillait pas avec Visconti, outre celui où ils ont partagé un couscous en son honneur. Le miracle de *Huit et demi* est d'avoir sublimé cette obstruction plus ou moins volontaire du *Guépard* sans que cela n'entame notre plaisir à regarder les séquences du harem et du défilé final.

Mais, sur la fin du tournage, Fellini sait qu'il ne peut renoncer encore une fois à la présence de Claudia lors de la parade. Ainsi, au montage, choisit-il deux plans qu'il est à l'évidence parvenu à tourner quelques jours avant son départ, lors de cette journée gâchée par le mauvais temps, et il les utilise comme introduction à la parade. Mieux, Claudia est la première à apparaître à l'écran avant la ronde. Fellini a fait en sorte que nous ayons le sentiment qu'elle en fait partie alors qu'en réalité elle n'y est pas ; après ces deux plans rapprochés placés au milieu d'autres plans larges, elle ne figure plus nulle part.

Jusqu'au dernier jour, Fellini continue de tourner la scène du wagon-restaurant. Il a désormais largement dépassé le délai imparti. Voilà comment Deena Boyer décrit la séquence filmée l'avant-dernier jour du tournage, le 13 octobre : « Le train entre dans un tunnel. Ou mieux, les fenêtres ont été opacifiées par un tissu noir. Les lumières s'allument et s'éteignent par intermittence tandis que les vibrations du train se font plus fortes. Soudain, Guido a chaud, il se passe une main dans les cheveux, regarde autour de lui, à l'intérieur, vers l'extérieur, et il voit le visage de sa femme se refléter dans la glace, avivé par les jets de lumière, il respire de plus en plus difficilement. C'est alors que les personnages vêtus de blanc émergent de l'obscurité. »

Il manque encore deux plans. On suspecte Fellini de n'avoir pas voulu finir le film sur le chiffre 13 qui marque ce jour d'octobre. On termine donc le 14, avant le grand déjeuner réunissant ce qui reste de l'équipe.

Beaucoup de gens revendiquent la paternité de la séquence finale.

Fellini examine le programme du jour du wagon-restaurant avec le directeur de la photographie Gianni Di Venanzo, et c'est là, on l'a vu, que lui viennent ses premiers doutes. En effet, en discutant de la séquence, il se dit que ça coince. Deux personnes s'attribueront plus tard le mérite d'avoir déterminé le choix de la fin. Le premier est Pinelli, le scénariste, qui, après que Fellini lui a montré les différentes scènes, l'aurait qualifiée de tragique, lugubre. Il soutient avoir dit au réalisateur qu'une telle fin était mortelle. En somme, la mort plane sur la séquence, ce qui est assez évident, mais c'est bel et bien ce qui était noté dans les intentions du scénario. Il est possible que Pinelli ait insinué que cette option était imputable à la tristesse et au pessimisme de Flaiano. Cela revenait à dire que Flaiano avait tout fait pour aller en ce sens, ce qui reste discutable car la séquence a toujours existé dans les diverses versions du scénario.

La vitalité de la séquence de la parade est à l'exact opposé de celle du wagon-restaurant. Son but est le même : il s'agit de réunir tous les personnages de la vie de Guido pour faire comprendre à sa femme que tous ces gens peuvent vivre ensemble, mais elle a un aspect émouvant et euphorique qui renverse radicalement la proposition ; elle résout de façon cruciale (je ne répète pas ce mot par hasard, parce que c'est ici que réside la force la plus évidente de ce film) l'idée du dépérissement.

La paternité de ce choix pour clore le film est aussi revendiquée par d'autres. Ettore Giannini, par nature, n'aurait jamais affirmé une telle chose, mais sa femme, Anna Giannini, est, elle, persuadée que son intervention a été capitale. Ettore Giannini, on le sait, est le directeur du doublage de *Huit et demi* et, sur ce film en particulier, Fellini a énormément repris les dialogues et la conception générale. Ce qui signifie que le travail avec le directeur du doublage est un travail de création. En ce sens, Ettore Giannini, mis à la porte du *Guépard*, est rentré par la fenêtre dans *Huit et demi* où il se pourrait fort qu'il ait joué un rôle non négligeable. Selon sa femme, il aurait insisté auprès de Fellini pour que ce dernier remplace la séquence du wagon-restaurant par celle de la parade finale.

Une chose est sûre : cette décision a été prise très tardivement. En novembre, Fellini hésite encore quand on lui demande laquelle des deux fins il préfère. Il répond (fin novembre) qu'il ne saurait trancher.

En janvier, les musiques sont enregistrées et Fellini fait procéder au mixage de toutes les bobines. Il rend donc une version définitive du film mais il possède encore deux fins. Ce qui est intéressant ici est que les plans de la fin dans le wagon-restaurant, y compris les plans qui servent à y arriver, ont été dûment coupés, montés et mixés. Il nous aurait été possible de voir ce premier final en parfait état. Si *Huit et demi* avait été réalisé à l'époque des DVD et des « bonus », cette séquence finale aurait été conservée. À l'inverse, au moment où Fellini choisit de conclure par la parade, les scènes du wagon-restaurant et celles qui nous y amènent sont détruites, il n'en reste que le témoignage photographique de Gideon Bachmann. Le temps a passé et certains techniciens et acteurs ne se rappellent même plus les avoir tournées. Si les photos n'existaient pas, on pourrait croire à une de ces histoires que Fellini inventait. Les clichés prouvent que tout cela a bien eu lieu.

Un doute persiste, soulevé par Piero Gherardi. Ce dernier croyait beaucoup à la scène du wagon-restaurant, à tel point qu'il est l'un des rares à l'avoir toujours défendue. Fellini lui répondit que pour l'avoir vue et revue plusieurs fois, il l'avait trouvée excessivement bergmanienne (où l'on comprend mieux sa volonté de s'éloigner des *Fraises sauvages*).

Cette qualification de « bergmanienne » a mis la puce à l'oreille de Gherardi. L'hypothèse qu'il émettait, indémontrable tout autant qu'irréfutable, est que Fellini ait pu (probablement ou vraisemblablement) montrer la fin dans le wagon-restaurant à Bernhard et que celui-ci l'ait incité à ne pas terminer le film sur cette espèce d'adieu collectif où un train rempli de fantômes semble en partance vers l'au-delà.

Cette version est impossible à établir, mais plausible. Ce qui est sûr, en revanche, c'est que Gherardi s'était donné beaucoup de mal pour construire ce wagon-restaurant et qu'il tenait à ce final qu'il trouvait puissant. Il se battit donc pour qu'il ne soit pas écarté, mais n'eut pas gain de cause : Fellini trancha, à raison, pour l'autre fin.

Plus tard, dans une interview publiée en avril 1963 dans *Bianco e Nero*, Fellini raconte :

> « La fin dans le wagon-restaurant non seulement était prévue par le scénario mais, en plus, je l'ai tournée, montée, et dans un premier temps je croyais que la fin serait bien celle-ci. Les choses se sont passées comme ça : il est arrivé un moment où j'ai voulu tourner la bande-annonce du film parce que je pensais que ce qui se fait d'habitude avec des bouts de scènes, d'images fixes, n'était pas satisfaisant. J'ai donc imaginé présenter tous les personnages du film sur la rampe de l'aéronef. On a convoqué tout le monde et j'ai tourné avec sept ou huit caméras parce que je voulais que cette présentation soit une sorte de joyeux bordel, que tous, acteurs, vedettes, figurants, seconds rôles, machinistes, que toute la troupe descende ce grand escalier, déambule sur la piste de façon loufoque, puis qu'au coup de fouet de Mastroianni, tous montent dans cette espèce de manège pour défiler au rythme d'une musique de fanfare. Ce devait être la bande-annonce du film. En la tournant, j'ai eu l'intuition que cela devrait être la véritable fin du film. Alors, j'ai tourné normalement cette présentation que je n'ai cependant pas fait développer parce qu'il aurait été risqué de

dévoiler la véritable fin du film avant l'heure. Et cette idée de rassemblement festif et débridé exposant tous les sujets du film, cette réunion, cette réconciliation générale entre les morts et les vivants, comme vous l'avez vu, je m'en suis ensuite servi. Il me parut que ce final présentait plusieurs avantages sur celui qui avait été précédemment imaginé. Mais, avant tout, il y avait la musique, et cela me paraît extrêmement important dans un film qui tend, grosso modo, à échapper au chaos pour atteindre une forme d'harmonie, une forme de chorégraphie dans laquelle tous les personnages se mettent à faire la même chose tous ensemble. Je dirais qu'il est philosophiquement important que le final soit mis en musique, tandis que dans l'autre fin, au lieu de la musique, il n'y avait que le bruit des roues du train, le bruit du train en continu (puissant, irrémédiable) qui donnait une sensation de confiance, c'est-à-dire, d'abandon. Le sens était donc le même. Marcello voyage avec tous les personnages de sa vie dans un train qui fonce dans la nuit et, malgré tout, ce voyage lui donne un sentiment de sécurité, et le film se terminait sur la folle tentative de Marcello de vouloir partager avec sa femme cette illumination qu'il avait eue et qui, pendant un instant, l'avait rendu serein. Mais il n'arrivait pas vraiment à l'exprimer et tout se terminait sur cette tentative loufoque d'expliquer ce sentiment de joie qui s'était emparé de lui. Et, de toute façon, par-dessus tout, le rythme des roues du train sursignifiait ce sentiment d'abandon, de sécurité. Le seul danger avec cette fin était que le film apparaisse finalement comme l'histoire d'un couple, d'autant que le film s'arrêtait sur la relation entre le mari et sa femme, ce qui me semblait exagéré par rapport à tout ce que l'on avait vu jusque-là. C'est aussi pour cette raison que j'ai choisi l'autre fin. Je tente de justifier cette préférence, mais en réalité cela a été davantage une intuition assez spontanée. Guido ne se réconcilie pas seulement avec sa femme, ce n'est pas seulement elle qu'il accepte, il accepte également tous les autres et, donc, arrive ce rassemblement, cette acceptation totale de soi et des autres. »

Concrètement, le bal du *Guépard* remplace la mort de Don Fabrizio, qui se situe dans l'avant-dernier chapitre du livre. Il se substitue également à l'épilogue, dans lequel Concetta devient le témoin d'un avilissement qui fait douter des sentiments amoureux entre Tancrède et Angelica ; ce qui pour Concetta est une sorte de revanche partiale et partielle.

Initialement, le bal ne devait donc pas être la fin du film. Quand Visconti se libère de ses obligations de réalisateur et se fait plus présent dans l'écriture du scénario, selon les témoignages des autres scénaristes et en particulier de Suso, il est déterminé à gommer la mort de Don Fabrizio du film. Lisant la version scénarisée du roman, Visconti a ce commentaire : « Belle mort, mais quel ennui – que c'est pénible d'arriver à cette mort ! »

« La vérité est que cette séquence était nécessaire à la structure interne du film justement en ce qu'elle a de démesuré. Il s'agit de quarante minutes qui en représentent bien plus. La fête chez les Ponteleone est traversée par la même dimension temporelle que l'on sent chez les Guermantes de Proust, le même délitement d'une société qui s'évertue par ses gesticulations à préserver ses codes… Le prince, durant ces quarante minutes, vieillit exactement de vingt ans, soit le temps qui s'écoule dans le livre entre le sixième et le septième chapitre. »

De ce qui s'est donc révélé une contrainte naît aussi l'idée que le bal puisse être le final, le lieu final du film. Et dans le scénario comme dans les prises qui vont suivre, ce bal va se dilater toujours plus jusqu'à devenir le temps fort du film, et non plus une simple scène de clôture.

Jusque-là, la mort de Don Fabrizio faisait partie des différentes versions du scénario. Elle disparaît quand Visconti décide que cette séquence du bal peut être un long final intégrant la mort de Don Fabrizio, mais pas sa mort telle que le livre la donne à lire (quand il revient de la visite médicale sur le continent, il est accompagné dans un hôtel près de la gare parce qu'il n'est pas en état de rentrer chez lui). Au contraire, dans cette longue séquence du bal, il se sent doucement partir. Il regarde les femmes désormais âgées avec qui il a eu des aventures dans sa jeunesse et, par contraste, il reconnaît non seulement la beauté d'Angelica mais aussi son pouvoir irrésistible, pouvoir qui s'épanouit sous ses yeux. Mais avant cela, Don Fabrizio se réfugie dans la bibliothèque du maître de maison et se met à contempler un tableau en se demandant comment un type comme lui pouvait posséder une peinture aussi sombre que *La Mort du juste*, de Greuze, puis il songe qu'après tout, Diego ne venait dans cette pièce qu'une fois par an (ce passage est dans le livre).

> « Comme toujours, les considérations sur sa propre mort le rassérénaient autant que celles sur la mort des autres le troublaient ; peut-être parce que, en fin de compte, sa mort était en premier lieu celle du monde entier ? »

Voilà la pensée que Tomasi prête à Don Fabrizio. C'est probablement dans ce passage que Visconti a imaginé ce qu'il partagerait ensuite avec ses scénaristes : le récit de la mort de Don Fabrizio débute durant la fête du bal. Il commencera à s'éteindre, à mourir, tout au long de la nuit, décident-ils.

Cette idée change donc le procédé narratif du film. Mais ce qui est alors une grande veillée funèbre organisée pour Don Fabrizio va se transformer en une séquence extrêmement longue, splendide et pleine de vie. Le récit autobiographique prend le pas sur la volonté de Visconti : tout se passe comme si le bal le ramenait à la grandeur perdue de sa famille et, face à cela, les sujets politiques du film sont anéantis.

Pour ces mêmes raisons autobiographiques, toute son attention se porte immédiatement (et passionnément) sur le personnage de Don Fabrizio, qui est là, au milieu de cette opulence, de cette joie de vivre, des danses et des tables débordant de nourriture, justement parce qu'il est au milieu de tout ce qu'il voit disparaître. Le personnage intéresse moins Visconti d'un point de vue narratif que d'un point de vue émotionnel, existentiel. Pour cela, il lui suffit d'un Fabrizio qui s'éloignera lentement du bal, tel qu'on le verra dans le film, pour enfin n'esquisser que la parabole finale. Nul n'est besoin de le voir mourir, nous le voyons s'affaiblir ou plutôt être affaibli. Ce qui est symboliquement plus fort que de le voir mourir. En somme, Visconti et ses scénaristes comprennent qu'il n'a pas à mourir sur scène, il suffit que l'on pressente sa mort.

Toutefois, dans le tableau de Greuze, Don Fabrizio, Tomasi et Visconti voient encore autre chose. Ils voient ce vieil homme agonisant dans son lit entouré de ses enfants, « et les filles étaient belles, plantureuses, le désordre de leurs mises suggérait davantage le libertinage que la douleur. On comprenait immédiatement qu'elles étaient le véritable sujet du tableau ». Ce contraste entre la jeunesse pleine de vie, voluptueuse, et le vieillard qui se meurt est exactement celui qui frappe Don Fabrizio, car à ce moment-là Angelica et Tancrède, qui le cherchent dans toutes les pièces, entrent dans la bibliothèque. Angelica vient lui demander quelque chose dont Tancrède est un brin jaloux, elle le prie de danser la prochaine mazurka avec elle. Don Fabrizio refuse. Cela l'obligerait à s'agenouiller et il ne s'en pense pas capable, cela figure dans le livre, mais en réalité Burt Lancaster souffre depuis des semaines d'une douleur au genou et il pourrait très bien le dire à la place de son personnage : « Je m'incline, mais nous danserons une valse. »

Nous voici arrivés à la scène la plus importante, la plus célèbre, la plus grandiose du *Guépard*.

La valse inédite de Verdi est diffusée dans toutes les pièces et le couple que forment Angelica et Don Fabrizio commence à danser. Il se passe alors énormément de choses, on sent la force de la vie et de la mort, l'acceptation de la vie et l'acceptation de la mort. Exactement comme dans le tableau de Greuze, Angelica et Don Fabrizio sont si beaux et distingués quand ils dansent que Tancrède les regarde, envieux, tandis que les autres se figent, s'immobilisent pour admirer cette valse.

Angelica qui danse avec le prince marque le triomphe de la bourgeoisie sur l'aristocratie, le moment de la séduction définitive et de la transmission des codes, tout en montrant l'habileté de la noblesse à se maintenir en selle en assimilant des parvenus. Mais le plus important, exactement comme les jeunes filles dans le tableau, c'est qu'Angelica est absolument souveraine et désirable. Comme le dit Tomasi du tableau, en réalité la peinture a été réalisée pour témoigner du pouvoir d'Angelica, même si la fin de Don Fabrizio est au centre.

« Sa grosse patte, décrit Tomasi, lui serrait la taille avec une vigoureuse fermeté, son menton prenait appui sur l'onde léthéenne de ses cheveux ; du décolleté d'Angelica montait un parfum de bouquet à la maréchale, surtout, un arôme de peau jeune et lisse », et c'est alors que lui revint cette phrase de Don Tumeo alors qu'ils étaient à la chasse, et que Don Fabrizio lui avait ordonné de ne plus jamais répéter : « Ses draps doivent avoir l'odeur du paradis. » Une phrase inconvenante et lourde de désir.

Voilà le véritable motif pour lequel Don Fabrizio s'était emporté contre Tumeo, il le ressent, il sent le puissant désir que provoque le parfum de cette fille, mais aussi sa supériorité ; le désir le submerge également parce qu'il fut un temps, ce genre de filles, il les aurait eues, pas simplement parce qu'il était jeune mais parce qu'il était prince et qu'elles n'étaient que des roturières. Aujourd'hui, c'est tout cela qui disparaît à cause de la vieillesse, à cause de l'Italie qui change. Et ce changement appartient à une génération, à une classe sociale, mais il concerne aussi ce grand prince qui s'éteint. Il sent qu'Angelica l'a vaincu, lui, Tancrède, sa classe sociale, et que cette nouvelle bourgeoisie dominera le monde. On trouve ici, d'abord, l'acceptation de la vie. Il a déjà accepté l'arrivée des Piémontais, l'unité italienne et l'avènement d'un nouveau monde. Maintenant il accepte qu'Angelica puisse, grâce à sa beauté, conquérir sa classe sociale mais aussi le monde sur lequel Don Fabrizio régnait.

Immédiatement après, il acceptera sa propre mort. Ainsi se termine le bal. Fabrizio préfère rentrer chez lui à pied, et son malheur, son mal-être profond, ce qui revient au même, doucement s'évanouit.

À la fin de la conférence de presse lors de laquelle Guido ne sait que dire, le producteur le menace, et un de ses collaborateurs lui glisse un revolver dans la poche pour qu'il puisse en finir, puis tout cela s'évapore. Guido reste seul devant la structure gigantesque construite pour l'aéronef. Il ordonne qu'on l'abatte, salue tout le monde et donne rendez-vous, peut-être, pour un prochain film.

Le critique l'attend dans sa voiture, tous deux se félicitent qu'il ait su renoncer au film. Le critique, retors, même s'il cite Mallarmé et fait entrer Guido dans le cercle restreint des intellectuels ayant eu le courage de se renier, ne sait pas que Guido vient malgré tout de terminer le film – le démontage de la scène paraît avoir été effectué pour quelque chose qui n'a jamais commencé alors qu'en réalité cette chose est sur le point de se conclure. Le critique parle, parle, fait des théories, quand le magicien d'Asanisimasa arrive et dit à Guido : « On est prêt. » À partir de là, Guido éprouve soudain une délicieuse sensation de plénitude.

Claudia apparaît, d'abord souriante, puis elle marche seule. Elle est seule parce que, je l'ai dit, les autres femmes qui préparaient un bain dans la maison de campagne, Carla, la Saraghina et les autres, forment un tout (c'est ce que Fellini a trouvé pour faire tenir debout la présence à peine suggérée de Claudia Cardinale).

Et Guido demande pardon : « Comme c'est bon de vous avoir, de vous aimer. » Pendant ce temps, Luisa s'approche de la voiture : « Luisa, je me sens libéré, tout me semble agréable, tout a un sens, tout est vrai. Ah ! Comme j'aimerais pouvoir m'expliquer, mais comment dire… Eh bien, je me sens aussi confus qu'avant, mais cette confusion, c'est moi, je suis comme je suis, comme j'ai envie d'être. Et cela ne me fait plus peur. Je cherche à dire une vérité que je n'ai pas encore trouvée, il n'y a que de cette façon que je me sens en vie et je peux regarder tes yeux fidèles sans honte. La vie est une fête, vivons-la ensemble. Je ne sais quoi dire de plus, Luisa, ni à toi ni aux autres. Accepte-moi tel que je suis, si tu peux. C'est l'unique moyen pour essayer de nous retrouver. »

Luisa répond par un sourire, elle est très proche du personnage que Guido avait imaginé dans son harem : « Je ne suis pas sûre que tu ne me racontes pas d'histoires, mais je peux essayer, si tu m'aides. »

Sur ces mots, la musique de Nino Rota démarre.

Les clowns apparaissent à la queue leu leu en jouant, suivis par l'enfant qu'a été Guido. Enfin, tous ces gens que Guido aime (ou plutôt, les personnages du film de Fellini), habillés de blanc, s'avancent vers la structure de l'aéronef, demeurée intacte, à la nuit tombante. Guido, pensif, prend un mégaphone et commence à donner des indications comme un réalisateur. Il demande à l'enfant de se rapprocher d'une grande tente blanche et demande qu'on l'ouvre. Quand elle s'ouvre enfin, tous les personnages (sauf Claudia, et d'autres qui ont sans doute eu un empêchement) descendent l'escalier en souriant et en bavardant. Les curés et le cardinal, le producteur, les gens de l'équipe, les infirmières de la station thermale, amis, amants, fantasmes, personnes du passé et à peine entraperçues. Les parents de Guido sont également là, en blanc. Il appelle sa mère qui se retourne pour lui signifier qu'elle doit rejoindre son père. Tous montent progressivement sur la passerelle, ses parents les y rejoignent. Carla s'approche de Guido pour lui dire : « Moi j'ai compris ce que tu veux dire, tu ne peux pas te passer de nous. » Toujours au mégaphone, Guido demande qu'on se prenne par la main, et la marche de Rota repart, tandis que Guido crie : « Tous ensemble ! Tous ensemble ! » Et la ronde commence pour tous ces gens qui font partie de la vie de Guido, ils sourient et sautent sur la passerelle, formant un cercle. Puis, dans un geste très émouvant, Guido va chercher Luisa, il lui tend la main, Luisa la prend et tous deux entrent dans la danse, entrent dans la ronde, donnent la main à d'autres et se mettent eux aussi à tourner.

C'est profondément humain, déchirant. C'est exactement ce que chacun d'entre nous désire le plus au monde.

Puis, dans la nuit, la petite marche ralentit, les clowns continuent à jouer et exécutent une danse toute simple dans le rond de lumière d'un projecteur. Enfin, le petit garçon reste seul avec son pipeau, le son de la musique faiblit, les lumières faiblissent, et apparaît à l'écran le banc-titre : *8 ½* de Federico Fellini.

Durant l'après-midi où la scène a été tournée, Fellini souffre d'une sciatique. Il tient à peine debout. À un moment donné, oubliant la douleur, il se met à courir de la caméra à la piste où évoluent les acteurs qui tournent en rond main dans la main, et donne des indications (exactement comme Guido dans le film) en hurlant : « Courez ! Courez ! » Puis il tape des mains pour marquer la cadence, interpelle le magicien en tête du cortège pour qu'il les guide vers la route. Alors que la nuit est déjà tombée, le cortège s'éloigne de la passerelle dans la direction indiquée, avant de disparaître dans la pénombre, ne laissant voir de loin pour un bref moment encore que les taches blanches des vêtements dans l'obscurité.

Cela n'a pas été retenu au montage.

Quelques jours auparavant, le 28 septembre, tout le monde sait qu'une nouvelle séquence de fin doit être tournée pour remplacer celle du wagon-restaurant. Pendant que l'on discute sur le plateau de la remise en cause de la fin que chacun connaît, un mannequin à l'effigie de Mastroianni est jeté à la mer d'un hélicoptère. Dans l'eau, le mannequin est récupéré, puis on le jette à nouveau. On tourne la scène du rêve du début du film.

Dans ce vacarme, on apprend que deux techniciens sortis en mer sur une petite embarcation pour superviser la scène sont en difficulté. Il semble qu'ils aient disparu. Alertés, les garde-côtes dépêchent immédiatement un canot à moteur pour aller à leur recherche. On est inquiet, on attend. Étrange coïncidence si l'on repense au naufrage survenu quelques mois plus tôt sur le tournage du *Guépard*. Les deux hommes de l'équipe réapparaissent soudain sains et saufs, stupéfaits de l'agitation qui règne sur le plateau.

> « Don Fabrizio connaissait cette sensation depuis toujours. Cela faisait des décennies qu'il sentait que le fluide vital, la faculté d'exister, la vie en somme, et peut-être aussi la volonté de continuer à vivre s'écoulaient de lui lentement mais sans discontinuer, comme les tout petits grains se pressent et défilent un par un, sans hâte et sans relâche, devant l'orifice étroit d'un sablier. À certains moments d'activité intense, de grande attention, ce sentiment d'abandon continuel disparaissait pour se présenter de nouveau impassible à la moindre occasion de silence et d'introspection, comme un bourdonnement constant à l'oreille, les battements du balancier d'une horloge s'imposent quand tout le reste se tait, nous donnant alors la certitude qu'ils ont toujours été là, vigilants, même quand on ne les entendait pas. »

Ce concept d'acceptation de la mort était probablement ce que sous-tendait la séquence du wagon-restaurant. En quelque sorte, ce voyage pouvait évoquer l'ultime voyage ; et la réconciliation avec le monde, celle de Guido avec tous ceux qui l'entourent, devait se produire tout à la fin. Tandis que le final que nous connaissons, qui se produit sans aucun doute au milieu de sa vie, quand Guido est prêt à se reprendre (et à faire le film qu'en réalité il a déjà fait), est sa manière à lui, très énergique, d'accepter sa vie. C'est évidemment la raison pour laquelle Fellini songe à l'éventualité de la fin sur une passerelle après avoir visionné les plans du train. La passerelle est la quintessence de sa *bella confusione*. Elle découle du film tel qu'il l'a vu jusque-là et lui fait prendre conscience de sa soudaine vitalité. Grâce à l'émotion que nous transmet cet homme dépressif dans la ronde finale, nous sortons du cinéma euphorique parce qu'il accepte sa vie mais aussi parce que cette fin est le point d'orgue de son retour à la vie.

Dans le bal du *Guépard*, Don Fabrizio se retrouve aussi au milieu d'une *bella confusione*, qu'il admet, qu'il pardonne. Il a vécu sa vie et peut désormais tirer sa révérence. Il peut se retirer dans une bibliothèque et regarder la mort en face dans un tableau. Il peut s'éloigner à pied, seul, lentement, peu lui importe de laisser derrière lui un monde qui continue de rouler à bride abattue. Son acceptation de la mort découle de son acceptation de la vie, celle qu'il a vécue ou celle de son entourage, qui est sur le point de basculer.

Les deux œuvres se sont débarrassées de leur ambiance macabre. Le chapitre sur la mort de Don Fabrizio a été expurgé, la fin dans le wagon-restaurant a été écartée.

Ainsi, ces deux films aussi éloignés l'un de l'autre, si différents, sont fortement liés. D'abord par leur parcours absolument synchrone, par le fait qu'ils proposent un récit autobiographique (suivant deux procédés opposés), bien qu'ils tentent chacun de raconter l'histoire de celui qui les réalise. Ils sont profondément liés du fait de leur énergie vitale mais aussi de leur acceptation conciliante de l'époque, ce qui revient à accepter que ces films, qui seront emblématiques du cinéma italien, poursuivent leur propre destin. Autrement dit, le personnage du Guépard et *Le Guépard* en tant que film, et par conséquent aussi le réalisateur du *Guépard*, acceptent d'être arrivés au terminus d'une certaine grandeur du cinéma. D'autre part, le réalisateur Fellini a accepté sciemment de donner le premier rôle à un réalisateur et que la fin de *Huit et demi* exprime que la vie vaut la peine d'être vécue quelle qu'elle soit, au moment même où le cinéma italien s'apprête à vivre une période marquée par de considérables difficultés.

Les deux films ont donc en commun leur grandeur, tant en termes de créativité que de qualité artistique. Ils expriment pleinement, à travers ou à l'intérieur de cette grandeur, une décadence, formelle, existentielle, financière. Ils ont en commun leur antagonisme tout en étant l'expression de deux mondes qui ont pourtant traversé les mêmes difficultés depuis des années. Conçus et réalisés au même moment, ce que tout le monde a oublié, ils ont en commun d'être devenus avec le temps de très grands films.

Cette confusion, c'est moi. Je suis tel que je suis, et non tel que je désirerais être.

Fellini a dès le début évoqué cette acceptation de la vie et c'est en substance ce qu'il oppose au critique qui l'avait attaqué à la radio : « Si tu considères comme démesurée mon invitation très sincère à accepter la vie telle qu'elle est, je ne vois pas ce que tu considères comme mesuré. »

Les spectateurs de l'époque et d'aujourd'hui ressortaient et ressortent encore de la projection de ces deux films habités d'un sentiment d'acceptation, de la vie comme de la mort. Ils éprouvent cette vitalité apaisée que ces œuvres sont parvenues à nous inoculer. Nous voilà réconciliés avec le monde extérieur, les épreuves de la vie qui, sur le moment, nous étaient plus ou moins incompréhensibles. Quelle jolie pagaille.

Durant toutes ces années où Fellini et Visconti se détestaient, s'évitaient, s'affrontaient, jusqu'à cette confrontation silencieuse mais directe entre *Huit et demi* et *Le Guépard*, Giulietta Masina a fréquenté Visconti. Ils s'appréciaient (bien que Visconti ait été très dur avec elle après avoir vu *La Strada*) et Giulietta acceptait de temps en temps de répondre aux invitations de Visconti à l'une de ces luxueuses soirées qu'il organisait chez lui. Bien entendu, elle s'y rendait accompagnée seulement de quelques amis, Federico n'était pas invité, cela allait de soi. Le sujet était un peu embarrassant, assez délicat, mais Giulietta pensait soit vouloir (et démontrer qu'elle pouvait) vivre sa vie indépendamment de son mari, soit jouer les intermédiaires pour résoudre cette guerre froide qui s'éternisait.

De retour chez elle, Giulietta racontait combien Luchino avait été adorable, un vrai gentilhomme, et que cela serait formidable si, un jour, Federico pouvait l'accompagner. Il était temps d'en finir avec ce conflit absurde, ce mépris réciproque, disait-elle. Mais elle était bien la seule à s'employer à la réconciliation. Tous les proches et collaborateurs des deux cinéastes restaient sur leurs positions. Et s'il arrivait aux uns de croiser Visconti ou d'aller à l'une de ses fêtes, ils le cachaient à Fellini, les autres faisaient de même avec Visconti s'ils voyaient Fellini.

D'autant que les deux réalisateurs étaient si jaloux l'un de l'autre qu'ils surveillaient attentivement leur garde rapprochée en testant leur fidélité. De fait, cela créait automatiquement chez chacun une espèce de soumission qui impliquait que celui qui avait choisi son camp se sentait obligé de garder ses distances avec l'autre. Cela durait depuis des années, depuis l'algarade de Venise, devenue mythique.

Lors du festival de Moscou où *Le Guépard* est présenté hors compétition, Giulietta sait que Visconti sera là. Elle pense, comme beaucoup d'autres avec elle, que le moment est venu de mettre fin au conflit. Mi-juillet, les deux films sont déjà sortis et ils ont très bien marché, Visconti a reçu la Palme d'or, Fellini est sur le point d'être récompensé à Moscou et de conquérir les États-Unis. Tous deux sont désormais révérés et encensés. Les principaux motifs de leur rivalité par films interposés sont désormais dépassés.

Après avoir préparé Federico à cette éventualité, Giulietta s'arrange pour que les deux hommes se croisent dans le hall de l'hôtel. Ils sont chacun assez intelligents pour comprendre que ce conflit larvé de plus de dix ans n'a que trop duré.

Sous le regard sévère et presque menaçant de Giulietta, les deux hommes se dévisagent et s'embrassent sans un mot. Voilà comment leur longue animosité cesse, du moins s'atténue-t-elle.

Les D'Amico ont immortalisé le moment où ils s'embrassent sur une photo qu'ils assurent détenir mais que je n'ai pas vue.

Pendant des années Visconti et Fellini ont tout fait pour n'avoir jamais à se croiser, ils s'ignoraient, se défilaient dès que l'autre apparaissait, ils se sont insultés, puis ils ont finalement accompli dans le hall de l'hôtel Moscova ce geste libératoire venant conclure une longue période de malentendus.

Leurs rapports deviennent alors cordiaux, on ne peut parler d'amitié, mais sans aucun doute se montrent-ils un grand respect.

Fellini fait même le premier pas en manifestant publiquement son estime pour Visconti. Son geste a lieu justement (et très symboliquement) durant la Mostra de Venise en 1967, lors de la première de *L'Étranger*. Sa réelle motivation est que le film a été produit par la société de production de Mastroianni. Il n'en va pas moins vers Visconti à la fin de la projection pour lui dire : « C'est ton plus beau film. »

L'assertion de Fellini prête toutefois à caution, cette adaptation du roman d'Albert Camus étant objectivement une des moins réussies de toute la filmographie de Visconti.

Difficile de dire, donc, si Fellini ne lui fait pas une sorte de vacherie déguisée en compliment.

En 1968, invités tous deux dans une émission télévisée dont le thème porte sur la jeunesse contemporaine, ils sont parfaitement raccord. Dans leurs échanges, ils se disent sceptiques et pessimistes quant à l'avenir, adoptant une attitude hautaine qui frôle même le mépris pour la jeunesse en question. Puis, en 1969, Visconti rend la pareille à Fellini en assistant à la première de son *Satyricon* à Venise. À la fin de la projection, il lui envoie, de loin, un baiser de la main accompagné de grands gestes, comme si leur volonté était d'afficher une considération qui ne s'était jamais vérifiée durant des années. À cette occasion, interviewés à la volée par le journaliste italien Lello Bersani, ils se laissent aller à un humour déplaisant, de mauvais goût, en ironisant sur l'homme qui a refusé de venir à la Mostra. Il s'agit de Pier Paolo Pasolini, lequel, comme à l'accoutumée, répond dans les colonnes d'*Il Tempo* par une lettre ouverte à Visconti qu'il tient pour son ami (signalant par-là que Fellini ne l'est plus). Il dit du mal de son film, *Les Damnés*, mais lui rappelle surtout cet épisode : « Même si l'on m'a rapporté que tu étais aux côtés de Fellini à Venise, que tu étais son complice pour médire, sans le nommer, sur l'absent (moi, en l'occurrence, j'étais absent pour protester contre deux procès dus à ma présence à Venise l'année dernière), jamais je n'aurais espéré le soutien de Fellini, ce brave garçon. Mais le tien… »

À l'évidence, les deux réalisateurs demeurent des artistes complètement différents mais ils font partie du même monde, celui de ceux qui ont connu l'ivresse des sommets et ne sont peut-être plus aussi puissants, voire sont mis en difficulté. L'année d'après, en 1970, toujours à Venise, on projette la première des *Clowns*. Dans un reportage d'actualité, on voit Fellini se lever pour recevoir les applaudissements de la salle et, derrière lui, parmi ceux qui applaudissent, le premier que l'on aperçoit est Zeffirelli (le meneur de la fronde contre *La Strada* en 1954), avant que Fellini ne tende la main vers quelqu'un d'autre. La caméra panote et Visconti entre dans le cadre. Ils se donnent l'accolade un instant, Visconti le félicite.

Mais en 1970, un événement vient renforcer cette amitié nouvelle. Ils sont invités au festival de Spoleto pour recevoir les prix « Spoleto Cinema » sous la forme d'une œuvre créée à cet effet par Giacomo Manzù. Il y a là Suso, récompensée pour le scénario d'un film de Luigi Commencini et Zeffirelli qui, juché sur la scène, applaudit. Il y a également Giuseppe Rotunno, le directeur de la photographie des deux cinéastes. Monica Vitti reçoit un prix, comme Alberto Sordi, qui s'est fait excuser parce qu'il souffre de diverticules. Enfin, devant un parterre de photographes électrisés et un public qui applaudit debout, Visconti est récompensé pour *Les Damnés*, puis vient le tour de Fellini et de son *Satyricon*. À cette occasion, mais cette fois sans improviser devant le micro de Bersani à la sortie d'une projection ou pendant un dîner, ils acceptent de répondre à une courte interview conjointe, dans un théâtre vide. Ils sont installés à quelques sièges de distance, sur deux rangées différentes. Visconti porte un costume élégant et, tourné vers l'intervieweur, il déclare : « Il n'existe qu'un Fellini et qu'un Visconti, ils se font rares. »

Puis de se retourner vers Fellini assis une rangée derrière lui : « Qu'en penses-tu ? »

Fellini : « Ça, c'est sûr. »

Puis, Fellini, qui a véritablement l'intention de le flatter : « Je suis heureux de serrer la main de mon collègue Luchino pour la constance et la vigueur dont il fait preuve et qui me fait chaud au cœur. C'est un collègue que j'apprécie vraiment… »

On entend Visconti hors champ : « Je te remercie. C'est réciproque. » (Et il tire une bouffée sur sa cigarette, satisfait, tout en continuant à l'écouter, l'air pénétré.)

Fellini : « … pour sa façon de s'exprimer, pour son engagement et surtout pour l'humilité qu'il y a, au fond, dans la façon qu'a Visconti de faire son métier d'artiste. » Il s'est tourné vers Visconti, lui met la main sur l'épaule. « T'es content comme ça, Luchino ? »

Visconti : « Très content. »

Cet écart de conduite ironique de Fellini désarçonne peut-être un peu Visconti qui n'a pas le même style. Mais, brillant esprit, il répond : « Comme j'aimerais que ces mots puissent être gravés sur une petite stèle. »

Ils sont mal à l'aise, ils sont complaisants, ils tiennent à montrer combien ils s'estiment, mais ils semblent aussi s'amuser de cette rivalité qui les a longtemps définis.

Dans les années qui suivront, à l'inverse des précédentes, ils ne manqueront pas de se faire des compliments. Quand on demandait à Visconti quel film il aimerait voir, il citait invariablement Fellini. Une fois, interrogé à propos de ses collègues italiens, alors que Visconti n'était déjà plus de ce monde, Fellini éprouva l'envie d'en dire plus long à son sujet :

> « Parmi tous mes collègues – à part Rossellini qui est une espèce d'Adam, notre père spirituel –, et chacun dans son genre, j'ai beaucoup d'estime pour la constance, la cohérence, cette façon pointilleuse, précise et presque mystique qu'a Michelangelo Antonioni de ne parler que de lui. Visconti aussi était un auteur que j'appréciais beaucoup pour sa générosité et aussi

> pour son humilité, car Visconti se souciait vraiment du public, il avait un côté très XIXe, c'était un conteur, il voulait réussir, c'était un seigneur de la mise en scène. Tout y était : personnages, époques, thématiques. Cette générosité, sa volonté de clarté, d'arriver à émouvoir, à rendre curieux, conformément à la tradition narrative, justement, du XIXe, le mélodrame, tout cela me le rendait très sympathique. J'appréciais son genre de modestie, celle de l'artisan qui veut bien faire. Voilà, j'ai beaucoup d'estime pour ceux qui travaillent bien. »

En juin 1963, mon père et ma mère se rendent à Rome pour deux ou trois jours. Dans ces années-là – c'était encore vrai il y a peu –, les films restaient à l'affiche pendant des mois après leur sortie puis étaient projetés dans des salles plus modestes. *Le Guépard* et *Huit et demi*, films à succès, devaient donc encore être programmés en centre-ville. Mes parents sont donc forcément passés devant une salle où *Le Guépard* et *Huit et demi* étaient à l'affiche. Je ne sais pas s'ils sont allés au cinéma durant leur séjour ou s'ils les avaient déjà vus à Caserta.

Ils étaient invités chez l'oncle et la tante de ma mère, chez qui elle avait vécu un temps avant de se marier. J'ai connu l'endroit pour y être allé quelquefois enfant. C'était dans le quartier des Parioli mais je ne le savais pas, cela m'est revenu bien plus tard. Je me souviens seulement d'avoir senti, pas dans la maison mais dans les rues du quartier, une odeur prégnante qui me rendait particulièrement mélancolique. Durant mes premières années à Rome j'ai mis un bon bout de temps avant de me débarrasser de l'effet qu'avait sur moi cette odeur. J'ai oublié de quel genre d'odeur il s'agissait, si c'était l'odeur de Rome ou une autre dont j'ai perdu la trace.

Mes parents étaient allés à Rome parce que mon père avait acheté des billets pour un match de football, une rencontre amicale au Stade olympique. Ils me l'ont raconté mais je n'arrive pas du tout à me rappeler quel âge j'avais quand ils m'ont fait ce récit, treize, seize, vingt, trente ans, je ne me souviens absolument pas, peut-être étais-je avec mes frères, peut-être pas, en tout cas je me souviens que nous étions en voiture et que, chacun à son tour, ils me donnaient un détail de leur voyage. On revenait de je ne sais où, c'était le soir, et nous étions sur une route qui montait, de nuit, les phares trouant l'obscurité.

Il s'agissait d'un match amical de l'intersaison qui opposait la Roma à Santos où jouait Pelé. Mon père voulait le voir jouer en chair et en os au moins une fois dans sa vie.

D'après les journaux, le temps était humide, il avait plu au début de la seconde mi-temps. Quarante mille spectateurs dans les tribunes et mon père était l'un d'eux. Le match fut splendide, inoubliable. Santos remporta la partie par 4 buts à 3 et Pelé marqua deux fois, d'abord d'une tête plongeante spectaculaire, sur les photos. Il fit aussi une passe décisive qui mystifia la défense romaine (expression consacrée de journaliste). Les articles mentionnent aussi que l'équipe de Santos, fatiguée après un match à Barcelone, aurait un peu snobé la rencontre contre la Roma en jouant un ton en dessous. En réalité, pourtant, un 4 à 3 avec deux buts de Pelé, ce dut être palpitant. Pour mon père, aucun doute, car ensuite, de retour chez mon oncle où ma mère l'attendait déjà couchée, il ressentit, gonflé d'adrénaline, le besoin de se défouler, peut-être aussi parce que mes parents étaient émoustillés par le fait de ne pas être chez eux, de faire attention à ne pas faire de bruit, bref, de faire ce qu'il aurait mieux valu ne pas faire.

Dans la voiture ce fameux soir, j'appris qu'ils étaient

absolument certains de m'avoir conçu cette nuit-là. Personnellement, je suis très heureux d'avoir été conçu à Rome après deux buts de Pelé au moment où, dans les salles de cinéma, on projetait *Le Guépard* ou *Huit et demi.*

Mes parents sont aujourd'hui décédés.

Comment, selon quels critères, pour quelle raison, un artiste passe-t-il d'un projet artistique à l'autre tout en pensant déjà au suivant, lequel peut alors paraître un peu faiblard pour finalement se révéler magistral, ou sembler au contraire très ambitieux pour accoucher d'un navet ? Pourquoi et comment arrive-t-on à concevoir une œuvre si personnelle en ne suivant aucun plan structuré, et comment peut-on avoir la prétention que cette chose prendra autant de valeur que *Huit et demi* ? Pourquoi un artiste ayant connu le succès total avec *La Dolce Vita* croit-il pouvoir s'autoriser à se lancer dans une espèce de récit aussi nébuleux. Hasard ou obstination ? On ne saura jamais.

Je crois pouvoir me risquer à dire que cela n'arriverait pas sans une bonne dose d'inconscience, cela rend plus audacieux, moins timoré, tandis que si l'on est cultivé et réfléchi, on finit par se sentir complexé vis-à-vis des grands penseurs. Au fond, la différence s'est faite sur son inconscience, sa culture brouillonne et aussi, paradoxalement, sa bêtise (Fellini la revendiquait continuellement). Comme le confesse Fellini à Camilla Cederna, ce sont ces ingrédients qui lui ont permis de créer une œuvre à ce point périlleuse qu'elle n'était pas à l'abri de donner dans le ridicule, dans la faute grotesque. Quelqu'un de plus cultivé et de plus outillé aurait eu tendance à se censurer, à faire preuve de pudeur et à craindre de commettre des erreurs, et n'aurait pas pris tant de risques. Fellini, lui, n'avait aucune formation intellectuelle, il avait commencé par dessiner des petits crobards pour un journal populaire, était passé par le cabaret, la radio, et il avait écrit des films pour Aldo Fabrizi.

Pour essayer de m'expliquer, je vais m'appuyer sur un des grands livres de la critique littéraire, *Mimesis*[59]. Erich Auerbach l'a rédigé durant la Seconde Guerre mondiale, à Constantinople, où il n'existait ni grande bibliothèque pour étudier les textes européens ni publications critiques fiables sur ces mêmes textes. « Du reste, écrit-il, il est très probable qu'un livre doive son existence à l'absence d'une bibliothèque spécialisée. Si j'avais pu faire des recherches, m'informer sur tout ce qui avait été écrit sur tel ou tel sujet, peut-être n'aurais-je pas été amené à écrire. »

À mon sens, c'est justement parce que Fellini est en partie et en pratique superficiel qu'il a eu l'idée d'un film aussi ambitieux en prenant le risque de le rater. Son idée pouvait paraître si naïve qu'un autre que lui, plus cultivé, l'aurait rejetée immédiatement tandis que lui a eu le courage d'aller au bout.

Quant au *Guépard*, pourquoi ce film qui vit le jour sous la forme d'un scénario très structuré et proche du roman s'est-il progressivement, durant le tournage, transformé en un film plus personnel, où Visconti s'est presque vu lui-même incarné par Burt Lancaster (qu'il croyait au départ totalement incapable de jouer le prince Salina) ? Pourquoi ce film prend-il une tournure autobiographique, déviant de sa trajectoire permettant l'affirmation d'un style cinématographique dans la droite ligne de *Senso* mais libéré des contingences politiques ?

D'où vient qu'une histoire comme celle des tournages parallèles du *Guépard* et de *Huit et demi*, qui m'a été racontée par Claudia Cardinale un jour où nous attendions en fumant une cigarette les répétitions du festival de San Remo, se soit mise à m'obséder au point que je veuille en faire un documentaire, puis une série télévisuelle – moi qui écris des livres –, pour finalement décider d'en faire un livre après avoir lu un ouvrage qui n'a rien à voir avec tout ça bien qu'il m'ait servi de révélateur, soit *La Famiglia Manzoni*, de Natalia Ginzburg ? Et pour quelle raison, à mesure que j'entrais dans cette espèce de récit documentaire, ai-je commencé à comprendre qu'il me concernait moi, comme *Le Guépard* avait ému Visconti après de longues circonvolutions ? Si *Huit et demi* a influencé toute ma vie d'écrivain, j'écris cependant ce texte en empruntant le chemin qui fut celui de Visconti avec *Le Guépard*. À savoir que je m'empare d'un objet qui m'est pour moitié étranger et qui en même temps me concerne totalement : ces œuvres qui ont influencé ma jeunesse ont fait que le cinéma est devenu mon travail, ma profession.

Je suis persuadé que si je me lève très tôt le matin, mû par une sorte d'élan, comme poussé par une main invisible qui me sort du lit en me disant « Allez ! », sachant que dès le début de la journée je ferai mon possible pour avancer sur mes projets ou ceux que l'on me confie, c'est parce que j'ai eu *Le Guépard* entre les mains dès le lycée. C'est aussi certainement parce que je suis resté devant la télé pendant des mois à regarder *Huit et demi*, parce que j'avais compris qu'il y avait là quelque chose qui m'incitait à penser que je pouvais moi aussi m'exprimer et créer. Si ces deux œuvres ne s'étaient pas présentées, peut-être jamais n'aurais-je eu le désir, l'élan, et probablement encore moins les outils, pour m'imaginer un jour m'exprimer à mon tour.

Je n'ai jamais su quel sens donner à tout cela, pas plus que je ne sais pourquoi je me suis obstiné, depuis tant d'années, à exercer un métier qui soit indispensable à ma vie. Mais je sais que c'est une façon de vivre qui est totalement subjective et discutable. Si je ne me levais pas le matin en me sentant obligé d'écrire, ma vie serait vide ; pour autant, concrètement, cela n'a aucun sens, aucun sens autre que celui que j'ai bien voulu lui donner et, dans cette espèce de piège dans lequel je me suis fourré, il me semble que je comble un besoin et que je remplis un devoir, lesquels pourtant n'existent pas. Je me suis imposé de vivre dans cette cage que je me suis créée.

Il n'existe aucune autre réponse à cela que celle donnée par Flannery O'Connor concernant son élevage de paons. À qui lui demande pourquoi elle élève des paons, elle répond que rien ne l'y oblige. Elle le formule même d'une manière plus intéressante encore, pour elle la question ne se pose pas puisque nous sommes censés connaître la réponse. Et la réponse est : cela n'a aucun sens d'élever des paons. On le fait, et c'est tout.

Durant la période où je préparais ce livre, je travaillais également sur des adaptations d'ouvrages contemporains à succès ou inspirés de classiques. Alors que j'étais sur le point de terminer ce livre, autre coïncidence, personnelle cette fois, un producteur m'a proposé de faire un remake du film de Marco Ferreri, *Le Lit conjugal*. En attendant que ce livre sorte, je travaillais donc au remake d'un film que j'avais mentionné parce qu'il avait partagé l'affiche avec *Le Guépard* et *Huit et demi* en 1963.

Durant la phase d'écriture, Alain Delon a fait une attaque cérébrale heureusement sans gravité. Le lendemain, les journaux annonçaient la mort de Piero Tosi qui avait confectionné, parmi ceux de centaines d'autres films, les costumes de Claudia Cardinale et tous ceux du *Guépard*. En février, ce fut le tour de Peppino Rotunno, l'immense chef opérateur du *Guépard* et des derniers films de Fellini.

Lina Wertmüller est également décédée pendant que

j'écrivais. Avant d'être la première femme nominée aux Oscars, elle fut l'assistante de Fellini sur *Huit et demi.* J'avais essayé de la rencontrer mais sa fille ne m'a pas beaucoup aidé ; sans doute savait-elle qu'elle ne me serait pas d'un grand secours.

Cela vaudrait la peine de raconter l'histoire de tous ceux qui dans leur carrière ont eu affaire à Fellini ou à Visconti. Par exemple, celle de Francesco Rosi, dont je parle dans ce livre. Il a été l'assistant de Visconti sur *La terre tremble*, *Senso* et *Bellissima* (dont il a écrit une partie du scénario). Il a aussi été l'assistant au doublage d'Ettore Giannini et assistant-réalisateur sur *Le Carrousel fantastique*, auquel il a également contribué par endroits, on lui doit notamment les plans de cartes postales que l'on voit dans le film (avant qu'il ne parte prématurément, à la suite d'une dispute avec Giannini). Puis il contribua indirectement à la réussite de *Huit et demi* pour avoir libéré trois semaines avant la fin du tournage de *Main basse sur la ville* (autre film tourné cette année-là !) Gianni Di Venanzo, son directeur de la photo, qui avait été contacté par Fellini mais qui avait dit à Rosi qu'il ne pouvait accepter. Ce dernier lui répondit qu'au contraire il devait y aller, que c'était une chance inouïe.

Voilà comment fonctionnait alors le cinéma italien, petit monde où tout s'entrelaçait, où tout le monde se croisait tôt ou tard.

Fellini et Flaiano n'échangeront plus pendant cinq ans, jusqu'à cette lettre d'Ennio qui venait de voir *Satyricon.* Le film lui avait plu, à sa grande surprise, et il raconte qu'à la sortie du cinéma ceux à qui il avait déplu semblaient tout droit sortis du film. Il termine en lui demandant de féliciter Bernardino Zapponi, coauteur du scénario avec Fellini, puis conclut d'une phrase perfide et joyeuse :

« Il ne me semble pas injustifié, au nom de notre amitié qui s'amenuise, de te dire franchement les choses en espérant que tu ne les prendras pas mal. »

Fellini le relance :

« Mon cher Ennio, dire que ton mot m'a fait davantage plaisir que de recevoir un Oscar me paraîtrait un peu exagéré, cependant je te dois la vérité justement au nom de notre vieille amitié qui nous sépare mais que personnellement je n'ai jamais reniée.

Ne crois-tu pas que nous devrions nous voir et passer un moment ensemble ? Je m'étonne de penser à toi depuis des années et je n'arrive toujours pas à comprendre ce qui justifie notre attitude.

Pourquoi ne nous sommes-nous jamais revus ?

Je crois vraiment qu'il est temps que je t'appelle ou que je sonne en bas de chez toi à l'improviste.

À très vite, mon cher ami.

Je t'embrasse.

À toi, Federico. »

Ces lettres provoquent un dégel prudent, bien qu'ils semblent impatients de se retrouver. Ils se reverront, déjeuneront quelquefois ensemble, mais il n'est plus question de travail.

Cependant, une lettre de Flaiano datée de 1969, période où ils ne font encore que correspondre, me paraît vraiment émouvante et décrit bien leur relation, elle donne le sentiment que des gens comme Flaiano et Fellini, s'ils se comprennent parfaitement quand ils travaillent ensemble à des œuvres comme celles qu'ils ont créées, ne sont pas très lucides dans la vie de tous les jours, ils perdent leur temps à essayer de ressusciter leur vieille complicité parce que leurs anciennes disputes quotidiennes, lassitudes et récriminations leur manquent.

Un soir, Flaiano va revoir *La Dolce Vita*. En réalité, comme il l'écrit, il hésite puis se laisse tenter. De retour chez lui, dans la nuit, il prend un papier et un stylo pour écrire à Fellini.

« Cher Federico, j'ai revu La Dolce Vita. *Je t'avoue, j'avais un terrible pressentiment, je craignais que le temps ait fait son œuvre, jusqu'au dernier moment j'ai pensé faire demi-tour. Il s'agissait d'une projection privée et nous étions six à nous poser la même question. Mon Dieu,* La Dolce Vita, *dix ans après, quel retour arrière ! Le passé ressurgissait tel un maquereau pour faire chanter une ancienne prostituée ayant épousé un ingénieur, au point de la pousser au suicide.*

Je me suis au contraire laissé prendre par le film comme si je ne l'avais jamais vu. C'est fascinant, on a encore du mal aujourd'hui à déchiffrer toutes les vérités qui s'y trouvent, c'est un film étourdissant par la richesse et la précision des sujets qu'il aborde, des personnages et des histoires qui s'entre-croisent comme dans une grande toile, et chacune est complémentaire de l'autre. En somme, c'est un roman, pas un récit. Mais tu sais déjà tout cela.

Je pense en ce sens que c'est ton film le plus vivant de tous pour ce qu'il recèle de compassion, d'inquiétude pour un monde qui déraille et qui nous pousse à désespérer. Mais aussi pour sa structure narrative très libre et pour ton courage, ton détachement plein d'ironie qui t'ont évité de tomber dans la facilité. Tu découvrais à ce moment-là une matière que les autres ne voyaient pas, tu la donnais à voir entièrement, avec tous les développements à venir qu'elle annonçait.

Je pense que pour fêter les dix ans de La Dolce Vita, *tu devrais penser à le faire rééditer et à le présenter. Cela serait fort utile aux jeunes réalisateurs qui ne te connaissent pas encore parce qu'ils n'avaient alors que dix-huit ans. Ça leur ferait une belle leçon.* »

Bref, ils se revoient, mais peu. Fellini lui propose aussitôt de s'atteler à un livre. Il lui dit qu'à peine réconciliés, ils doivent se remettre à parler affaires. Puis il se sent obligé de lui écrire de nouveau pour avoir déclaré imprudemment dans une interview donnée à *Il Messaggero*[60] : « J'admire Flaiano. Dommage qu'il n'ait pas totalement suivi sa vocation », propos qui reflète exactement la pensée de Fellini et qu'il réitérera dès qu'il se sentira libre de le faire. À l'époque, il prétend que le journaliste a déformé et mal compris ses propos. Malgré ces écarts irrépressiblement pédants et lourds de Federico, le rapprochement a lieu. Et quand Flaiano tombe malade et s'installe dans une résidence de la via Po, près des bureaux de Fellini, ils se voient très souvent, sans plus faire aucune allusion aux projets cinématographiques de Federico. Enfin, en 1972, Flaiano meurt.

Dans le documentaire qui lui est consacré, Fellini lui reprochera de nouveau de ne pas avoir admis que le cinéma était une arnaque et d'avoir toujours voulu s'en tenir à l'écart. Dans le même documentaire, plus loin, il dira, ému :

> « À y penser, de tous mes amis disparus, il est encore celui auquel je pense le plus parce que j'ai continuellement envie de lui soumettre mes idées, envie de discuter de choses et d'autres avec lui. Envie de voir comment il se serait moqué de certaines et comment il aurait été exagérément effrayé par d'autres, c'était un ami à la fois complice, susceptible, solidaire. Notre

> amitié pouvait tenir de la relation amoureuse. Notre relation amicale s'est longuement interrompue à cause d'un ridicule malentendu. »

Sur la fin, ils avaient accepté de garder leurs distances, d'avoir certes réalisé ensemble de belles choses mais d'être différents. C'est sur cette base qu'ils continuèrent, malgré tout, à s'apprécier.

Un long moment s'est écoulé entre les décès de Luchino Visconti, en 1976, et de Federico Fellini, en 1993. Lors de leurs funérailles, s'il y a lieu de les comparer, il s'est passé quelque chose de plutôt surprenant par rapport à tout ce que j'ai pu raconter. Leur forte dissemblance a fait l'objet d'une inversion. Antonello Trombadori, compagnon de route du Parti, a salué la mémoire de son ami en disant que le prince de Salina s'en était allé, mettant ainsi en relief une caractéristique personnelle de Luchino, son ascendance aristocratique. À l'enterrement de Fellini, au contraire, Ettore Scola a tenu à affirmer que Fellini avait été le réalisateur italien le plus politique qui soit. Des hommages à l'envers qui rendaient justice aux deux cinéastes, à un destin commun plus complexe que celui dans lequel on avait tenté de les enfermer.

C'est d'autant plus vrai que la distinction entre viscontiens et felliniens avait été exclusivement fabriquée par la critique. On avait l'impression que deux partis s'étaient formés et qu'un seul des deux correspondait aux aspirations de l'époque. En cela, on fit du tort à Fellini et à son immense potentiel créatif comme à sa capacité à raconter son temps. Visconti en pâtit également parce qu'on voulut le cantonner dans un rôle politique. C'est précisément ce qui le poussa à réaliser *Le Guépard*, film qui allait le libérer de ses chaînes sans pour autant que cela apparaisse comme une évidence.

Le cinéma avait besoin de Visconti comme de Fellini. Tulio Kezich, un des grands critiques de l'époque, affirme ainsi qu'il n'y avait aucune raison de ne pas se sentir « fellinoviscontiens ».

Un soir, à l'Opéra de Rome, le préposé à l'entrée des artistes ne reconnut pas Visconti et lui barra le passage. Visconti se mit en colère et l'insulta copieusement mais l'autre n'en démordit pas. Alerté par les hurlements survint un employé du théâtre. Il s'excusa platement auprès de Visconti et expliqua sa méprise au cerbère qui, parce que Luchino continuait de le vilipender, dit au grand metteur en scène : « Calmez-vous, n'oubliez pas qu'un jour nous allons tous mourir. » Luchino répondit : « Vous, sans doute. Moi, non. »

Un autre jour de la fin juillet 1972, Suso passe prendre Luchino dans une voiture avec chauffeur. Ils doivent rencontrer deux producteurs pour discuter d'un film. Ils arrivent à l'hôtel Eden et les deux producteurs leur proposent d'aller au restaurant. Luchino est de mauvaise humeur, il refuse toutes les propositions, mais ils décident tout de même d'aller boire un verre sur la terrasse de l'hôtel. Suso commande du champagne et tout le monde l'imite. Une fois qu'ils sont servis Suso fait remarquer que, si la coupe est froide, le champagne est chaud. Luchino se contente d'y tremper les lèvres avant de reposer son verre sur la table. Selon Suso, Joseph Janni, un des producteurs, digresse comme à son habitude, aligne des anecdotes, ce qui fait que Luchino s'ennuie, pense à autre chose, tandis que Suso s'efforce de se montrer attentive. Luchino est ailleurs, absent. Tout en parlant, Janni regarde un coup Suso, un coup Luchino, quand soudain son regard se fait inquiet. Suso se tourne vers Luchino. « Il était pâle, les yeux révulsés. Sa main droite tremblait de manière incontrôlée », comme elle l'écrira dans son journal.

Suso, Janni et l'autre producteur se lèvent aussitôt et Suso demande que l'on appelle un médecin. Ils se rendent compte immédiatement que c'est sérieux, même s'ils sont loin d'imaginer la gravité de l'attaque.

Luchino en restera handicapé à vie. Suso se précipite pour appeler le médecin de Visconti et quelques amis. Quand elle revient sur la terrasse, un évêque (qui semble sorti de *Huit et demi*) l'informe que son mari a été transporté dans une chambre de l'hôtel. « Ce n'est pas mon mari, c'est Luchino Visconti », réplique Suso.

Les médecins de l'hôtel puis celui de Visconti sont d'emblée pessimistes. Visconti n'arrive plus à contrôler les mouvements de sa jambe droite, qui tressaute en continu. Par pudeur, Suso quitte la pièce. Il est décidé de le transférer sur-le-champ dans une clinique mais ce jour-là les ambulanciers sont en grève. Finalement, une ambulance des carabiniers effectue le transfert. En bas, devant l'hôtel, un photographe a déjà le doigt sur le déclencheur, mais on couvre le visage de Visconti tandis que quelqu'un s'en prend au photographe pour l'inciter à renoncer. La rumeur gagne très vite la via Veneto, un rassemblement de journalistes et d'amis inquiets se forme devant la Villa Carla. Derrière une des vitres, on aperçoit le producteur Pietro Notarianni, silencieux et inconsolable.

Visconti restera quelques mois hospitalisé. Il en sortira à moitié paralysé dans une chaise roulante. Il ne veut plus revenir chez lui via Salaria, il veut partir à Cernobbio. Suso est chargée de le raisonner, de l'empêcher de vendre la maison que tout le monde fréquentait, dans laquelle tant de films avait vu le jour, où ils avaient festoyé, où était venue Giulietta, où avaient vécu ses amants et ses amis, où Claudia Cardinale passait regarder le festival de San Remo à la télévision.

Suso prend le train et se rend à Cernobbio. « Luchino, je dois vous parler (ils se sont vouvoyés toute leur vie). Il était convenu que cette maison appartienne à tout le monde, nous y avons toujours travaillé, nous l'aimons tant. Ne la cédez pas. On peut l'aménager, y mettre un ascenseur… » Visconti répond que ce lieu symbolisait la vie qu'il ne pourrait plus mener et qu'il avait besoin de se prouver qu'il pouvait en recommencer une nouvelle.

De fait, il s'installa dans le quartier de Fleming, réalisa des mises en scène théâtrales stupéfiantes et réussit à tourner de nouveau.

Fellini était passé plusieurs fois à la clinique pour le voir et Visconti en avait été très surpris et touché.

Les coïncidences sont nombreuses, entre Fellini et Visconti.

Tous deux ont raconté que, quand éclatait une dispute familiale durant leur enfance, ils se réfugiaient au grenier ou ailleurs pour demeurer seuls. Cette solitude volontaire a pu être à l'origine de leur sensibilité artistique, disent-ils.

Piero Tosi donne aussi une idée de la façon dont on travaillait avec Visconti. Il rapportait chez le cinéaste ou à son hôtel des photos et des documents en rapport avec son projet, éparpillait le tout sur le sol, et quand Visconti sortait de la salle de bains, au matin, il les examinait, faisait son choix et s'en expliquait ensuite.

Eh bien, il s'agit d'une scène de *Huit et demi.*

Un autre lien entre *Le Guépard* et *Huit et demi* se manifeste dans *Le Guépard.* Il s'agit de la relation, pas vraiment cérébrale comme celle de Guido et Luisa, mais plus bienveillante, de Don Fabrizio et de sa femme, à qui il impose son désir pour Mariannina, la prostituée, mais surtout celui qu'il éprouve pour Angelica mais qu'il contrôle, voire qu'il ne veut pas s'avouer. Tancrède reproduit ce schéma avec Concetta et Angelica. Concetta lui était promise comme épouse mais l'arrivée d'Angelica chamboule tout. On retrouve cela dans *Huit et demi*, que ce soit avec Sandra Milo, la maîtresse que Guido fréquente régulièrement, ou avec (et c'est ce petit jeu qui donne tout son sens à ce livre) l'apparition de Claudia Cardinale dans le rôle de la jeune fille de la source mais surtout en tant que Claudia dans son propre rôle, que Guido interroge dans la voiture à Filacciano. Claudia, à elle seule, peut lui faire oublier Luisa et Carla.

Les deux films tournent donc autour du désir pour celle qui interprète Angelica et Claudia.

Voilà enfin ce que demande Guido à Claudia dans la voiture à Filacciano : « Serais-tu capable de tout quitter ? De faire un choix, un seul, et de t'y tenir ? »

Il en est incapable et le film parle de cette impossibilité.

Faire de sa vie un seul bloc cohérent, faire que sa vie parte dans tous les sens, c'est la fable du hérisson et du renard, un des fragments d'Archiloque, sur lequel Isaiah Berlin a construit un essai philosophique. « Le renard sait beaucoup de choses tandis que le hérisson n'en connaît qu'une mais d'importance[61]. »

Pour Berlin, il y a deux sortes d'écrivains, de penseurs et d'êtres humains en général. Il y a les renards et les hérissons.

Les hérissons ne sont guidés que par un seul principe, fondé sur une conception morale de l'existence. Les renards s'intéressent à différents modèles contradictoires et s'en inspirent, sans aucune vision éthique. Par exemple, selon Isaiah Berlin, les hérissons sont Platon, Lucrèce, Pascal, Hegel, Dostoïevski et Proust. Les renards sont Hérodote, Aristote, Montaigne, Érasme, Molière, Goethe, Pouchkine, Balzac et Joyce.

Guido est un renard, nous dit *Huit et demi*. *Le Guépard* nous dit que Don Fabrizio est un hérisson. Chacun termine sa vie ayant accepté sa propre nature. Peut-être que Fellini et Mastroianni sont des renards et Visconti et Lancaster des hérissons. Je n'en sais rien, mais pourquoi pas. Une chose est sûre cependant, suivant ce principe, ces deux films tournés en même temps représentent les deux facettes de l'humanité. Les deux mis ensemble cochent toutes les cases qui définissent l'humanité.

Guido demande avant tout à Claudia, quand elle joue son propre personnage de Cardinale, si elle peut se montrer fidèle à une seule chose. Or, elle a déjà trahi en passant d'un tournage à l'autre, passant tour à tour du renard au hérisson.

En juxtaposant les deux films, comme je l'ai fait pour l'unique raison qu'ils ont été tournés en même temps, je les ai confrontés l'un à l'autre, pour souligner leurs différences et leurs ressemblances, d'un côté le noir et blanc, de l'autre la couleur, pour comparer un scénario original à un autre qui ne l'est pas, pour distinguer le vrai du faux, pour opposer le chaos au silence, l'improvisation à la précision, et tous deux tiennent du hérisson et du renard. Ce faisant, il est possible de balayer totalement leur spectre créatif et intellectuel. C'est ainsi que l'on découvre qu'ils sont raccord sur la notion d'acceptation de la vie et d'acceptation de la mort.

Voilà comment *Huit et demi* et *Le Guépard*, ensemble, restituent la complétude du monde.

Le critique de cinéma Maurizio Porro raconte qu'un soir, alors que déjà Fellini et Mastroianni étaient âgés et malades, il les amena voir une collection de vieux programmes de théâtre sur lesquels apparaissaient quelques-unes des pièces montées par Visconti avec l'acteur, comme *Oncle Vania* et *Mort d'un commis voyageur*. Enchantés, ils se les passaient et riaient comme des gosses. Cette histoire laisse vraiment croire que la contemporanéité de leur vie, tous les combats qu'ils avaient menés, leurs rancunes, leurs ambitions et leurs inimitiés avaient fini par s'estomper. Le temps ne fait pas oublier seulement que *Le Guépard* et *Huit et demi* ont été deux films pensés en même temps qu'ils étaient réalisés, mais aussi tout ce que les deux réalisateurs ont enduré pendant des années. Fellini et Mastroianni riaient. Ils étaient peut-être heureux et satisfaits d'avoir surmonté toutes les difficultés, contents que Mastroianni ait été l'acteur de Visconti puis de Fellini.

Voilà, il semblait qu'ils aient eux aussi tout accepté de la vie, jusqu'à leur propre renommée.

Ils faisaient du cinéma et auraient pu continuer ainsi éternellement. Mais personne n'avait été aussi ambitieux qu'eux. La chose requiert de la technique, mais réaliser ces œuvres immortelles de cinéma, que Fellini décrit comme un lieu où il faut savoir encaisser les coups pour l'aimer, relève de l'inconscience. Il est impossible de s'imaginer réaliser un chef-d'œuvre comme *Le Guépard* ou *Huit et demi* alors qu'une actrice manque à l'appel, réquisitionnée sur un autre plateau, qu'un acteur a mal au genou, que le maquillage fond sous la chaleur, que l'on convoque un léopard pour la promotion d'un film, que les plombs sautent, qu'un chien refuse de sortir du cadre, qu'un producteur fait croire qu'il a reçu des menaces de la mafia, que les laboratoires sont en grève, qu'il faut terminer maintenant parce que demain, il sera trop tard…

En somme le cinéma est le lieu où l'idée sur le papier

et le savoir-faire nécessaire pour la concrétiser doivent se rencontrer d'une façon ou d'une autre sans que personne sache jamais vraiment comment.

Pour ce faire, pour faire du cinéma, il ne suffit pas de croire aux concours de circonstances, encore faut-il ajouter de la grandeur au pragmatisme requis pour arriver à rendre une idée concrète. Car l'idée se concrétise au milieu d'une équipe composée de dizaines et de dizaines de personnes qui n'ont pas forcément conscience de ce qui se passe.

Une fois, sur le plateau des *Feux du music-hall* de Lattuada et Fellini, tous ceux qui avaient eu en main le scénario avaient lu : « Aube livide. » Il fallait donc « faire » l'aube livide.

De métaphore littéraire, l'aube livide se transformait peu à peu en objet à réaliser, il fallait en faire une chose concrète. L'obstination avec laquelle les techniciens cherchent à matérialiser ce qui est mentionné au scénario donne aux mots et aux phrases écrites une existence réelle.

Et ainsi, parfois, durant le tournage, quelqu'un pouvait crier toutes affaires cessantes : « L'aube livide ! On y est ! Dégagez tous ! L'aube est livide ! »

Pendant des jours et des jours, inquiets, chaque machiniste disait à Lattuada ou à Fellini : « Et tu vas voir que ce matin encore on va pas réussir à la faire, cette aube livide ! Alors que le mois dernier, y en avait partout des aubes livides ! »

Fabriquer de l'aube livide. Voilà ce qu'est le cinéma.

Notes

N. B. : Toutes les notes sont du traducteur.

1. Traduction de Jean-Paul Manganaro (Le Seuil, 2007).
2. Série américaine de Ryan Murphy, Jaffe Cohen et Michael Zam (2017).
3. Robert Aldrich (1962).
4. Personnages du roman d'Alessandro Manzoni *Les Fiancés.*
5. On parle ici de la première étape du mouvement révolutionnaire vers l'unité italienne.
6. En 1866.
7. Organe de presse du Parti communiste italien.
8. En italien, *strada* signifie « route ».
9. Organe de presse du Parti socialiste italien.
10. Sorti en 1945.
11. De Vittorio De Sica (1946).
12. Référence à l'acteur populaire Erminio Macario dans *Il Vagabondo* de Carlo Borghesio (1941).
13. Le journal du Vatican.
14. En français : « Marche nuptiale ». Le film n'est pas sorti en France.
15. Feltrinelli, 1979 (« L'aventureuse histoire du cinéma italien »).
16. Le ministère de la Culture populaire sous Mussolini, de 1937 à 1944.

17. On retrouve ces nouvelles en France dans le recueil *Le Roman de Ferrare* (traduit par Michel Arnaud et Gérard Genot, Gallimard, « Quarto », 2006).
18. *Il Prete bello* (1954).
19. « Chants baroques », non traduit en français.
20. Secrétaire général du PCI de 1927 à 1934.
21. Revue hebdomadaire milanaise.
22. Escroc sicilien qui se parait de différentes identités.
23. Célèbre plan d'eau entouré de verdure près de Milan.
24. Homme politique de la Démocratie chrétienne, ancien président de la République italienne de 1992 à 1999.
25. Ce sera *Les Recrues* (1962).
26. En français, quelque chose comme « L'âme de l'homme ».
27. Terme consacré dans ce débat en Italie, qui désigne une évolution personnelle en même temps qu'une mutation des idées politiques. Aujourd'hui, il est souvent employé pour expliquer certaines alliances politiques en théorie contre nature.
28. Ancien quotidien régional palermitain.
29. Cercle de jeunes intellectuels se réclamant d'une avant-garde marxiste inspirée par le structuralisme qui s'opposait à la littérature « traditionnelle ».
30. Le livre est paru en 1894. Son auteur est également d'origine sicilienne.
31. Mensuel politique et culturel du PCI.
32. « Il principe di Lampedusa e il Risorgimento siciliano », *Il Contemporaneo* (Riuniti, 1954).
33. C'est là qu'est remis le prix Strega. Ce lieu appartenant à Maria et Goffredo Bellonci abrite leur fondation et est devenu un musée. Strega est le nom de l'entreprise, fabricant de la liqueur du même nom, qui finance le prix.
34. Un groupe de quatre cents personnes, femmes et hommes issus du monde de la culture italienne dont d'anciens lauréats, proposent obligatoirement par paires des livres à un jury qui votera pour désigner le vainqueur. Les jurés sont appelés les « amis du dimanche ».

35. *La Sicilia del Gattopardo* (1960).

36. « Un grand fauve se lève sur la littérature : *Le Guépard* », *Les Lettres françaises*, n° 803, 17-23 déc. 1959.

37. « *Le Guépard* et *La Chartreuse* », *Les Lettres françaises*, n° 812, 18-24 fév. 1960.

38. Aragon écrit : « Si *Le Guépard* est un succès de droite, comme le disait Moravia, l'on ne peut que s'en prendre aux gens de gauche qui [ont] manqué d'en faire un succès de gauche. »

39. Quotidien national de centre-droit.

40. Diverses publications pour adolescents.

41. Prix récompensant le meilleur scénario de cinéma. Sergio Amidei était lui-même scénariste, notamment de *Rome, ville ouverte*.

42. L'équivalent de *Courrier international* en France.

43. Carlo Emilio Gadda (1883-1973) est un essayiste et écrivain italien. Il fait partie de ceux qui contestent l'italien en tant que langue nationale en multipliant les langages, avec beaucoup de variations dialectales, usant d'expressions orales familières comme de formes subtiles.

44. Flammarion, 2020.

45. *Mai devi domandarmi* (1970), paru en 1985 chez Denoël.

46. *La Coscienza di Zeno* (1923), traduit par Paul-Henri Michel, Folio, 2014.

47. Le « docteur S. » dans le livre, où l'on retrouve un Guido et une Carla qui est la maîtresse de Zeno.

48. Autrice de *The Two Hundred Days of 8 ½. The Genesis of Fellini's Masterpiece*, Macmillan Company, New York, 1964.

49. En 1993. « Giulietta, s'il te plaît, arrête de pleurer. »

50. Acteur qui joua, entre autres, dans *Les Vitelloni*.

51. « Le Passenti » est une adaptation italienne de la chanson de Georges Brassens, « Les Passantes ».

52. En italien, *Gruppo di famiglia in un interno* (« Portrait de famille en intérieur »), inspiré de la figure du critique et collectionneur Mario Praz.

53. P.O.L., 2020.

54. Prix national décerné par les journalistes et critiques de cinéma italiens.

55. Fresque de Joseph L. Mankiewicz (1963). L'Oscar de la meilleure création de costumes a été remis à Irene Sharaff, Vittorio Nino Novarese et Renie Conley.

56. Revue politique et culturelle fondée par Mario Pannunzio et Ennio Flaiano, entre autres anciens de *L'Omnibus*.

57. *Un temps pour tuer* [1947], traduit par Georges Charbonnier et André Frédérique, Gallimard, « Le Promeneur », 2009.

58. Un *lungotevere* est un boulevard longeant le Tibre.

59. *Mimésis. La représentation de la réalité dans la littérature occidentale*, traduit par C. Heim, Gallimard, 1969.

60. Quotidien national généraliste.

61. *The Hedgehog and the Fox. An Essay on Tolstoy's View of History*, Weidenfeld & Nicholson, 1953.

DU MÊME AUTEUR

Petits moments de bonheur volés, Denoël, 2014

Les Tentations du mâle, Grasset, 2010

Retrouvez toute l'actualité des éditions Albin Michel
sur notre site albin-michel.fr
et suivez-nous sur les réseaux sociaux.
Instagram : editionsalbinmichel
Facebook : Éditions Albin Michel
X : AlbinMichel
YouTube : Editions Albin Michel

Composition : Nord Compo
Impression : CPI bussière en mars 2025
Éditions Albin Michel
22, rue Huyghens, 75014 Paris
www.albin-michel.fr
ISBN : 978-2-226-49197-8
N° d'édition : 25834/01 - N° d'impression : 2082666
Dépôt légal : avril 2025
Imprimé en France